JN307447

線

ウィリアム・アイリッシュ

ニューヨークで夢破れたダンサーのブリッキー。故郷を出て孤独で寂しい生活を送っていた彼女は，ある夜，挙動不審な青年クィンと出会う。なんと同じ町の出身だとわかり，急速にうち解けるふたり。出来心での窃盗を告白したクィンに，ブリッキーは盗んだ金を戻すことを提案する。すぐに現場の邸宅へと向かうが，そこには男の死体があった。このままではクィンが殺人犯にされてしまう。彼の潔白を証明するにはあと３時間しかない。深夜の大都会を舞台に，若い男女が繰り広げる犯罪捜査。『幻の女』と並び称される傑作タイムリミット・サスペンス！

## 登場人物

ブリッキー・コールマン……二十二歳のダンサー
クィン・ウィリアムズ……若い男、電気工事店の店員
スティーヴン・グレーヴズ……上流社会の中年紳士
ヘレン・カーシュ……パーティーに出席した女
バーバラ……グレーヴズの許嫁《いいなずけ》
アーサー・ホームズ……グレーヴズに不渡手形を渡した男
ジョーン・ブリストル……グレーヴズにメモを渡した女
ロジャー……グレーヴズの弟

# 暁の死線

ウィリアム・アイリッシュ
稲葉明雄訳

創元推理文庫

# DEADLINE AT DAWN

by

William Irish

1944

# 暁の死線

『……一刻一刻、一分一分が
地獄や天国のすべてを含む――』
ポーリン・ハヴァード

その男は彼女にとって一枚の桃色をしたダンス切符でしかなかった。それも、二つにちぎった使用ずみの半券。一枚十セントのなかから彼女の手にはいる二セント半の歩合《ぶあい》。一晩じゅう、床の上いっぱいに、彼女の足をぐいぐい押しつづける一対《いっつい》の足。定刻の五分間がすぎるまで、彼女のからだを思うがままに操縦する、名前もない、一つの符牒《ふちょう》。山と積まれた空《から》バケツに砂嵐が吹きつけるように、バンド・ボックスの高みから、四分の二拍子の音符が雨あられと降りそそぐ五分間。それにつづいて、突然スイッチを切ったような静寂。ひとしきり、耳が聞こえなくなったようで、どこかの誰かに締めつけられていた肋骨が自由になり、ほっとしてつく一息二息。そしてまた一切が繰り返される。あらたな音符の砂嵐、桃色のダンス切符、こっちの足を追いまわす一対の足、こっちのからだを思うがままに操る一つの符牒。

彼女にとって、男はみんな、そんな程度のものでしかなかった。この仕事は彼女も大好きだった。ダンスは大好きなのだった。しかもお金がもらえるのだ。ときたまのことだが、片足が悪かったらと思う。そうだったら両足を同じように動かすことはできないわけだ。また耳が聞こえなかったら、鼻づらを天井へむけて吹きならすトロンボーンの音も聞こえない。それならそれで、どこかの地下の洗濯部屋で、誰かの汚したシャツを洗っていただろうし、どこかの食堂の洗い場で、誰かの汚した皿を洗っていただろう。そうなれば今の仕事をしないですむ。そんなことを願ってみても、どっちみち、何になろう。べつに得にはならないのだ。かといって、願うのが悪いわけはない。べつに損にもならないのだ。

彼女には、この町じゅうに、たった一人の友達があった。じっと動かず、ダンスもしない、それが一つの功徳《くどく》だった。どんな晩でもちゃんとそこにいて、こう話しかけてくるようだった。

(さあ、元気をだすんだよ。あと一時間じゃないか。大丈夫さ、これまでだって、やってきたんだから)

それから暫《しばら》くするとまた、

(がんばるんだよ。あと三十分で終わるんだ。僕だってきみのために働いているんだぜ)

そして最後に、

(さあ、もう床を一まわりだ。それでお時間さ。あと一まわりさえすれば、今晩は執行猶予がもらえるんだ。あと一まわりだけ、それぐらいは保《も》つさ、今、へこたれちゃだめだ。ごらんよ、僕の長針がぐんぐん短針に近づいていくだろう。僕もきみのためにがんばってるんだぜ。こんどこっちへ戻ってくるころには、一時になっているよ)

その友達は、毎晩、そんなことを語りかけてくるように思われた。けっして彼女を見放すことはなかった。この町じゅうで憩《やす》らぎをあたえてくれる、たったひとつのものだった。たとえ消極的にもせよ、ニューヨークの全市中で、たった一人の彼女の味方だった。涯《はて》しもなくつづく彼女の夜の世界で、たったひとつの、人間らしいこころの持主だった。

彼女が踊りながらまわってくるつど、それは横町に面した左手のはしっこの二つの窓から見えるだけだった。正面の大通りにむかった窓からでは見えなかった。左手にはずらっと窓がならんでいるが、その意味で役にたつのは端っこの二つだけ、ほかのは途中の建物が邪魔をしていた。窓はいつもすこし開けはなしてあって、一つには換気のためと、もう一つには、ホールの浮かれ騒ぎを下の歩道へ宣伝する狙いもあった。それにひかれて迷いこんでくる通行人がないとは言えないのだ。その友達が見えるのは、はしっこの窓二つからだった。それは遙かな空の高みから優しくのぞきこみ、ときには、そのずっと彼方《かなた》に、ひとにぎりほどの星屑が背景を飾っている。星はなんの役にもたってくれないけれど、友達のほうは彼女を励ましてくれた。星がなんだというのだ？　この世の中にいいことなどあるだろうか？　女と生まれて、なにか得があっただろうか？　すくなくとも男だったら、自分の足を売りものにせずにすむ。男だって男なりに意気沮喪《そそう》することはあるにしても、こんなふうに惨《みじ》めな気分は味わわないですむはずだった。

かなり遠くだったけれど、彼女は目がよかった。タフタ織りのような夜空を背景にして、やわらかな輝きが浮かびあがっている。箍《たが》のような光の輪。その内側をまるく縁どった十二のあかるい刻み目。そして一対の光る手が彼女に時間をしらせ、ぜんぜん支《つか》えることもなく、停止して彼女を裏切るようなこともせず、いつも一インチ一インチと前進しつづけ、彼女を仕事から解放してくれる役目を果たしているのだ。それは街並みをへだてたずっと彼方の七番街と四十三丁目の角にあるパラマウント塔の時計台だった。斜《はす》かいに、ビルディングの頂上と眺望の角度のあいだにできた奇妙な運河を通して、いまだに彼女のいる場所からでも見えていた。それは人の顔のようだった――時計はすべてそうなのだが――友達の顔のようにみえた。すらりとした赤毛の二十二歳になる娘にとっては、まことにふしぎな友達だったが、それは忍耐と絶望とのちがいを教えてくれた。

不思議ついでに言っておくが、それはずっと離れた彼女のアパートの窓からも爪先だちになって首をのばせば見えるのだった。もっとも距離としてはホールから遙かにはなれており、方角もまるで正反対の場所にあった。しかし、眠れない夜などに、そこからながめる時計は、彼女にとって敵でも味方でもない、利害をはなれた傍観者にすぎなかった。心底それが力になってくれるのは、八時から一時まで、この店にいるときだけだった。

彼女はいまも名もない男の肩ごしに、憬《こ》がれるような目をそっちへむけた。それは彼女にこう言った。

(あと十分だ。もう峠をこそうとしている。歯を喰いしばっていれば、いつのまにか終わっているさ――)

「今夜はずいぶんな混みようだね」

しばしのあいだ、彼女には、その声がどこから聞こえてきたのかわからなかった。それほど無意識の真空状態にあったのだ。つづいて彼女は、その声をちょうどその瞬間、彼女をターンさせようとする魂の欠けた符牒のまんなかに据えた。

おや、ではこのひと、話しかけようというのかしら。それならそれで、お相手はできる。彼はそこまで達するのに、たいがいの男より遅かった。踊ってほしいと彼女に申し込んできたのは、これでたてつづけに三、四度目だった。ついさいぜんの休憩時間の前に、彼女のぼやけた目は、これとおなじ色の服を、何度も見かけたように思ったけれど、もっとも一人の男と他の男とを区別しようと思ったことは、かつてなかったので、確かなことは言えなかった。その男は舌が重いのか、はにかみ屋なのか、それで口をきくのが遅れたのだろう。

「ええ」

この単綴音《たんていおん》の返事を、すっかり呑みこんでしまって、もっと短くすることもできただろう。

彼はもう一度こころみた。

「いつも今晩みたいに混んでいるの?」

「いいえ、はねたあとは、がらんとしているわ」

いいさ、あばずれと思いたければ、思わせておけばいい。なにもお愛想をいう必要はないのだ。ただダンスのお相手をしていればいい。十セントの切符代では、足のうごきは買えても、口の動きまでは自由にできないのだ。

ラストの曲目なので、照明が暗くなった。いつも終わりに近づくと、そうするならわしなのだ。直接照明が消え、フロアの人影が幽霊のようにさざめき動く。これがお客をいい気持にさせる手なのだ。お客たちはみんな、ダンサーのだれかと差しむかいでひそかな蜜語でもかわしたような気分になって、街へ出ていくというあんばいである。それもわずか十セントと、紙コップ一杯の植物性着色オレンジエードで。

相手の男が、首をすこし後ろへそらせて、なぜ彼女がそんな剣もほろろな受け答えをするのだろうと訝《いぶか》しむように、つくづく彼女の顔をながめているのが感じられた。彼女は、頭上にまわるミラー・ボールから反射して、壁といわず天井といわず、ちかちかと、涯しなく旋回する銀色の波状菌《スピロヘータ》のほうへ、うつろな目をむけた。

なぜそんなにじろじろ顔を見るのだろう。そんなところに返事なぞありはしない。なぜ町じゅうの俳優斡旋《あっせん》所をのぞいてみないのだ。あたしの亡霊がいまでもうろついて、戸口まぢかの椅子に坐っているのに。そう、あれほど頻繁に出入りしたのだから、いまでも徘徊《うろつ》いているにちがいない。それとも、あのジャマイカ酒場の安ぴか楽屋をのぞいてみればいい。あそこでは、珍しく仕事にありついたと思ったら、馬鹿なあたしは、店の主人のことば通り、みんなの蔭でうろうろしていたために、フロア・ショウの稽古さえ始まらないうちに逃げださねばならなかったのだった。それともまた、四十七丁目の自動販売食堂《オートマット》の料金挿入れ口《さしいれぐち》をのぞいてみるといい。あるけっして忘れられない日のこと、その挿入れ口は、あたしの持っていた最後の五セント玉をのみこんで、ふくれあがったロールパン二つを出してくれた。が、その後はもう、ものほしげな顔で何度その前にたたずんだか知れないが、なにも出してくれはしなかった。落としこむ五セント玉がもうなかったからだ。しかし、なによりもまず、今でもあたしの部屋のベッドの下に押しこんである、へしゃげて、ささくれたトランクの中をのぞいて見たらどうだろう。

たいして重くはないが、中身はぎっしり詰まっている。いまは役立たずになってしまった古い黴《かび》のはえた夢がいっぱい詰まっているはずだ。

答はそうしたところにあるので、あたしの顔に書いてあるわけはない。だから顔なんか見たって仕方がないのだ。どうせ顔なんて、みんな仮面にすぎないのだから。

男はもう一度、運試しをこころみた。

「この店は、ぼく、はじめてなんだ」

彼女は壁をいろどる銀色の光の縞《しま》から目を放そうとしなかった。

「道理でみかけなかったわね」

「きみはダンスに倦《あ》きているらしい。こんな夜更けともなると、嫌気がさしてくるんだろうな」

男は彼女のそっけない応答の真意を捜そうとしているのだ。自尊心のために、彼女の取りつく島もない返事が自分のせいではなくて、なにかほかの理由のせいだと思いたがっているのだ。彼女にはわかっている。男というものはみんな同じなのだ。

こんどは彼女は、漠然とした目を男のほうへもどした。

「あら、それはちがうわ。ダンスに倦きたりすることはないのよ。まだ足りないぐらいだわ。夜更けにここがはねて自分の部屋へ帰ると、大股びらき《スプリッツ》だの蹴り上げ《ハイ・キック》の練習をやるくらいですもの」

そのことばの棘《とげ》が感じられでもしたのか、男はちょっと目を伏せてから、また顔をあげて彼女の表情を見やった。

「きみはなにかに腹を立てているらしいね」

それは質問のかたちではなく、やっと真意を発見したという言いかただった。

「そうよ」

彼は諦《あきら》めようとしなかった。大槌で殴られてもぴんとこない男なのだろうか。

「この店が気にくわないのかい？」

なんとか気持をほぐそうとして、おどおどと男たちがきりだす台詞《せりふ》のなかでも、これがいちばん彼女の癇《かん》にさわった。彼女は憤怒で胸がしめつけられるのを感じた。つづいて罵詈雑言《ばりぞうごん》が口をついて飛びだすかと思われた。が、運よく、返事はしないですむことになった。バケツを叩きならすような凄まじい音楽が、ぶっこわれたような音符ひとつを名残にして、ぴたっとやみ、壁をめぐっていたミラー・ボールの光も消えて、中央の電燈がついた。一本のトランペットが、これでおしまいというように軽蔑の鼻を鳴らした。

ふたりの強《し》いられた親密関係はおわりを告げた。十セントが費《つか》いはたされたのだ。

もうとっくに死んでいたもののように、自分の手を男の腕からはずし、ぐったり下におとすと同時に、彼女は、それとなく目立たぬように、しかしきっぱりと、男の腕を自分の腰から押しのけた。

言葉にならない安堵《あんど》のためいきが口からもれたが、それを押しかくそうともしなかった。

「おやすみなさい。これで閉店よ」

呟くようにいうと、背をむけて歩きだそうとした。

その動作のすまないうちに、男のきょとんとした表情に気がついて、なかば背中をむけたようなかっこうで立ちどまった。気になったのは顔の表情だけでなく、男があちこちのポケットから螺旋《らせん》状につながったままの切符を、それも両手に溢れるほど摑みだしたことだった。

男はそれに目をおとした。

「ちぇっ、こんなにたくさん買うんじゃなかった」

悲しげにそうつぶやいた言葉は、彼女へというよりも、自分自身へ向けたもののようだった。

「どういうわけ、ここで一週間キャンプでも張ろうっていうの？　とにかく、何枚ぐらい買ったのよ？」

「憶えていない。十ドル分ほどかな」

男は顔をあげると、

「ただなんとなく、ここへ入ってみたかっただけなんだが、ついうっかり――」

そこまでいって、ふたたび口をつぐんだ。

だが、彼女のほうでは聞きとがめ、言葉じりをはね上げるようにしてたずねた。

「ただ入ってみたかっただけですって？　それだけあれば、百曲も踊れてよ！　とても一晩では、そんなに演奏しないわ」

彼女は入口のほうへ目をやった。

「それよりも、どうしたらいいかしら。切符売場のひとはもう帰っちゃったから、払い戻しはきかないわよ」

男は切符の束をにぎったまま、損をしたという感じではなく、むしろ途方に暮れた顔をした。

「払い戻しなんかいいんだよ」

「だったら、明日の晩からずっと、それがなくなるまで通ってくるんだわね。それなら無駄にしないですむでしょ」

「ところが——来られそうにもないんだよ」

男は静かな口調でいうと、だしぬけに、両手を彼女のほうへ突きだした。

「どう、いらない？　きみにあげるよ。きみならこれで歩合がもらえるんだろう？」

瞬間、思わずそっちへ手がのびかけたが、すばやくひっこめると、男の顔をみて挑むような調子でいった。

「いらないわ。どういうお気持だかしらないけど、けっこうよ」

「でも、ぼくが持っていたってしょうがない。二度とここへくることもないだろう。取っといてくれたまえ」

歩合とすれば大したものだ。しかもただ儲けなのだ。だが彼女には、ずっと以前に、にがい経験から、自分なりにきめている規則があった。どんなところででも、どんなことについてでも、たとえ相手の狙いがわからなくても、けっして屈服してはならない。どんなことにしろ、いったん負けたとなれば、いずれ次の機会には、それだけ容易に屈服することになる。

彼女はきっぱりと言った。

「いいの。馬鹿正直かもしれないけど、あたし、踊りもしない歩合なんかほしくないわ。あんたばかりじゃなく、ほかの誰からだって」

そして、こんどは完全にまわれ右をすると、もう自分たち二人しか残っていない寒々としたフロアをよこぎって歩きだした。

ホールの向こうはしにある更衣室までくると、一度だけ、男を置きざりにしてきた方向をふり返ってみた。ドアを開けてはいるさいの反動のようなもので、なにも目的があってふり返ったわけではない。

男は切符のかたまりを握りしめ、もっときつく捏《こ》ねまわしているようだった。彼女が眺めていると、男は、そのまるめた切符の玉を無造作にぽいと寄木細工の床へ投げすて、向きをかえて、ふらふらと入口のほうへ歩きだした。

合計して六回ほど踊っただけだった。その九ドルをうわまわる値打のある切符を、あっさり捨ててしまったのだ。しかも、彼女にいいところを見せようという気取りやお芝居からではない。その瞬間には、彼女の注視をあびていることに気づいてないことは明らかであった。

まるで金を持てあましているような、金などというものに無頓着で、一刻もはやく処分したがっているような感じだった。もし意味があるとすれば、ふだん金を持ち馴れていないからだろう。彼女のほうでも、多少とも世間を心得ていたから、ある程度、金を持ちつけた人間なら、金の始末にこまるようなことはないはずだと承知していた。

彼女は片方の肩をそびやかすようにして更衣室にはいり、うしろ手にドアを閉めた。

これから店を立ちさるまでの次の段階を彼女は笞刑《ちけい》と呼んでいたが、それはもはや彼女にとっては本当の恐怖をもたらすものではなくなっていた。ゆくての泥水をまたぎ越すていどのものでしかなかった。面倒ではあるが、あっというまに向こう側にわたってしまい、それでけりがつくのだった。

更衣室を出ると、灯りという灯りは永久に消えてしまっていた。奥の一つだけが、掃除婦の仕事のために残っている。更衣室のドアを閉めながら、彼女はあとにのこった居もしない誰かにむかって声をかけた。

「じゃあ、もう二度と二組デートの相手として、あたしを誘わないでね。あんただって、肘鉄砲をくわないですむんだから?」

彼女は陰気で、殺風景で、洞窟さながらのような店のはしっこを歩いていった。壁にそって絨毯《じゅうたん》が敷いてあるので、靴音はひびかない。ただ角をまがるときだけ、木の床に踵《かかと》があたる音が一瞬、うつろな反響をつたえた。

明暗の模様が逆になっていた。いままでは、開けはなした窓の外のほうが、内部のホールより明るいのだ。彼女ははしっこの二つの窓を通りすぎたが、彼女の友達であり、味方であり、共犯者であるあれは、空高くくっきりと浮きだしていた。あわただしく通りすぎがてら、こころもちそっちへ顔を向けてみたが、やがてまた、通りすぎるにつれて、片びらきの窓が両者を遮《さえぎ》ってしまった。もしもその瞬間、両者のあいだに感謝のことばだか眼差《まなざ》しだかがちらっと交わされたにしても、それはかれら両者のあいだだけのことだった。

スイング・ドアを押しあけて、まだ灯のともっている廊下にでた。階段の降り口までには、切符売場や、外套《がいとう》あずかり所や、朽ちはてた籐《とう》の長椅子が二脚ほど並んでいる。

そこには二人の男がいた。きまってだれかがいるのだ。そうした連中がいつもぶらついている。夜明けまで帰宅をのばしたとしても、やはり一人か二人はうろついているだろう。長椅子に片脚をだらりと垂らしている男は、まだ中にいる誰かを待っているのだろう、彼女のほうへは、ほんのお座なりな視線をくれただけだった。階段のてっぺんのぎりぎりの場所にいる一人は、通りすがりに見かけたのだが、さっき五、六度踊ったあの男だった。

しかし、その男は、彼女がでてきたドアの中のほうを期待まじりに見つめるでもなく、階段の下の通りへじっと目をすえていた。だれかを待つというよりは、行く先がきまらないので出そびれているという感じだった。事実、彼女が通りかかったさいの、男の驚いた表情からして、そのときまで彼女が近づいてくることを全く予想していなかったことがわかった。

そのまま通りすぎてもよかったのだが、相手は帽子に手をかけて言った――いまでは帽子をかぶっていた。

「もう帰るのかい」

ホールのなかでの彼女が収斂剤《しゅうれんざい》だったとすれば、玄関先へでてきた彼女は硫酸だった。ここは文句なしに敵の縄張りなのだ。用心棒はいないし、自分で自分の身を護るほかはない。

「ちがうわ、いま来たところよ。顔を見られるのがいやだから、こうやって後ろむきに階段をのぼってくるのよ」

ゴムを張り鉄枠でふちをとった階段をおりて、彼女は外にでた。男は決心がつきかねるのか、まだ上に残っていた。ホールにはもう女は一人しかいないのだし、その女も先約があるのだから、男がだれかを待っているというのは当たらなかった。またしても彼女は肩をひょいとすくめた。といっても実際にすくめたわけでなく、頭のなかでの動作だった。どうせ他人のことだ。だれがどうしようと自分になんの関係があるというのだ？

外の空気は心地よかった。あんなところから出てきたあとではどんなものでも心地よく感じられるはずだった。いつも最初の一足をふみだすと同時に、安堵感と疲労感から、思いきり深い息を吐くことにしていた。今夜もそれをやってのけた。

通りに出てからが本当の危険地帯だった。玄関口をずっと離れたところに、口のはしから煙草をだらんとたらした、朧《おぼろ》な人影が二つばかりうろついていた。通りへ出た彼女は、あまりそっちをじろじろ見ないようにしながら歩きだした。いつものことなのだ。見かけない晩は一晩もないといってよかった。まるで鼠の穴を見張っている牡猫だ。階上の出口をぶらついているのは、ふつうに、だれか特定の女を待っている連中が多い。下の玄関口をうろついている連中のほうは、相手はだれでもよいのだった。

この手の障害物なら、彼女はそらで覚えていた。一冊の本に書くことだってできた。ただ純白の紙をそんなもので汚したくない、それだけのことだった。直接に挑んでくるときは、かならず間《ま》があった。いきなり玄関口で始まることは決してなかった。いつもしばらく歩いてからだった。なにか勇気というようなものに関係があるのではないかと思えることもあった。勇敢な牡猫どもは、真正面から跳びかかったりはせず、鼠が背中をみせるまで待つのだった。あるいはたんに発育不全のために、獲物をえらぶのに暇がかかるだけではないかと思えることもあった。彼女もときたまは、「ちぇっ、うるさいな」と思うことがあった。しかし、なんとも思わないことのほうが遙かに多かった。帰りみちの途中でまたぎ越さねばならない泥水のたまりにすぎなかった。

今夜の挑戦は口笛のかたちで始まった。こんなかたちで始まることが多いのだ。口笛といっても、あけっぴろげで、素直な、高い口笛ではなかった。息をころした、うしろめたげな響きだった。彼女は自分がめあてなことは知っていた。それにつづいて、言葉での追って書がついた。

「やけに急ぐじゃねえか」

彼女はことさらに歩調を速めようともしなかった。必要以上に気にしていると受けとられるからだ。こっちが怯《おび》えていると思えば、連中もそれだけ度胸をすえてかかってくる。

片手が引きとめようとするように彼女の腕にかかった。彼女は振り払おうともしなかった。ぱっと立ちどまると、相手の顔でなく、その手のほうを見おろした。

「はずしてよ」と彼女は無気味な冷たさをこめていった。

「おやおや、おれを知らないのか？　想い出は果敢《はか》ないものだな」

街路の闇を背にして、彼女の目は張りつめた白い裂け目とみえた。

「あのね、いまはもう自分の時間なのよ。あんたみたいなひとに口を利くなんて、いやなこった——」

「だけど、おとといの晩、おれが二階のホールにいたときは、まんざら厭でもなさそうだったぜ、どうだい？」

男はその手を押しつけるようにして、行く手をふさいでいた。

彼女は譲ろうとせず、いわんや、相手に敬意をはらって横へよけ、道をあけてやるようなことはしなかった。

「むだ金をつかったわね」と彼女は無抑揚にいった。「一晩に六十セント費《つか》ったからといって、今夜、この歩道で、その元をとり返そうっていう料簡《りょうけん》なのね」

彼女は気がつかなかったが、男がそれとなく合図したのだろう、一台のタクシーが向こうがわから近づいてきて、うながすようにドアをぶらんと開けた。

「わかったよ、きみはなかなか手ごわい女だ。しかし、お芝居はこれで終わりだぜ。おれはきみを信じている。さあ、乗りたまえ、タクシーを待たせてあったんだ」

「タクシーはおろか、あんたといっしょなら、五セントの路面電車に乗るのだってごめんだわ」

男はなかば曖昧なしぐさで、なかばは力ずくで、彼女をタクシーのほうへ向けようとした。彼女は無理やりうしろ手にタクシーのドアを閉めたが、男としては、それが一種の障壁となって、彼女をがむしゃらに車へ押しつける結果になった。

一人の男がそのふたりの前にたたずんでいた。彼女がホールを出るときに、階上の出入口でためらっていた例の男だった。彼女は押しつけてくる男の肩ごしに、その男のすがたを認めた。訴えもしなければ、なんらかの形で救《たす》けを求めることもしなかった。こうした場合に、他人の救けを求めたりしたことは一度もなかった。そのほうが失望させられないで済むのだ。べつに大したことではありはしない。一分もすれば片づくことなのだ。

その男は近づいてきて、おずおずと話しかけた。

「なにか手伝いましょうか?」

「そんなところに、ぼんやりつったってないでよ。なんだと思ってるの、街頭録音じゃないのよ。脚がすくんで動けないなら、お巡りでも呼んでちょうだい」

「いや、それまでのことはありませんよ」

この場の情況とはまるで懸けはなれた、妙にばか丁寧な断わりかただった。

男はもう一人の男を手もとへひっぱりよせると、動きは見えなかったが、殴った音がきこえた。肉のうすい部分の骨にあたって鋭い音をたてたところからすると、顎の横側だったにちがいない。殴られた相手はふらふらとのけぞって、車の後部フェンダーに凭《もた》れかかり、勢いあまってずるずると地面へ崩れおち、片肘をついた格好になった。

しばらくのあいだ、三人とも身動きをしなかった。

まもなく、その小さな人群れのなかから、倒れていた男だけがのそのそと起きあがり、膝立ちの妙なかっこうで後ずさりしていくと、もう殴られる心配のない距離まで逃げてから立ちあがった。それから凄《すご》んだり恨みがましい素振りを見せたりすることもなしに、むしろそんな芝居がかりを時間の浪費と考える実際肌の人間でもあるのか、ズボンの埃をはらいながら、二人の視野から小走りに姿をけした。

つづいてタクシーの運転手も、彼女が新しい相手と乗っていく気があるかどうか、ちらっと視線を投げたのちに、もう用がなさそうだとわかると、車を走らせて去っていった。

彼女の感謝心はそれほど気乗りのしないものだった。

「いつも、あんなにもっさりしているの？」

「もしかすると、あの男が、きみの特別な友達じゃないかと思ったもんだから」

男はおずおずと呟いた。

「あんたの言いかたからすると、特別な友達なら、ひとの帰りみちに待ち伏せして、追剥ぎをはたらく権利があるみたいね。あんたもご同類なのじゃなくって？」

男はちょっと苦笑した。

「ぼくには特別な友達なんかいないんだよ」

「いたって構わないわ」と、彼女はきびきびした口調でいった。「ただ、あたしとしては、そんなもの欲しくないってこと」

そういうと彼女は、その一般論に個人的な意味をつけくわえるような目で、ちらっと男を見た。

それきりで会話を打ちきって帰路につこうとするように、彼女が踵《きびす》を返しかける気配がみえた。

「ぼくはクィン・ウィリアムズというんだ」

そう言うことで、彼女を自動的にもうしばらく引き留めようとするのか、男はぼそりと洩らした。

「お目にかかれて嬉しいわ」

その言葉のつらなりが予想させるほど愉しい響きではなかった。トタン板のカウンターに鉛の二十五セント玉が弾んだような音だった。

彼女はふたたび撤退《てったい》にとりかかった。というよりも、これまでどおりの動作を、邪魔されることなしに続けていくような感じだった。

男は肩ごしにふり返って、さっきの厄介者が去っていった方向を眺めやった。

「一丁か二丁、つき添っていったほうがいいんじゃないかな」と、彼はそう提案した。

彼女はその提案を受けいれもしなければ、かといって、あからさまに拒否するふうも見せなかった。「あの男は、もう二度ともどってきはしないわよ」

そう答えただけだった。男はその曖昧な返事を全面的な同意と解釈して、作法どおり数フィートのへだたりは置いたものの、ぴったり彼女と肩をならべた。

ふたりはダンスホールの玄関口からたっぷり一丁のあいだ、黙りこくったままで歩いた。彼女のほうでは、べつに自分から口をきくことはないと心に決めていたからだし、男のほうでは、今まで口火を切ろうとした会話がことごとく失敗に終わったことから判断して、自分にはその資格がないものと考え、おどおどしながら、彼女と連れだって歩くという恩恵に浴した今でも、なにから話していいやら見当がつかないでいるからだった。

ふたりは交差点を渡った。彼女は男がうしろをふり返るのを見たが、なんとも言わずにいた。次の区画も、同じ石のような沈黙のうちに過ぎた。彼女はまるで一人ぼっちでいるように、まっすぐ前方を見つめていた。この男にはなんの負い目もない、ついて来てくれと頼んだわけではないのだ。

ふたりは二つ目の、そして最後の交差点に来た。

「あたし、ここから西へいくのよ」

これ以上めんどうな悶着なしに別れようというように、彼女はそっけない言葉を投げると、わき道へ曲がった。

その仄《ほの》めかしが男には通じなかった。遅ればせに彼女のあとから角を曲がると、

「ここまできたんだから、ついでに最後までつき合ってもいいや」

というような言葉をつぶやきながら、また肩をならべた。

が、その前に、男がちらっと背後をふりかえるのが見えた。

「あいつのことなら心配なくってよ」と、彼女は皮肉にいった。「もう二度と現われやしないわ」

「だれが?」と、男はうわの空でききかえした。つづいて、彼女のいった意味に気づいたらしく、「ああ、あいつのことか、忘れていたよ」

彼女はきっと立ちどまって、最後通牒を申しわたした。

「ねえ、あたしは一度だって、家まで送ってほしいなんて頼みやしなかったはずよ。いっしょにきたいのなら、それはあんたの勝手。でも、一言いっとくけど、ものごとの道理をはっきりしといてちょうだい。へんな料簡を起こしたら承知しないわよ」

男は黙って聴いていた。自分が誤解されていることに抗議もしなかった。それは一、二時間前、男がはじめて彼女の軌道の中にはいって以来、最初の好意ある発言といってよかった。しかし彼女は、こんなふうに自分に近づいてくる人間にたいして、ずっと昔に習得した一つの偏見を持っていた。最初それほど憎めない相手にこそ、よけい用心したほうがいい。そんな相手にかぎって、いくぶん気を許してしまったあとで、かえって憎らしく思えてくるものなのだ。

二人はまた歩きつづけた。いぜんとして数フィートの距離をたもち、言葉もかわさず、ただ同時に前へむかって進んでいる動作だけが共通していた。男に送ってもらうにしても、こんな風変わりな方法ははじめてだったが、どうしても送ってもらわねばならないとしたら、全部こんなふうだといいのだけど、と彼女は思った。

トンネルのように薄暗い横通りへはいった。そこは以前は九番街へむかう高架鉄道の支線が通っていた場所だった。もう線路はとりはらわれていたが、六十年もにわたって拘束服に締めつけられていた関係上、永久に発育不全のままで残されていた。パンの厚切りさながらに窓ひとつない倉庫の側面、セメントのタンクのように見える有名なスケート場の彎曲《わんきょく》した背面。地盤沈下のせいで建物の列のあちこちにできた裂け目は、ことに角地に多かったが、建てなおされる気配もなく、いまでは駐車場に使われていた。

こうした風景を、数すくない間遠《まどお》な街燈の光が、さかさにした篩《ふるい》の目からこぼれるように、つかのま、うっすらと白く浮かびあがらせたと思うと、すぐにまた影は黒ずんで、闇のなかへ溶けこんでしまうのだった。

とうとう男のほうが口をきった。正確には想いだせないけれども、タクシーでの一騒動いらい、はじめて男の言葉をきいたように彼女は思った。

「じゃ、きみは毎晩、こんなところを一人で通るんだね？」

「そうよ。でも、さっきの場所にくらべれば、それほど物騒ではなくてよ。このあたりなら襲われたとしたって、めあては財布ぐらいだものね」

そのあとに、よっぽど、

「なによ、あんた、怖がってるのね？」

とつけ足しそうになったが、あやうく思いとどまった。第一、すくなくとも今までのところ、相手はそんな辛辣《しんらつ》なことばを浴びせられるようなことを言いもしもしていないのだし、それに二六時ちゅう、爪を出しっぱなしで警戒しているのにも疲れてしまった。たまには爪をひっこめて、息を抜くのもいい気分だった。

男はまたふり返った。これで二度目か三度目だった。たとえ背後にふり返るだけのものがあったとしても、いま二人が通ってきた暗闇のなかでは、なにひとつ見えないはずだが。

こんどは彼女も見逃さなかった。

「なにを怖がっているのよ、あの男がナイフを抜いて追っかけてくるとでもいうの？　そんなこと、ありっこないわ。心配しなさんな」

「ああ、なんだ、さっきの男の話か」

まるで別個の想念を追っていたところを、ふたたび引きもどされでもしたみたいに、男はびっくりした顔になった。照れたような微笑を浮かべて、片手で頸筋をこすった。後をふり返ったのは、自分の意志には関係なく、そこの部分がいけないのだというようだった。一瞬ののち、男はなかば独り言のように、その気持を口にだした。

「自分でも知らなかったんだ。いつのまにか癖になっちまったらしい」

なにか気がかりなことがあるんだわ、と彼女は考えた。普通の人間なら、すこし歩くたびに、こんなふうに後ろをふり返ったりするものではない。そして奇妙なことに、それが先刻《さっき》の立廻りとはなんの関係もないことが彼女には信じられた。彼女が見とがめる度ごとに、男のしめす反応が、そのあきらかな証拠だった。この男の不安は、すぐ後方につらなる歩道とか、そのへんに隠れている人間とかのせいではなく、もっと一般的で、大きな拡がりをもった、彼の背後にある夜の闇ぜんたいなのだった。その時間と、街のひろさとを合わせた、二次元的なものなのだ。

そういえば思いあたるが、ダンスホールでとてつもない枚数の切符を買いこんだあげくに、それを、今夜かぎりで値打がなくなるもののように、もう二度と使う機会がないとでもいうように、気前よく捨ててしまったが、あれだって同じ一連のできごとだ。

彼女はまた別のことを想いだして男に質問した。

「あたしがホールを出てくると、あんたは階段の降り口のところに立っていたわね。だれかを待っていたの？」

「いや、そうじゃないんだ」

「だったら、ホールが閉まったあとまで、なぜあんなところに立っていたのよ？」

だれかを待っていたのでないことは彼女にもわかっていた。男はホールの内部ではなく、階段の下のほうへ目をやっていたのだから。

「なぜだろうな。たぶんぼくは、その、ホールが閉まっちゃったんで、どこへ行ったらいいか、どうしたらいいか迷っていたんだ。ぼくは、その、行く先をきめようとしていたんだと思うよ」

それならそれで、なぜ外の通りにめんした玄関口に立っていなかったのだ。行く先を思案するなら、そこのほうがよっぽど自然なように思われる。だが、彼女はそのことはたずねなかった。たずねなくても答はわかっていた。階上にいればだれにも見咎《みとが》められずにすむからだ。階下の通りにめんした入口にいたのでは見つかるおそれがあるからだ。もしだれかに狙われている場合には、あるいは少なくとも、そんな気がする場合には。

だが、彼女が問いたださなかったのは、そんな判りきった説明がこころに浮かんだからではなく、もっと他に大きな理由があった。彼女が問いたださなかったのは、そこまできて、ちょうど落し格子がぴしゃっと落ちるように、彼女の心が閉ざされてしまったからだった。だれひとり入れてはならぬという無慈悲きわまる、嗄《しゃが》れ声の下知《げち》によって、城門がきびしく閉ざされたのだ。よけいなお節介ではないか？　おまえになんの関係があるのだ？　それを知ってどうしようというのだ？　そっとしておいてやるがいい。いったいおまえは慈善病院の看護婦にでもなった気でいるのか？　だれかがおまえのことを心配してくれたことが一度でもあったか？

そして、苦い沈黙のうちに、彼女はわが身を責めた。

『まだ懲《こ》りないんだね、おまえは。あれほど寄ってたかって小突きまわされながら、性懲りもなく、おつぎの番に手を差しのべようっていうのかい。まったく、鉛管ででも叩きこまなけりゃ、ちゃんと頭にはいらないらしいねえ』

男はまた背後をふり返ったが、彼女は放っておいた。

やがて九番街へ出た。幅はひろいが、うす汚い陰気な通りで、そこを行き交う自動車の赤や白の南京玉も、とりたてて照明の役には立っていなかった。

ふたりは爪先を縁石にかけて立ちどまった。南京玉の流れがゆるやかになって、安ぴかの宝冠をかたちづくり、交差点をはさんで向かい合い、見渡すかぎりの街路をかなたへと連なっている。これも一瞬ののちには、前とおなじように崩れ、乱れ散っていくのだろう。

彼女はもう車道へ足を踏みだしていた。男のほうは、瞬間、しりごみをみせた。スタートの切りそこない、それだけのことでしかなかった。ほんの些細なことだった。

「さあ、信号は青よ」

と、彼女は言った。

男はすぐに後を追ったが、さっきの不可解なためらいは隠すべくもなかった。結果が現われたのだから、原因はどこかこの近くにある。あとはそれをつきとめるばかりだ。やがて、彼女は、男に二の足を踏ませたのが信号燈ではないことを知った。それは、道路を渡った向こう側を一定の足どりで遠ざかっていく人影、勤務中のパトロール警官なのだった。警官のうしろ姿を追っていた男の目が、彼女の注意にうながされて、はじめて信号燈を見上げたぐあいからして、彼女にそれがわかったのだ。

彼女のこころの落とし戸は頑《かたく》なに閉ざされたままだった。

ふたりは向かい側の歩道にたどりつき、さらに西へつらなる区画の深みへはいりこんでいった。一見はてしなく続くように思われるその区画に、大きく間《ま》をおいて存在している三つの貧血した灯だまりも、闇をうすめる役には立っていなかった。むしろ対照的に闇をひきたてていた。だいたいが光なんてこんな程度のものだよ、と、それは言っているようだった。

空気がしっとりした冷たさを加えて、水の近いことを感じさせた。これまでの道中にはなかった感じだった。ゆくての闇の中で、曳《ひ》き船の汽笛がわびしい唸りを響かせた。つづいて遙かジャージイ側で、べつの汽笛がそれに応えた。

「もうすぐよ」と、彼女は言った。

「こんな遠くまできたのは初めてだ」と、男が答えた。

「週に五ドルの稼ぎだと、こんな河っぺりをはなれて、町中《まちなか》ぐらしをするのは無理なのよ」

それから、男がいやいや同行してきたのでないことは百も承知していながら、こうつけ加えずにはいられなかった。

「いやになったら、いつ別れてもいいことよ」

「べつにいやじゃないがね」と、男は一種の外交辞令をつぶやいた。

彼女はハンドバッグを開けて、あらかじめ鍵をさぐった。それが存在することを確かめるための反射的な準備行動だった。

まんなかの灯だまりへ来ると女は立ちどまった。煙《けぶ》ったような埃っぽい光が降ってきて、おたがいの姿をふたたび粉っぽく照らしだした。

「さあ、ここよ」

男はただ彼女を見つめた。その見つめかたが、彼女の目には愚鈍なものと映った。まるで牛だ。ここで二人は別れて、自分はまた独りぼっちにもどるのだ、という事実に必死でしがみつこうとしている、そんな感じだった。すくなくとも、それ以外の下心、彼女をものにしようというような野心は見当たらないようすだった。

ふたりの真ん前といっていいあたりに玄関があった。それは街路にめんして開いているが、建物のずっと奥から流れてくる頼りない薄黄色の照りかえしのおかげで、いくらか外から侵入しにくくなっている。それだって入口までくまなく照らしているわけではなく、ここかしこに薄暗い部分が残っている。それでも、ないよりはましだった。以前は真っ暗だったので、夜遅くはいっていくのが怖かったものだ。ある晩、階段で刺された人がでてから、階段の下のあかりを一つ点《つ》けっぱなしにしておくことになった。これで、たとえナイフでぐっさりやられたとしても、相手の顔が見とどけられるわけだ、と、そんな皮肉なことを、彼女は思った。

別れぎわは簡単に切りあげた。二言三言、別れの言葉を投げつけて、相手が面くらっているすきに引き揚げるのだ。これも相手の腕がとどかない距離まで逃げるための手だった。彼女は経験からこんなやりかたを覚えたのだった。つべこべと未練がましい相手の抗弁に耳を貸したりしてはいけない。これも必要からまなんだ手なのだった。

「失礼するわね」

そういったときには、彼女はもう玄関にのぼり、男はひとり歩道に残されていた。

「また会いましょう」

と、そこから彼女はいった。が、本心はまるで正反対だった。もうふたりは二度とめぐり会うこともないだろう、これでお終いなのだ。

ところが男のほうでは、彼女がすっかり姿を消してしまわないうちに、またもや背後をふり返って、いましがた歩いてきた薄闇を眺めやっていた。なににもまして男のこころを占めているのは恐怖の念なのだった。

あんな男が、自分にとってなんだというのだ？　桃色のダンス切符の半券。十セントにつき二セント半の歩合、一対の足、一つの符牒、一つの合図、それだけのものにすぎないではないか。

彼女は建物のなかの廊下を歩いていった。ようやく一人になれた。今夜の八時いらい初めて一人きりになれたのだ。もう男はいない。背中にまわった男の腕もない。顔に息をはきかける相手もいない。まったくの一人ぼっちなのだ。天国がどんなところか、よくは知らないけれど、死んでから行ってみれば、きっと天国はこんなものにちがいないと想像できた。男なんていない、一人ぼっちでいられる場所にちがいないだろう。廊下の奥にぽつんと侘しくともった、白けて草臥《くたび》れきったような電燈を通りすぎて、締まりのない階段を昇りはじめる、最初のうちは意気揚々とはいわぬまでも、昂然と胸をはり、しっかりした足取りで昇りはじめるのだが、たっぷり二つ階段をのぼりきると、膝もゆるんで前かがみになり、あっちへふらふら、こっちへふらふら、壁に手をささえたり、木の手摺りに摑まったりしながら、辛《かろ》うじて昇りつづけるようになる。

　やっとの思いで昇りつめると、これを限りの息をつきながら正面のドアにもたれかかり、床の上のなにかをじっと見つめるように顔をうなだれる。べつに床の上になにかがあるわけではない。それほどまでに疲れているということだ。

　まもなく彼女はまた動作をおこす。もう一つだけ、ほんのわずかなことをしなければならない、それを仕おおせれば、万事はおしまいなのだ。明日の晩のおなじ時刻になれば、それはふたたび始まるだろうが、それまではおしまいなのだ。彼女は鍵をとりだすと、いぜん首をうなだれたまま、それをでたらめに鍵穴に差しこんだ。ドアを押しあけ、鍵を抜きとり、背後にドアを閉めた。両手も使わず、ドアの握りも関係がなかった。両肩をもたせかけて、ぐったりと倒れかかるような動作でドアを閉めるのだ。

　そのままの横着な姿勢で手をのばし、スイッチをさぐって、電燈をつけた。そうしながらも目は伏せたままだった。どうしても部屋の中を見なければならないときまでは、すぐには見たくないという気持だった。

　ここがそうなのだ。家庭なのだ。ここが、この場所が。スーツケースに荷物をつめて上京してきたのがこの部屋なのだった。まだ十七のころ、憧れていたのがこの場所だったのだ。愛らしく品よく育って、一人前になったのも、ここが目当てだったのだ、部屋中いっぱいに、身動きもならず、がらくたが散らばっていた。足首も埋まるほど、膝も埋まるほど。目には見えないけれど、こなごなに砕けた夢のかずかず、微塵にくずれた希望のかけら、無慚《むざん》についえたアーチの夢が。

　夜更けなど、ひくく声を殺して、そっと泣いたこともあった。しかし普段の夜はもっと始末がわるかった。涙も涸《か》れて、なんの感情も、なんの関心もなく、ただ横になっていた。齢《とし》をとるには、大層ながくかかるのだろうか、――ああ、早く齢をとりたいものだ。

ようやく彼女は戸口をはなれ、のろのろと帽子をとり、コートを脱ぎすてて、灯りへ近づいていく。疲れてはいるけれども、青白い顔をしているけれども、答は出ているのだ。そう、齢をとるにはまだなかなかだ。それが残念にも思われた。

倒れるように椅子に落ちこんで、靴の留め革をまさぐり、靴をむしり取る。帰ってくるなり、いつも一番にすることだった。足の動きは彼女の意志とは関係がなかった。踊らなくてはならないなら、それは足の自由意志にしたがって、踊りたいだけ、ほんのしばらくのあいだ、愉しく踊るべきだ。忍耐の限界をこえて、強制的に踊らされる筋合いはないのだ。

まもなく彼女はフェルトのスリッパに足をつっこむ。その折り返しは足首のところでぱっくり口をあけている。そして、うつらうつらしながら、まだしなければならないことが少し残っているのだが、頭を椅子の背に投げかけ、両腕をだらんと床に垂らしたまま、しばらく動かずにいる。

むこうの壁ぎわに簡易寝台らしいものがあり、使っていないときでも、永年の使用によって草臥《くたび》れはてたのか、まんなかの部分が凹んでいた。あたしより前にこの寝台に寝たひとたちも、あたしと同じように泣いたかしら、と、ときたま彼女はそんなことを思ってみた。そうしたひとたちは、今どこにいるのかしらと思うこともあった。雨の街角でラヴェンダーの匂い袋を売っているのだろうか。明けがたに事務所の玄関の床を磨いているのだろうか。それともまた、今頃は、これによく似てはいるがもっと堅い台の上に、上から土をかけられ、永遠の安らぎを得て眠っているのだろうか。

部屋のまんなかの電燈の下に、背のまっすぐな椅子を一脚よせたテーブルがあった。その上には、切手をはって宛名も書いた、あとは中身をいれて封をしさえすれば、いつでも出せる封筒がのっていた。宛名は
『アイオワ州　グレン・フォールズ　ミセス・アン・コールマン様』

となっていた。そのそばには、封筒にいれるはずの白紙が置いてある。書かれているのは、

『火曜日。いとしい、母さん』

とたった三語だけ、それっきりだった。

文面は目をつぶっていても書くことができた。いままでに似たようなのを何度となく書いたのだから。

『元気でやっています。あたしの出ているショウは大当たりで、札止めになっているくらいです。題名は――』

そしてそこに、新聞の演芸欄から選びだしたショウの名前を嵌《は》めこむのだ。

『あたしの役はたいしたものじゃなくて、ちょっとした踊りなんだけど、つぎのシーズンには台詞のある役をもらえるとか、もうそんな話も出ていますわ。ですから、母さん、なにも心配はいらないのよ――』

そんなぐあいに書きすすめて、それから、

『あたしがお金に不自由していないかなどとおっしゃらないで、滑稽だわ。そんなこと、あた

しには縁のない話です。かえって、こちらから、ほんの申しわけですが送ります。ずいぶんお給金をもらっているのですから、本当なら、もっとたくさん送らなくてはいけないのですけど、なにかと出費が多いし、商売が少しは体裁もかまわなくちゃなりません。今いる部屋は、すてきなんですけど、黒人の使用人をやとったり、なにやかやでかかりが多いのです。でも来週は、もっとふやすように努力しますわ――』

そして、目にこそ見えないが、いちめん彼女の血にまみれた一ドル札二枚が封入されるはずなのだ。

そういったぐあいだった。目をつむったままでも書き上げられるのだ。あしたの朝、起きぬけにでも書こう。早く書き上げなくてはならない。もう三日も前から、そのままになっているのだ。だけど、今晩はよそう。嘘をつくのさえ億劫《おっくう》なほど疲れきっているときがあるものだ。こんなときは、行間になにが忍びこむかわかったものではない。

彼女は腰をあげて奥の壁のほうへいった。そこの壁をくぼませて食器棚のようなものが造りこんである。その棚の一つにガスコンロがのせてあり、ゴムの管が上方の壁から突きでたガスの出口へ繋《つな》がっていた。マッチを擦ってコックをひねると、にぶい青色の炎が小さな輪をなして燃えあがった。その上へ彼女はへしゃげたブリキのコーヒー沸かしをのせた。出かける前、まだ動きまわるのがそう苦痛でないときに、いつでもかけられるように支度しておいたのだ。

それから手を肩へやってドレスを脱ぎにかかった。ふと思い出して、通りに面した窓のほうを見やった。日覆いは上げっぱなしになっていた。通りの向いがわは屋上になっていて、よくその上にいけ好かない男が這いつくばっていることがあった。いつだったか、たしか去年の夏だったが、着換えをしている彼女の耳に、冷やかすような口笛が聞こえてきたことがあった。それ以来、彼女はけっして用心を怠らなかった。

着替えのほうは後まわしにして、まずその日覆いを下ろしにいった。ところが、日覆いの紐に手をかけたまま、彼女はふっと下ろすことを忘れてしまった。

あの男はまだ下の通りにいた。この建物の前の通りをうろついているのだ。ほんの今までいっしょに歩いてきた、あの同じ男だった。街燈の光に照らされた姿は見まちがえようもなかった。

途方に暮れているのか、こんな遠くまで来てしまった今、これからどこへ行ったらいいものかと思案しているように、歩道のはしに佇んでいた。相手の女にふられて戸惑っているようなぐあいだった。身動きはしなかったが、それでも全く静止しているというのではなかった。一個所に立っていながら動揺しつづけ、絶えずいらいらと足踏みをしていた。

男をそこに引きとめているのが彼女でないことは、男の姿勢そのものから暗黙裡にわかった。彼女に背をむけて、いや少なくとも半身のかっこうになり、街路の方向に平行して、なかば横顔を見せていた。上を見あげて、彼女のいそうな窓を物色しているというのではなかった。たったいま、彼女が消えていった廊下を、しげしげと覗きこんでいるというのでもなかった。まだ一緒にいたときも頻繁にしたことだが、ほんの瞬間、背後の通りをずっと遠くまで、ためつすがめつし、彼と彼女のふたりが歩いてきたばかりの夜の闇をじっとふり返る動作を、ふたたびやっているのだ。不安にかられて、心配そうに、恐れておののいているのだ。そう、三階の高みからみても、男の全身から伝わってくる特徴的な感じには見まがう余地がなかった。これまでと同じようになにかを怖がっているのだ。

この一幕が彼女に迷惑をかけるものでないという証拠が揃っていても、彼女にはなんの関係もないことがわかっていても、なにがなし焦燥感《しょうそうかん》にかられるのだった。あんなところでなにをする気なのだろう。シャドウ・ボクシングをやるなら、どうしてよそへ行ってやらないのだ？　なんのために彼女の建物の前をうろついているのだろう？　彼女はかれらの一切から離れ、かれらの一切を忘れ、店に関係のある一切の連中と手をきりたかった。なぜ男は自分の本拠地へ帰っていこうとしないのだろう。

口もとを引きしめて堅くつぼめ、両手で下方の窓の桟《さん》をさぐった。いまにもそれをぐいと押し上げ、身を乗りだして、

「さっさとお帰り！　よけいなことに首をつっこまないでね？　なぜ、そんなところでぐずぐずしてるのよ。早く帰らないと、お巡りをよぶわよ！」

と、怒鳴ってやるつもりだった。

相手がどんなに気乗りがしなくても、効果的に追いはらう口汚い怒鳴りかたを、ほかにも彼女は心得ていた。それでもまだ踏みとどまっていると、周囲の窓という窓がいっせいに開いて、なにごとかと首をつきだす人びとの注視に曝《さら》されることになる。

だが、彼女が窓を上げないうちに、べつのことが起こった。

男が反対の方向を見やったのだ。あいかわらず歩道の平面だが、こんどは西のほう、十番街のほうを眺めている。最初の方向ばかり一心に見つめすぎたので、一瞬、気晴らしの意味で顔のむきを変えただけなのだろう。と思うと、ふいに身をかがめて、走りだしそうにみえた。もっとも、三階の窓からでは、なにも見えなかったけれど。

ほんの一瞬、なんだかわからないが、最初に目にとまったものを確認するように、しばらく止まっていたが、つづいて横っとびに飛んで視野からすがたを消し、窓の真下の安全な位置に逃げこんだ。その方向から判断して、この建物の玄関へかくれたものらしい。

男がなぜそんなに慌ててかくれたのか、しばらくのあいだ、原因はわからなかった。窓の下には青銅色に暗い通りが死んだようにのび、街燈のわびしい光輪だけがかすかな灯りを投げている。

彼女は顔を窓ガラスに押しつけて、じっと見まもっていた。すると突然、なんの前触れもなしに、ボートを逆さまにしたような形の白いものが夜の潮をかきわけて進んできた。まったく物音もたてずに近づいてくるので、瞬間的には、なんだかわからなかった。それは深夜の巡察をつづける小型のパトロール・カーだった。悪漢のふいを襲うために、ライトもつけず、物音もたてずに近づいてくるのだった。

別に目標があるのではなかった。だれか特定の人間を、すくなくともあの男を狙っているのではなかった。そのことは、その物憂げな走りぶりからもわかった。ただ巡回中に、いきあたりばったりに、この通りへ紛《まぎ》れこんできたにすぎないのだ。

もう通りすぎてしまった。よほどのことに、彼女は、最初に考えたとおり窓を押しあげ、パトロール・カーを呼びとめて、

「この下の玄関に変な男がかくれているわよ。なんの用だか訊問しておやんなさい」

と、教えてやろうかと思った。

が、そうはしなかった。どうして、そんなことまでする必要があるのだ？　まだ彼女にたいして明らさまな行為にでたわけでもないし、はっきり悪人ときまっているわけでもない。彼女としては、あの男にも、警察にも、なんの義理もありはしないのだ。彼女の兄弟でもなし、なにも保護者ぶることはないのだ。

どっちみち、パトロール・カーはもう、ずっと遠くへ行ってしまった。乗っている連中は、こっちのほう、この家の入口へは一瞥《いちべつ》もくれなかった。豆の莢《さや》ぐらいの大きさにちぢんで、いよいよボートそっくりに目に見えない潮に乗って、つぎの角まで流れていくと、右へ曲がって行ってしまった。

男がまた姿をあらわすのではないかと、彼女はそのままでしばらく待った。だが、男は現われない。前の通りは、そんな男など最初からいなかったと言わんばかりに、殺風景に静まりかえっている。どこへ行ったのか知らないが、あの男はすっかり勇気をくじかれて、この家のなかに匿《かく》れたまま出てこようとしないのだ。

痺《しび》れをきらした彼女は、こんな一幕がおこる前にしようと思っていたことだが、やっと日覆いをおろした。しかし窓ぎわを離れはしたものの、おあずけになっていた着替えはそれきりで

止めてしまった。部屋を横ぎって戸口へいくと、そこに立ったまま耳を澄ませた。それから、ドアの縁に手をあてがって、音をさせないようにそっと開けてみた。スリッパのかかとが柔らかいので、足音がしないのを幸い、ドアをぬけて人気《ひとけ》のない廊下へでた。

建物のなかは、上にも下にも、彼女以外のもの、ここの住人でないものの動く気配は一つもしなかった。階段の降り口までいくと、そこの手摺りごしに用心しながら身を乗りだし、薄ぼんやりと明るい吹きぬけを、ずっと一番下まで見おろした。

階段三つがたがいに絡《から》みあっているので、最初の位置からではなにも見えなかった。もうすこし前へ乗りだすと、一番下の部分を斜《はす》かいに覗きこむことができた。

そこにあの男のすがたが見えた。最初の踊り場までのぼる階段の中ほどにしゃがみこみ、思いに沈んだようすで手摺りに凭《もた》れかかっている。両脚は下の段に折りこんでいるようだ。帽子は脱いでいて、どこか近くに置いてあるのだろうが、距離が遠いので見えなかった。動いているのは両手だけで、他の部分はじっと動かしもせずに坐っていた。外側にでている片手が、くりかえし何度も何度も、際限なく髪の毛をかきあげている。そこに深く巣喰った苦悩という名の虫が、彼のこころを蝕《むしば》みつづけてでもいるみたいだった。

そんな場所にずっといるわけにはいかない。一晩中ホールに坐りこんでいるわけにはいかないのだ。しかし、一瞬後、思いがけなくも、彼女が自分の存在を男に知らせてやろうと決めたのは、さっき窓ごしに黄色い声で喚《わめ》きたててやろうと思ったのとは意味がちがっていた。どういうわけだか気持が変わったのだ。そこにしゃがみこんでいる男の、あまりにも絶望的な、よるべのない姿に動かされたのかも知れなかった。ほんとうの理由などだれにわかるものか。彼女自身だって知りゃしないのだ。彼女は自分の存在を告げながら、同時に相手の存在を他へ知らせないですむような方法をとった。せめて、それだけの心遣いを示したのだ。他人に心遣いを示すなんて、思えば、なんと久しぶりのことだろう。ずっと昔、自分がひとの心遣いを受けなくなってから、そんなことをした覚えがなかった。

声をださないで合図を送り、男の注意をひくために、彼女は強く、しかも秘かに、しーっと呼んだ。

男は顔をあげて、ぎくりとし、いまにも逃げだしそうなようすを見せたが、やっとのことで二人をへだてた吹きぬけの遙か高みに、彼女の顔の一部分を捜しあてた。

彼女は一度二度とするどく顎をしゃくって、自分のいるここまで上がっておいでと無言の命令を送った。男はすぐに黙って腰をあげ、しばらく姿は見えなくなったが、二、三段とびに大急ぎで昇ってくる足音がきこえた。やがて最後の階段に姿をあらわし、最後の手摺りを曲がりおえると、荒い息づかいを見せながら、彼女のそばに立ちどまった。そして、なぜここまで昇ってこいといったのか、その理由をききたそうに、また半分は、こんな窮地にあるときに呼んでくれたからには、きっといいことであるに違いないという、一種の期待をふくめた表情で彼女の顔をみた。

どういうわけだか、男はさっきよりも若く見えた。ダンスホールで感じたよりも若く見えた。あの店の照明が、というよりはあの場のお膳立てそのものが、どんな男でも実際以上に厭《いと》わしく物慣れたふうに見せてしまうのだ、この男が変わったわけではなく、変わったのは彼女の抱いていた印象のほうなのにちがいない。いま彼女が見た、思案にくれて階段にしゃがみこんでいる男の姿が、その印象を修正したのかもしれなかった。いずれにしろ人間は、実際がどうであろうとも、自分自身のレンズを通してしか相手を見ないものなのだ。

「あんた、どうしたの？ なにをそんなに悩んでるのよ？」

彼女はわざと高飛車に、耳ざわりな厳しい調子でたずねたが、それというのも、もともと階段の途中に放ったらかしておけばいい相手を、わざわざ呼びあげて事情を訊こうとする自分の好奇心をおし隠すためだった。自分に課した規則の一つをみずから破ろうとしているのだから、どうしても不承不承な口調になるのはしかたがなかった。

「なんでもないんだよ——ぼくは——ぼくにはなんの話だかわからないな」

男の返答はしどろもどろだった。つづいて体勢を立てなおすと、

「ほんのちょっと、あそこで休んでいただけさ」

「なるほどね」と、彼女は石のように冷たくいった。「なんの疚《やま》しい気持ももたないひとが、夜中の二時に、知らない家の階段で休んだりするものかしら。あたしにはわかっていてよ。全部そっくり辻褄《つじつま》があうことだもの。いちいち算《かぞ》えてみる必要もないわ。ここへくる途中、ずっとひっきりなしに後ろをふり返っていた様子、あれにあたしが気がつかなかったと思って？ あたしがお店を出てきたときだって、隅っこでぐずぐずしていたじゃないの——」

男は初めてそんなものが目についたというように、かたわらの手摺りを見おろしていた。前

にはなかったものが突然そこに現われたとでもいうようだった。そして、ある一個所がどうしても綺麗にならないとでもいうみたいに、その手摺りをしきりに手のひらで擦《こす》りつづけた。

一分たつごとに、男はだんだん若やいでいくようだった。いまでは二十三ぐらいに思われたが、それはいささか過小評価かも知れなかった。最初ダンスホールに入ってきたときは――いや、鼠どもには年齢などないのだ。すくなくとも、そんなことを知りたいとは思わない。

「もう一度きくけど、あんた、名前はなんだったっけ。帰り道で教わったようだったけど、忘れてしまったのよ」

「クィン・ウィリアムズさ」

「クィン？　聞いたことのない名前だわね」

「おふくろが結婚するまえの苗字《みようじ》だったんだ」

彼女は眉根にしわを寄せた。名前のことではなく、それに先だつ話題のせいだった。

「まあ、好きなようにしたらいいわ」と、彼女はその問題を一蹴した。「あんた自身のことだものね。そうしたければ、あんたの勝手に考えるのね」

自分の部屋のなかの気配が彼女の注意をひいた。かすかなかたかたと鳴る音、その正体は長年の経験から、すぐにそれとわかった。なんの弁解もなしに男をそこに置き去りにしたまま、あわてて室内に入っていった。ガス台のところへ行ってコックを締めた。きらめく青い王冠がふっと消えて、かたかたと鳴る音もしずまった。

ブリキのコーヒー沸かしを取りあげて、それをテーブルの上にのせた。ドアは開けっ放しになっていた。彼女はそっちへ歩みよって、二人をへだてているドアを閉めようとした。

男はまだ同じところに立っていた。すこし後じさりして、階段のそばにとどまり、たったいま彼女が置き去りにした場所にたたずんでいた。一種のどうともなれといった宿命的な態度がみえた。いぜん手摺りをこねまわしながら、自分のしていることを見下ろしていた。

彼女はドアに手をかけたままでいた。なんという間抜けなんだろう、と彼女はこころの中で争った。これまでになにも学ばなかったのか？　今からしようと思っている以上に、もっとましなことを心得てはいないのか？　ともかく彼女はそれをやりおおせた。一種の自分にたいする情状酌量の意味だった。自分のこころの中には、最後にたったひとつ友情というものが残っているのだ。たったひとつだけ、この街がうっかりと彼女に残しておいてくれたものが。そんなものは自分の規律から押しだして無関係なものにしてしまったほうが、いっそせいせいするというものだ。

ふたたび、彼女は男にむかって、例のそっけない高飛車な調子で顎をしゃくってみせた。

「コーヒーが沸いているんだけど、ご馳走するから、ちょっとはいらない？」

男は階段を昇ってきたときと同様に、いそいそと前へ進んできた。景気をつける必要があるのだなと彼女は思った。つまり、だれでもいい、話し相手がいなくてはやりきれない気持なのだろう。

しかし、彼女の腕はそのままドアの隙間をふさぎ、入ってこようとする男をさえぎった。そして意地悪な注意をあたえた。

「いっておくけどね。あんたを呼んだのは、コーヒーを一杯ご馳走するだけのためで、それ以上の意味はないのよ。お砂糖はつけないわよ。ちょっとでも、おかしな目つきをしたら、そのときは――」

「そんなこと、考えもおよばないよ」

彼は奇妙に澄ました口調でいった。これまでの男どもが、ついぞ見せたことのないような態度だった。

「相手の表情を見れば、どんな気分でいるかぐらいはわかるさ」

「ところが、目の悪いひとが、びっくりするほど大勢いるのよ」

と彼女はにがにがしく言った。

腕がおろされ、彼は部屋へはいった。

彼女はドアを閉めた。

「大きな声をださないでね。隣の部屋には、こうるさい婆さんがいるんだから。あんたはあっちの椅子にすわるといいわ。あたしは、こっちのを運んでいくから――途中でばらばらに壊れるかもしれないけど」

男は堅苦しい動作で腰をおろした。

「帽子は、もし手がとどくなら、あの寝台へのっけとくといいわ」

彼女は親切ごかしにそうすすめた。

男はそのままの位置から、テーブルとコーヒー・ポットごしに、覚束ない手つきで帽子をほうったが、それはうまく寝台にのっかった。

二人は帽子がうまくのっかるのを見とどけてから、たがいに短い微笑をかわした。つづいて、彼女は気をとりなおし、すばやく微笑をひっこめた。男の微笑もとり残された淋《さび》しさから消えてしまった。

「どっちみち、コーヒーは一人ぶんだけ沸かすわけにはいかないのよ」

男を招じいれた自分の優情にたいする言い訳のように、そういった。

「一人前だと、てっぺんまで上がらないのよ」

彼女は予備の茶碗と受け皿をとってきた。

「一人暮らしのあたしが二人ぶん持っているのは、ウールワースの安物店で二組五セントで買ったからなのよ。二組買わなければ、みすみすお金を損するわけだものね」

さかさにして振ると、藁くずがこぼれ落ちた。

「はじめて使うのだから、水でゆすいだほうがいいわね」

食器戸棚の下にのぞいている緑青《ろくしょう》の浮いた蛇口へそれを持っていった。そして、彼に背をむけたまままうながした。

「待っていないで、勝手に注いでちょうだい」

彼が注ごうとして取りあげたひょうしに、ひどい出来のポットがごとんと音を立てるのがきこえた。おろしたときも、ごとんと音がした。実際、あまりにも烈《はげ》しい衝撃で、テーブルにのっていたコーヒー茶碗が踊りだしたほどだった。それと同時に、椅子が耳ざわりな音をたてた。

茶碗を乾かそうとして、上下に振りながら水をきっていた彼女は、その手をとめて、すばやく彼のほうへたずねた。

「どうしたの、火傷《やけど》？　だいじょうぶなの？」

男の顔がすこし青ざめているように見えた。首を振ってみせたが、なにかに心を奪われているらしく、彼女のほうは見なかった。片手はいまだにポットを握ったままだった。もう一方の手には、彼女が母親にあてて書いた封筒を持ち、呆然《ぼうぜん》とそれを見つめていた。彼女は一瞥《いちべつ》して事のしだいを知った。最初、その封筒の上にポットをのせておいたものだから、熱のために、ポットを持ちあげたとき、それがぺったり貼りついてしまったのだ。無理やり剝がしたもので、封筒がだめになって、びっくりしているわけなのだ。

彼女はテーブルのそばにもどってきて、立ったままでたずねた。

「どうしたのよ？」

男はいぜん封筒を手にしたまま彼女を見あげた。口をあんぐり開けていた。その口はしゃべる前後も開けっぱなしだった。

「あっちにだれか知った人でもいるのかい？　アイオワ州のグレン・フォールズに？　これ、あの町に出すんだろう？」

彼女はてきぱきした口調で答えた。

「そうよ、なぜ？　宛名にそう書いてあるでしょう。あたしの母さんにだす手紙よ」

その態度に挑みかかるような語気が忍びこんで、

「それがどうしたっていうのよ」

男は頭をふりかけた。頭をふりながら、ゆっくり立ちあがろうとしたが、途中で思いなおして、また坐りこんだ。そして、穴のあくほどまじまじと彼女の顔を見つめた。

「これは黙っちゃいられないな」

と、息をはずませながら、ちょっと額に手をやって、

「ぼくはあの町からきたんだ！　あそこはぼくの故郷なんだ！　ほんの一年あまり前に上京してきたんだよ――」

男の声は意外さに上ずってきた。

「きみもあそこから上京してきたんだね。アメリカ中に、あんな小さな町は何百とあるだろうに、ぼくときみが偶然おなじ町の出身だとは――」

「あたしはもともとあの町の人間なのよ」

彼女は油断を見せなかった。「あたしも」とは言わなかった。相手を慎重に眺めながら向かいがわに腰をおろした。男の最初のことばを聞いたときから電流がぱちぱちはぜるように、疑念が彼女のからだを駆けめぐった。そんなふうに習慣づけられているのだ。どんな場合にも、どんなときにも、どんな人間をも信用しないことを学んできたのだ。相手に欺《だま》されないための唯一の方便だった。それにしても、これは一体どういうことだろう。どういう心算《つもり》なのだろう。町の名は封筒を見て知ったのだ。それはだれにも見える場所においてあった。そこまではいい。それを土台にして、なにをでっち上げようというのだろう。どんなぺてんを企んでいるのだろ

う。なにが目当てなのだろう。借金か。気がついて拒絶されないうちに、こっちの情味にうったえて首固めを食わせようというのだろうか。とにかく一つだけわかっていることがあった。ありとあらゆる手管《てくだ》を究めつくしているつもりだったが、こんな新手もあったということだ。が、待てよ、相手の防御はがらあきだ。すこし突っこんでみてやろう。

「じゃ、あんたもグレン・フォールズの出身だっていうのね」と、彼女は探るような目でみつめた。「なんという通りに住んでいたの？」

指の爪でテーブルの端をたたきながら、返答の間合いをはかった。最初にとんと叩くか叩かないうちに返事があった。スタートの号砲の前に飛びだしたようなものだった。

「アンダーソン通りのパイン街寄りさ。パイン街からオーク街へむかって角から二軒目の家だよ——」

彼女は男の顔をじっと見つめた。考えながら話している様子はぜんぜんない。自分の名前を訊かれたときのように淀みなく出てくるのだ。

「あっちに住んでたとき、裁判所広場《コートハウス・スクウエア》の『宝石座《ビジュー》』って映画館にいったことがあった？」

こんどは時間がかかった。男はあっけにとられたような口調でいった。

「ぼくのいたころは『宝石座《ビジュー》』なんてなかったぜ。『ステート座』と『スタンダード館』、その二つきりだったよ」

「そうね」と彼女はひくく呟いて、自分の手をながめた。「ないことはわかってるのよ」

彼女はすこし手が顫《ふる》えだしたのでテーブルの下にかくした。

「鉄道線路と交差する鉄の人道橋があるのは、あれはなんていう通りだったっけ？——ほら、線路が低くなっていて、そこをこっちからあっちへ渡るところよ」

あの町に住んでいた人間、あの町で半生をおくった人間だけが、その問いに答えられるのだ。

「だって、あの橋はどの通りにもつながってやしないぜ」と男はあっさり言ってのけた。「メイプル通りとシンプソン通りのちょうど中間の不便な場所にあって、あそこを渡るには、ひどく狭苦しい道を歩いていかなきゃならないんだ。もう何年も前から、みんなが不平をこぼしていることは、きみだって知ってるだろう——」

たしかに、そのことは承知していた。が、肝心なのは、相手がそれを知っているかどうかだった。

「おや、きみの顔を見てみたまえ、まるで真っ青だぜ。さっきは、ぼくもおなじような気分だったんだが」

では、やっぱり本当だったのだ。この変り者はあの町からやってきたのだ。

彼女は椅子の肘掛けに手をつっぱるようにして腰をおろした。やっと口がきけるようになると、かすかな小声でいった。

「あんた、あたしの住んでいたところを知っている？　知りたいのじゃなくって？　エメット・ロードよ！　どのへんだか見当はつくでしょう。ほら、アンダーソン通りのすぐ次の通りよ。行き止まりになっていてね。そういえば、あたしたちの家は、すぐ真後ろってわけじゃなくても、背中あわせみたいなぐあいになっていたのね。そんなことってあるかしら」

それから口をつぐむと、不思議そうに、

「あたしたち、どうして、向こうにいたとき知り合わなかったのかしら？」

「ぼくは一年前にこっちへ出てきたからね」

「あたしはもう五年になるわ」

「ぼくんちがアンダーソン通りへ越してきたのは、親父が死んでからだから、二年あまり前のことだ。それまでは郊外のマーベリイにあった農場に住んでいたんだ」

彼女はいそいで頷《うなず》いた。このうっとりするような楽しさが、冷酷な地理調べなどで無慚《むざん》に砕かれなかったのが嬉しかったのだ。

「じゃ、そういうわけなのね。あんたが町へ引っ越してきたときには、あたしはもうこっちへ出てきていたんだわ。でも、今頃はもう、あたしんちとあんたんちは知り合いになってるでしょうね。裏隣ってわけかしら？」

「そうだよ。きっと知り合ってるにちがいないさ。なにせ、ぼくのおふくろときたら――」

と言いかけて、それよりももっと大事なことがある、というふうにたずねた。

「きみの名前は、まだ教わっていなかったな。ぼくのほうは言ったけど」

「あら、そうだった？　ずっと以前からの友達みたいな気分でいたのよ。あたしはブリッキー・コールマン。本名はルースなんだけど、みんな、うちのひとまで、ブリッキーって呼ぶのよ。子供のじぶんは厭でたまらなかったわ。でも、今となると懐かしいわね。そもそもの由来は――」

「わかってるよ。きみの髪の毛が煉瓦色《ブリッキー》だからだろう」と、彼がひきとって言った。男の腕が、手のひらを上むけにして、テーブルの上を這うようにのびてきた。ためらいがちな相手に知らぬふりをされたら、いつでも引っ込めるつもりでいるような、ためらいがちな動作だった。動作だった。彼女のほうからも、同じようにためらいがちな手が伸びていった。二つの手が出会い、握りあい、そしてまた離れた。二人はテーブルごしに照れくさそうな笑顔をかわした。ささやかな儀式が終わったのだ。

「よろしく」と、彼がおずおずと言った。

「よろしく」と、彼女も小声で挨拶をかえした。

この短い、うわべばかりの他人行儀は水が蒸発するように消えうせて、二人はまた、おたがいのあいだに発見された共通の話題のなかへ溶けこんでいった。

「むこうでは、もう、ぼくんちときみんちは知り合いになっているにちがいないと思うよ」と、彼が言いだした。

「ちょっと待って――ウィリアムズってのは、よくある名前だけど――あんたにはそばかすだらけの兄弟がいやしなくて?」

「いるよ、弟のジョニーだ。ほんの子供だよ。十八になるんだが」

「きっとその子よ、あたしの姪のミリーとつきあってるのは。彼女だってまだ十六か七だわ。ときどき手紙をよこして、新しい彼氏だかなんだか、ウィリアムズって男の子のことを書いてくるのよ。どこもかしこも満点だけど、そばかすだけが困りもので、いまに消えるといいがっで」

「ホッケーをやってるかい?」

「ジェファーソン高校のチームよ!」

叫びにちかい返事だった。

「ジョニーだ。あいつに間違いないよ」

あまりの愕きに唖然《あぜん》となって、二人はただただ頭をふるばかりだった。

「世の中って狭いものね!」

「まったくだ!」

こんどは彼女が男の顔をながめる番だった。まるで初めて会った男のように、つくづくと、ためつすがめつ眺め、心のおくに止めておこうとしていた。ただの若い男、一山いくらで売っているような、キャラコの布のようになんの変哲もない、どことい って特徴のない男だった。裏隣の家の男の子。彼女の裏隣の家の男の子。小さな町の女の子なら、だれもが一人ずつもっているような男友達。それが彼なのだ。これで彼女にも自分のものができた。自分のものになっていたはずの男の子。もしあの町に、もうすこし長くいて、もうすこし待っていたら、彼女のものになっていただろう相手だった。

べつに変わり栄えのしない相手だった。隣の男の子なんて、そんなものなのだ。あまり身近にいるので、はっきり見定めることはできないのだ。それほど颯爽《さっそう》としてもいなければ、ロマンチックなところもない。そうした相手はいつも遠くから来るにきまっている。しかし、彼にはなんの翳《かげ》りもない、そこが大切なところなのだ。どうしてホールで、この男が初めてはいってきたとき、まだなにも知らないときに、自分にはそれが見抜けなかったのだろう？　もっとも、たかが一枚のダンス切符、一対の足であるときに、ことさら相手を見抜こうとするわけもないのだが。

二人は声をひそめ、恍惚《こうこつ》と眼蓋《まぶた》をとじて、しばらくのあいだ故郷の町のことを語りあった。故郷の町のことを、窓をとおして部屋のなかへ、身近なところへ持ちこんだ。外の闇を徘徊《はいかい》するニューヨークなどは、ずっと遙かのかなたへ追いやってしまった。窓のそとの夜空たかく聳《そび》えているパラマウントの時計台は退《しりぞ》いてしまって、そのかわりに、広場にある小さな白い教会の尖塔の鐘が、やわらかく、甘く、時を告げているのが、二人の耳にきこえてくるのだった。（おやすみなさい。わたしが見守っていてあげますよ。あなたがたの家庭で寛《くつろ》ぎなさい。おやすみ。心配はない。わたしが警戒していてあげるからね――）

二人はしばし故郷の町のことを語りあった。

初めのうちは、ゆっくりと、照れたような、ぎごちない語り口だった。それが早口になり、興がのってくると流暢《りゅうちょう》さが加わり、われを忘れ立場を忘れて、おたがいに語り合うというよりも、てんでに勝手なことを喋りつづけた。やがて二人のあいだに一筋の小川が流れはじめ、ほんの一流れの想い出にすぎなかったけれども、その中へ二人は交互にきちんと間《ま》をおいて、めいめいの記憶を落としこむのだった。

「マーカス百貨店の前の板張りの歩道だけどね。うっかり端のほうを歩くと、ぴょこんと飛びあがる板があったわね。きっと、まだ修理してないでしょうよ！」

「それから、グレゴリー爺さんのお菓子屋を憶えてるかい？　あの爺さん、ご自慢の食べものには、いつも凝った名前を考えたものさ――『特上東洋風ディライト・サンデー』なんてね――」

「本町通りの下手にあった『エリート・ドラッグストア』、あれだって大したものだったわよ――」

「入口には朝顔が植わっていてね――」

「夏の夕方になると、どこの家でも、玄関先にハンモックがゆらゆら揺れているのよ。下の床にはレモネードのグラスが置いてあってね。あんたもレモネードだった？　あたしはいつもそうだったわ」

「夜も音楽なんか鳴らさなかった。静かでね。針のおちる音でも聞こえるくらいだったぜ」

「それから、ジェファーソン高校。汚れ一つない御影石《みかげいし》づくりで、どこもかも真新しくって。あたし、あれが世界一大きな建物だと思っていたわ。あんたもジェファーソン高校？」

「ああ。みんなジェファーソン高校さ。正面の石段のわきに、磨いた石の斜面があって、いつも帰りには、あそこを立ったまま滑りおりたものだったよ」

「あたしもよ。ミス・エリオットって女の先生がいたでしょ。あんたも上級英語はエリオット先生だった？」

「ああ、上級英語は、みんなエリオット先生さ。きまっているんだ」

ちょっとの間、彼女の心を痛めるものがあった。隣の男の子、その男の子に、二千マイルも離れた土地でめぐり合うなんて、五年遅すぎた。当然知り合っていたはずなのに、いまのいままで他人だった、隣の男の子に。

「通りを歩けば、ぜんぜん知らない相手同士でも、向かいの歩道のはるか遠くからでも、おはようと挨拶を送るんだ」

「そして、暗くなると、音楽なんか聞こえないのね。うるさいトロンボーンがのさばったりしないし、せいぜいこおろぎぐらいのものよ。どこを捜したって、音楽なんて、ぜんぜん聞こえなかったわ」

「冬になると、ふんわりした牡丹雪《ぼたんゆき》が積もって、あたり一面、マシュマロみたいになるんだ」

「でも、やっぱり春よ！　冬や秋や夏なんか、すっとばしたっていいけど、春だけはね！　樹樹には薄桃色の花がついて、通りを歩いていると、ドロシイ・グレイの林檎《りんご》の花を思いだすようよ――」

「だれもかれもが、子供の頃から、良きにつけ悪しきにつけ知り合っているんだ。みんながみんな親身でね。病気になると、ゼリーを持ってお見舞いにきてくれる。また大人《おとな》になって、お金の融通がつかなくなったりしたら、喜んで都合をつけてくれるような人達ばかりなんだ――」

「だのに、今のあたしたち、どうなんでしょう」

急に首の骨が折れでもしたみたいに、彼女は、テーブルの上に重ねた腕にがっくり頭を落とした。

二度、三度と、こぶしがテーブルの上をむなしく叩いた。絞りだすような彼女の声がきこえた。

「お家、ああ、あたしのお家――いま一度、お母さんに会いたいわ――」

顔を上げると、男は目の前に立っていた。彼女に触ってこそいなかったが、そうしようとしていたこと、彼女が見ていないときに片手を差しのべようとしかけて、どうしたらいいか判らないままに諦めてしまったことは、そのぎごちない手つきから察しられた。

彼女は微笑を浮かべ、目をしばたたいて、涙をかくそうとした。そして、かすれ声で言った。

「煙草をちょうだいな。あたし、泣いたあとは、いつも煙草が欲しくなるのよ。どうしたんでしょう。人前で涙をみせたりするなんて、何年ぶりかのことよ」

彼には煙草の持ち合わせがなかった。彼女がもう一度、虚勢を張りなおすのに必要な煙草がなかった。

「なぜ家へ帰らないんだい？」

と、彼は言った。こんどは男のほうが少し年上らしくなった。あるいは逆に女のほうが若くなったのかもしれない。都会は人を老いこませる。故郷にいれば、家にいれば、若いままでいられる。そして、故郷のことを想い出しただけでも、しばらくは若返るのだ。

彼女は答えようとしなかった。彼はふたたび問いかけた。なにごとによらず、いったんやり始めるといっこくに追及していく気性らしい、と彼女は見てとった。

「どうしてなんだい？　どうして家へ帰らないんだい？」

「帰ろうとしたことがないとでも思ってるの？」と、彼女は無愛想に答えた。「旅費の金額を逆からいってみろと言われたっていえるわよ。バスの時間表だって、何度もききにいったから、そらで憶えてしまったくらいだわ。直通は一日に一本だけで、明けがたの六時に発車するのよ。夕方にだってあるけど、それだとシカゴで一泊しなきゃならないの。シカゴだろうがどこだろうが、途中で一泊なんかしたら、もう勇気が挫《くじ》けてしまうわ。まわれ右して帰ってくるにきまっているのよ。よくわかってるの。どうしてだかって、そんなこと、きかないで。あたしにはわかっているのよ。一度なんか、実際に発着所まで行ったことがあったわ。すっかり荷造りのすんだ鞄をわきにおいて坐り、門があくのを待っていたの。でも駄目だったわ。発車まぎわになって取り止めにしたの。切符を払いもどしてもらって、からだをひきずるようにしながら、ここまで帰ってきてしまったわ」

「だけど、どうしてなんだい？　そんなに帰りたくてたまらないのに、どうして帰れないんだい？　なにか引き止めるものでもあるのかい？」

「それは、あたしが成功しなかったからよ。出世できなかったからよ。みんなはあたしがブロードウェイの大劇場に華々しく出演しているものと思っているわ。ところが、じつは職業ダンサー、床の上をあちこちひっぱりまわされるズック袋みたいなものよ。そこにある手紙をごらんなさい、『母さん』としか書いてないでしょう。それも理由の一つなの。今までに嘘八百を書きすぎたのでね。いまさら帰っていって、あれはみんな嘘だった、あたしは落伍者なんだって、白状するだけの勇気がないのよ。ずいぶん勇気を要することなのに、あたしには、その勇気が足りないのよ」

「だって、みんな、きみ自身の家族だろう。きみの家の人じゃないか。わかってくれるさ。誰よりも先に、きみを慰め、励ましてくれるのはその人達じゃないか」

「そりゃそうよ。母さんにならなんだっていえてよ。でも話はちがうのよ。お友達や近所の人たちに顔向けがならないってことなの。きっと母さん、あたしの手紙を読んでは、ここ何年間、自慢話ばかりやっているでしょうしね。そりゃ母さんや妹たちは、あたしの味方だから、なんにも言わないでしょうけど、気分を悪くするのは同じことだわ。それがいやなのよ。あたしはつねづね、故郷へ帰るなら錦をきて帰りたいと思っていたのよ。それが今帰れば、みんなに憐れまれるだけよ。大きなちがいだわ」

顔をあげて、ひとつ頭をふると、

「でも、理由はそれだけじゃないの。もっと主な理由があるのよ」

「どんな理由が?」

「いえないわ。笑われるだけだもの。わかってもらえないにきまっている」

「笑うもんか。わかってみせるさ。ぼくだって同じ故郷から、こうして都会に出てきている人間なんだぜ」

「じゃ話すわ。その都会こそが曲者《くせもの》なのよ。あんたなんか、都会といったって、地図の上にある場所としか考えていないでしょう。ところが、あたしには敵としか思えないのよ。けっして思い違いじゃないこともわかっている。都会は悪辣《あくらつ》で、だれだって打ち負かしてしまうのよ。あたしは今、その都会に首根っこを押さえつけられて、身動きがならないの。そのために逃げ出しもならないでいるのよ」

「しかし、都会にある家といったって、石とセメントでこさえた建物だ、腕があるわけじゃない。こっちが逃げようと思いさえすれば、腕をのばして引きもどすわけにはいくまいさ」

「だから、わかってもらえないといったでしょ。腕なんか要りはしないのよ。大勢の人間が一つ場所に集まると、なにかが空気中に発散されるのね。どうも巧くいえないけど、その都会独特の知恵といったようなものが湧いてきて、あたり一面を蔽《おお》いつくすわけよ。いやらしい、悪意をもった、よこしまなもので、あまり長いあいだそれを吸いこんでいると、皮膚の下にはいりこんで、全身に浸みとおってくるんだわ。そこで参ってしまったら、もう都会のとりこよ。そうなったら、こっちはじっと待っているだけで、まもなく都会は仕事を済ませ、こっちが夢にも思わなかったようなぐあいに変えられていくんだわ。そのときはもう手遅れってわけね。そうなれば、故郷だろうがどこだろうが、行く先々で変えられてしまった自分のままでいるより仕方がないのよ」

こんどは彼も無言で彼女の顔を見つめるだけだった。

「こんな話が眉唾《まゆつば》にきこえることは承知の上よ。信じてもらえないことは判っているわ。でも、あたしは自分の考えが正しいってことを知っているの。肌身で感じてきたと言ってもいいわ。都会には、なにかしら一種の頭脳のようなものが備わっていて、それがあたり一面に蔽いかぶさっているのよ。猫が鼠をもてあそぶみたいに、こっちを見守っては、からかっているんだわ。あたしをバスの乗り場まで行かせたみたいに、ほんの少し泳がせてみて、こっちが成功したなと、完全に逃げおおせそうな気になったなと知ると、いきなり背後から猿臂《えんぴ》をのばしてひっぱりもどしてしまうのよ。こっちは自由意志でやったことだと思っていても、ほんとはそうじゃないのね。勝手に予定を変えたような気になっているけど、じつはちがうのよ。みんなその蒸気だか毒気だか——そういえば、もっと適当な言葉があったわね、そうそう、都会の発散する妖気、それがとっくにこっちの体内に入りこみ、こっちの行動を支配してしまうんだわ。それは渦巻きにそっくりだと言ってもいい。その渦巻きのまんなかに温和《おとな》しくしていて、逃げだそうなんてしなければ、なんにも感じないで済ませられるのよ。ところが渦巻きの外べりに近づきすぎて、なんとか脱け出そうとしはじめると、たちまち吸いもどされるって寸法よ。あたしは何もでたらめを言ってるのじゃなくてよ。その引きもどす力を実際に感じたように思ったことも何度かあったわ。泳いでいて、底をながれる逆流に巻きこまれるのに似た感じよ。ぜんぜん目に見えないけれど、ひっぱる力は感じられるの。そこにそんな流れがあることを知っているのは、いや無理やり知らされるのは、自分ひとりだってことね。引きずり込まれるのは自分なのに、自分の力ではどうにもならないのね。これで、あたしの言いたいことはわかってくれて?」

彼女は片手で払いのけるような所作《しぐさ》をした。彼が実際には口にしなかったが、なにか言いたげに見えたその言葉を払いのけたのだ。

「ええ、わかっているわ。毎年、あたしたちのような男や女が、何千人となく上京してくるわね。無我夢中で出世街道を駈けのぼっていく。人生、どこの歩道をみても、そんな連中でいっぱいよ。ニューヨークの街はよその土地からやってくるなんて言われるわね。でも、それであたしの意見が否定されるわけじゃなく、むしろ一層、正しいことが証明されるのよ。都会は性《しよう》悪《わる》でね。もしもこっちが、千人の中でちょっと弱かったり、ちょっとのろまだったり、ちょっとばっかり手助けが必要だったり、あと押しがなければ障害が越えられないような人間だったりすると、たちまち都会は跳びかかってきて、その本性を現わすのよ。都会は卑怯者なの。弱っている相手に、弱っている相手だけに襲いかかるのよ。都会は意地悪だってあたしはいったけど、たとえ他のみんなにたいして親切だとしても、あたしはあたし、あたしにとっては意地悪だと思うの。あたしは都会を憎むわ。敵だわ。絶対にあたしを放そうとしない——それはちゃんとわかっているのよ」

「なぜ家へ帰らないんだい？」と、彼はまた訊いた。「なぜ帰らないんだい？」

「もうあたしには、都会の腕をもぎはらうだけの力がないからよ。いまも話したでしょ。あの夜明けがた、バスの乗り場ですわって待っていたときに、その有様《ありよう》が身に沁みてわかったような気がしたわ。うわべは何気なく見えれば見えるほど、ひっぱりもどす力は強いのよ。都会の妖気は『常識』というすがたを借りて、いつのまにかこっそりと頭のなかへ潜りこみ、あたしを腑《ふ》抜けにしてしまったの。ビルディングのてっぺんから朝日が昇りはじめ、三十四丁目の歩道に人足《ひとあし》が混みだすと、それは人懐《ひとなつ》っこいかたちを取ってからかってくるの。とても馴れ馴れしくて、こっちに害をおよぼすことのない、警戒の要らないようなものに姿を変えてね。そして、こう囁《ささや》きかけるのよ。『いつだって明日という日があるじゃないか。もう一晩のばしたらどうだい。なぜあと一週間がんばってみないんだ？　なぜもう一回ぶつかってみないんだ？』ってね。そして、発車係が『全員ご乗車ねがいます』というころになると、あたしは鞄をぶらさげたまま、夢遊病者みたいに、ふらふらと反対方向へ歩きだしてしまったわ。のろのろと、刀折れ矢尽きてね。冗談じゃなく、一歩外へでると、どこかのビルの頂上で、トロンボーンやサキソフォンがあざ笑うように鳴っているのが聞こえたわ。『摑まえたぞ！　どうせ駄目なことはわかってたんだ！　そうら、勝ったぞ！』って」

彼女は片手で頭をささえて、無意味な考えにふけるように目をおとした。

「あたしが都会の金縛りから脱けだせなかったのは、たぶん、独りぼっちだったせいかも知れないわ。独りでは、充分な力がだせなかったんだわ、もしだれかいっしょに帰るひとがいて、あたしが尻込みしかけたときに腕をしっかり摑んでくれていたら、弱気を出すこともなく、帰れていたかもしれないわね」

彼の顔が緊張した。それは彼女にもわかった。手のひらの端で、テーブルの上に、ありもしない一本の境界線をひいているのが見えた。なにかとなにかとを、たぶん過去と現在とをきっかり分けへだてるような感じだった。

彼女に話しかけるというよりも、むしろ独り言のような調子でつぶやくのが聞こえた。

「むしろ昨日きみと会っていたらなあ。今晩でなく、ゆうべ会っていたらとつくづく思うよ」

彼の言わんとする意味が彼女にはわかった。このひとは、昨日、なにかよくないことをしてしまったのだ。だから、もう故郷へ帰るわけにはいかないのだ。彼女にはなに一つ言わなかったが、なにかしら気懸りなものを背負っていることは、ずっと前からわかっていた。

「さあ、ぼつぼつお暇《いとま》しようかな」と彼は口のなかで呟いた。「もう帰ったほうがよさそうだ」

彼は帽子のおいてある場所へいった。枕の端をちょっと持ちあげるのが見えた。空いたほうの手を上着の内ポケットへいれると、そこから彼女に内証でなにか取りだそうとする気配だった。

「やめてよ」

と彼女の甲《かん》高い声がとび、それから、こころもち柔らいだ調子で、

「そんなことしないで。旅費ぐらい持っているわよ。途中下車したときにハンバーガーを食べるぐらいのニッケル玉をふくめて、もう八カ月以上も前から別にしてあるのよ。鶏が卵をあっためるみたいにね。鶏の卵なら、とっくに孵《かえ》っているころだわね」

彼は帽子を頭にのせて彼女のそばにもどってきた。もうテーブルのわきには立ちどまらなかった。急ぐようすもなく、わざとらしい所作《しぐさ》でもなく、あてどもなしに重い足をひきずって戸口のほうへ向かった。通りすがりに軽く彼女の肩に手をふれた。口にこそださないが、伝えたい気持を遺憾なく伝えた別れの挨拶だった。同じ悩み、おたがいに助けあう力をもたないという共感、おなじ小舟に乗り合わせた二人の男女としての感情だった。

戸口に辿《たど》りついた彼の手が取っ手にかかった。彼女は放っておいた。

「あんた、なにか悪いことをして、追っかけられているのね」と、彼女は静かにいった。

男はふりむいて彼女の顔を見たが、その表情には、意外なおどろきや彼女の洞察力をいぶかしむ様子はなかった。

「夜が明けて、せいぜい八時か九時になったら、ぼくを捜しはじめるだろうよ」

彼はたんたんとした口調でいった。

彼はドアの取っ手をはなして、また彼女のそばへもどってきた。なにも言わなかった。上着を裏返しにすると、裏生地の裾のあたりまでまさぐった。ナイフだか剃刀《かみそり》だかでわざと斬ったらしい裂け目をとめたピンをはずした。機敏そうな指を動かして、そのなかからなにかを取りだした。と、突然、ゴム・バンドでとめた一束の紙幣が、二人のあいだのテーブルの上に置かれた。一番上の紙幣は五十ドル札だった。彼は上着の反対側へ手をうつして似たような裂け目をひらいた。二つ目の札束が最初のと並んだ。こんどの一番上の額面は百ドルだった。
次はすこし手間どった。特定の場所がふくらんで目立たぬように、それらの札束は、上着の

裾のまわりに均等に挿しこんであったのだ。他のポケットにも入れていた。一束などは脚の片側の靴下どめの下にも挟んであった。ぜんぶ出し終わったときには、六つの札束がテーブルの上に並び、すでにバンドが外されて、一部費《つか》いかけになった七つ目の束もあった。

彼女は無表情のまま、

「いくらあるの？」

と、そっけない口調でたずねた。

「よくわからなくなった。まだ二千四百ドル以上はあるにちがいない。最初はきっかり二千五百ドルあったんだ」

彼女の顔は、いぜんとして表情がなかった。

「どこで手に入れたの？」

「よその家からちょうだいして来たんだ」

それっきり、二、三分のあいだ、二人ともなんとも言わなかった。二人とも、あいだにある札束など目にはいらない様子だった。

やがて痺《しび》れをきらしたか、促《うなが》されもしないのに、男のほうから話しはじめた。なにしろ相手がおなじ故郷の人間であったし、それに、だれかに話さずにはいられなかったからだろう。彼女は隣の家の女の子なのだ、二人とも故郷にいたら、まっさきに、自分の悩みを打ち明けたことだろう。もっとも故郷にいたら、打ち明けねばならないこんな事情も起こらなかったろうが、ここではそんな事態になってしまったから、彼女に打ち明ける気になったわけなのだ。

「すこし前まで、ぼくは電気屋の手つだいをやっていたんだ。弟子だか助手だか、呼び名はどうだっていいが、とにかくそんな格だったんだ。大した金にはならなかったが、ないよりはましだった。店はこまごました半端仕事ならなんでも引き受けた。ラジオの修理、電流の切換え、アイロン、電気掃除機、コンセントの設置、屋内配線の変更、呼鈴のとりつけ——つまり、なんでも屋さ。

べつに、そんな仕事がめあてで上京してきたわけじゃなかったが、初めの二、三週間、公園のベンチで寝起きしていた頃にくらべると、遙かにいい暮らしだったから、不平をいう筋合いはなかったんだ。

ところがひと月ほど前に、失業しちまった。馘《くび》にされたわけじゃなく、店のほうが失《な》くなってしまったんだ。親方が心臓を悪くして静養をすすめられ、商業を退《しりぞ》くことになった。跡をついで商売をやっていく人はいないし、ぼくは身内の者じゃないからというんで、店をたたむことにしたんだよ。ぼくはもとの木阿彌《もくあみ》にもどり路頭に迷うことになった。賃仕事を捜しては、あちこちうろついたが、まともな職にはありつけなかった。今日はこっち、明日はあっちといった調子で、浮草稼業を転々として暮らした。安料理店の皿洗い、一膳飯屋のボーイ——なにしろ不景気な街だから、ろくな仕事はありっこない。きみも知ってのとおり、一九三九年は不況の年だ。また文無しにもどるとわかっていたら、せめてバス代の残っているうちに故郷へ帰っているんだった。それとも家へ手紙を書けば、金を送ってくれたろうに。だけど、ぼくもきみと同じ気持だったんだな。落ちぶれていることを白状するのがいやだった。自分勝手に飛びだしてきたんだから、自力で成功してみせたかったんだよ。いい気な話さ」

彼はゆっくりと室内を行きつもどりつしながら話しつづけた。力なく両手をポケットにつっこみ、頭を垂れ、自分の足もとを見つめながら歩いていた。

彼女は胴を抱えこむようにして椅子の上に横ずわりになり、熱心に耳をかたむけていた。

「さて、ここで前にさかのぼって、失業数カ月前の、去年の冬にあった出来ごとを話しておかなくちゃいけない。とても信用してもらえそうにない胡散《うさん》くさい話なんだが、実際にあった通りのことなんだ。ぼくたちの店にも、ときたま、上等なお得意さんの仕事が舞いこむことがあった。店は三番街にあったんだが、ちょうど高級住宅街《ゴールド・コースト》のはずれに当たっていた。ほら、七十丁目の東側の金持ち連中の住んでいる地域だ。親方は長年そこに店をかまえていて、念入りで確実な仕事をするというので評判をとっていたから、きみなんか驚くくらい頻繁に、そういった連中から注文があったもんだ。しぜんぼくたちは、ニューヨーク随一の豪勢な邸宅の内部を見てあるくことができた。

さて、この注文は、東七十丁目のさる豪奢な屋敷から来たものだった。そこの主人は、フロリダへ冬の避寒旅行に行かずにすませようと、紫外線の太陽灯を買いこんだんだが、そのために浴室の壁に特別なコンセントを取りつける必要がおきた。

主人の名前はグレーヴズというんだ。聞いたことはあるかい?」

彼女は首をよこに振った。

「ぼくも知らない名前だった。今だってそうだ。親方の話だと、新聞の社交欄によく出る、ふるい名家なんだそうだ。親方だってなにも社交欄の通《つう》ってわけじゃないが、そういった種類のことはぜんぶ承知している人だった。仕事は簡単そのものだった。三日がかりとはいえ、家の人の邪魔にならないように、毎日一時間かそこらしか働かなかったからだ。

仕事というのは、浴室の壁に握りこぶし大の穴をあけて、向こうの部屋からきている電線を取りだし、それを太陽灯のコンセントへ繋げるだけのことだった。ところが旧家なので、壁は上質で厚く、見たこともないほど奥行きがあった。あるとき、親方がなにかを取りに帰ってそばに居なかったことがあったが、ぼくが一人で壁をけずっていると、こっち側で木の板にぶつかった。なんだかわからなかったが、ぼくはそれを避けて掘りつづけた。そのあとは別に問題もなかった。

その翌日——だったと思うが——ぼくが仕事をしている向こうの部屋にだれかがはいってきた。そこは二階裏手の書庫だか書斎みたいな部屋で、はいってきた人間は、一、二分いただけで出ていった。

向かいの部屋の壁でかすかな物音がした。あいだのドアは開いていたので、ぼくは首をそらして覗いてみた。突きあたりが鏡になっていて、そこに男のすがたが映っていた。その男は、ぼくが仕事をしている壁のちょうど反対側に、すこしはなれて、面とむかって立っていた。四方の壁は半分ぐらいの高さまで板羽目になっていたが、男はその板の一枚をあけて、造りつけた金庫の小さなダイヤルをまわしていた。金庫はよく部屋に造りつけになっている、そう、二フィートに、四フィートぐらいの、あまり大きくない小型金庫だった。男は蓋をあけると、浅い引出しをひっぱりだして、金をとりだし、また元へもどした。

そこまで見とどけると、ぼくはまた仕事にとりかかった。べつに興味はなかった。壁の向こう側できこえた物音の正体さえわかれば用はなかったんだ。あとになってから、前の日、穴を掘っているとき板にぶつかったことを思いだし、あれは金庫をはめこんだところの裏板だなと気がついた。そして、それっきり忘れてしまった。なにもきみに信じてくれとはいわない。信じてもらえなくても仕様のないことなんだ」

それに答えて、彼女はこう言っただけだった。

「あんたが同じ町の出身だといったときも、最初は、信用しなかったわ。あれが本当だったのなら、今度のことだって信用しないわけにいかないじゃないの」

「じゃあ、次には、もっと信じてもらいにくいことを話そう。どうしてそんなことになったのか、ぼく自身、さっぱりわからないんだ。ただ、そんなふうになったことと、ぼくにはなんの関係もないことだけはわかっている。その屋敷には階下の、玄関をはいったすぐのところに、小さなテーブルが置いてあった。ぼくはたびたび、これといってわけもなく、そのテーブルの上に道具箱を開けっぱなしにしたまま、二階で仕事をしていたことがあった。道具箱には、いちおう仕事の段取りがついてしまえば要らないようなものが入れてあった。けれど、要る要らないよりも、なんの気なしに置いていたというほうが当たっていた。仕事がぜんぶ終わった最後の日、店へ帰って道具箱のなかみをあけてみると、道具や電線のきれっぱしといっしょに、間違ってまぎれこんだらしいものが出てきた。だれかがまちがえて落としこんだのか、ぼく自身が道具箱をしまうとき、テーブルの上にあったものを気づかずに入れてきたのか、どっちともわからなかった。一度か二度、玄関のドアをあけてくれた頭の悪そうな使用人がいたが、その使用人がテーブルの近辺を掃除するさいに、ぼくの道具だと思って箱に入れたのかもしれない。ぼくが故意にしたことでないのは確かなんだ。誓ってもいい。店に帰ってはじめて、そんなものが入っていることを見つけたんだ。どうしてそんなものが紛《まぎ》れこんだのか、いまだにわからないんだ」

「そんなものって、いったいなんなの？」と、彼女はたずねた。

「屋敷の玄関の鍵なんだ、ぼくの道具箱にまちがって入っていたんだ。あるいは何本かある鍵のうちの一本といったらいいかな」

彼女はきつい視線を男の顔にじーっと注いでいるだけだった。男がまた口をひらいた。

「どうしてそんなものが紛れこんだのか、さっぱり見当がつかないんだ。自分でやったのでないことだけは確かだよ。帰って見つけるまで、そんなもののことを知らなかったんだから」というと、両手をだらんとわきに垂らした。「だれにも信じてもらおうとは思わないがね」

「一時間前なら信じなかったでしょうね」と、彼女はみとめた。「でも、いまでは、そうも言いきれないわ。とにかく最後まで話してごらんなさいな」

「その後のことは話す必要もない、想像のつくことさ。いっそのこと親方に打ち明けて、鍵を渡してしまえばよかったんだ。そうしようとは思ったんだが、親方は自宅へ帰ってしまって店にいず、ぼくだけが戸締まりのために残っていた。それからでも、まっすぐ屋敷へいって鍵を返してくれればよかったと思う。しかし、もう時間が遅かったし、腹ぺこで、疲れてもいた。一日じゅう働きづめだったので、早く食事をすませて休みたかった。で、その晩は、そこに置きっぱなしにし、翌《あく》る日になったらきっと返しにいくつもりだった。が、それもできなかった。翌日は朝の八時から夜更けまで、ずっと仕事に追われつづけて、返しにいく暇がなかった。翌日になると、もうすっかり忘れてしまっていた。肝心なのは、ぼくが完全に忘れてしまっていたという点だ。

さっきも話したように、やがて店がたたまれ、ぼくは失業した。蓄えもみんな失くなって――とにかく話を手みじかにすると、昨日のこと、ぼくは道具箱を取りだし、なにか質種《しちぐさ》になりそうなものでもないかと漁《あさ》ってみた。それ以前にも金目になりそうなものは、ぜんぶ質屋に持っていっていたんだ。道具箱をひっくり返して、ひとつひとつ検《あらた》めてみると、例の鍵が出てきた。それを見ると、ぼくは鍵の出所を思いだした。

その鍵をポケットにいれ、すこし身づくろいをすると、ぼくは屋敷へ出かけていった。そのとき念頭にあったのは、たとえ電燈のソケットが弛んだのを直すぐらいの半端仕事でも、ひょっとして貰えやしまいかということだった。

屋敷に着いてベルを鳴らしたが、だれも出てくる気配がない。ずっと鳴らしつづけたが、なんの応答もないんだ。昼下りのことだった。あきらめて帰りかけたが、はっきり帰る決心をつけたわけじゃない。これからどうしようかと考えながら、表のあたりをぶらついていた。すると、近所の建物から配達屋の店員がでてきて、ぼくが怨《うら》めしげに屋敷のほうを眺めているのを見ると、きかれもしないのに、この家の家族は先週から別荘のほうへ避暑にでかけてだれもいないのだ、と教えてくれた。普通、そんな場合には、玄関のドアや階下の窓に板を打ちつけておくものだが、それがしてないのはどういうわけだ、とぼくはききかえした。店員のいうには、たしか家族の一人が用事で二、三日あとまで残っているはずだ、その用事が済みしだい戸締まりをして、みんなのあとを追うのだろうということだった。では、その残っている人には、いつ来たら会えるだろうとたずねると、店員もそう詳しいことは知らないようで、夕方きてみたらどうか、などとごく常識的な返事しか貰えなかった。

そこでぼくは自分の部屋へ帰り、夕方になるのを待ったのだが、待っているうちに、初めてその考えが頭のなかに芽生えてきた。どんな考えだかは言わなくたってわかるだろう」

「わかるわ」

「自分でも気がつかないうちのことだった。そんな考えというのは実に始末がわるい。雑草みたいなもので、いったん芽が出てしまうと刈りとるのが難しいものだ。それにまた、なにからなにまで悪条件が――いわば養分が揃っていた。もう五セント玉一個きり残っていないので、食事もできないでいた。これが最後の五セント玉という場合には、コーヒーにドーナツぐらいの軽い食事にも、気楽につかうわけにはいかないものだ。明日になれば、もっと必要になってくるんじゃないかと思うと、手放す気になれなくってね。それにここ二週間らい、部屋代を催促されては言い逃れをつづけてきた。もうこのへんが限度だ。いつ放り出されるかわかりゃしない。というわけで、午後いっぱい、部屋のベッドに腰をかけて、例の鍵を投げあげては受けとめしているあいだに、その毒草のような考えがぐんぐん成長してきた。七時頃、日が暮れてしばらくすると、ぼくはふたたび例の屋敷へでかけたんだ」

男はうら淋しい笑いをみせて、

「ここからさきは言い訳の余地がない。きみに同情してもらえなくても当り前だと思う、ぼくは下手の角までくると、ちょっと足をとめた。そこから見ると、階下の窓から灯りが洩れていた。間に合ったなと思った——家人に会うために——やって来たのならばの話だが。玄関さきに一台のタクシーがとまって、だれかを待っていた。ぼくが眺めていると、あかりが消え、まもなく二人の男女が玄関から現われてタクシーのほうへ歩いてきた。乗りこむ前に呼びとめようと思えば、その余裕はたっぷりあった。二人はべつに急ぐ様子もなく、ゆっくり歩いてきたのだ。ぼくのいる場所から駈けつけてもよかったし、大声で呼んで注意をひき、タクシーに乗るのを待ってもらうこともできたのだ。

ところがぼくの足は根が生えたように動こうとしなかった。そこにじっと立ったまま、二人が去っていくのを見まもり、心待ちにしているようなぐあいだった。二人のうちのどっちが家の人で、どっちが誘いに寄ったのかはわからなかった。が、しかし、かれらが夜遊びに出かけて、何時間かは帰ってこないことは察しられた。女のほうが長いドレス、男のほうがタキシードを着ていることは、ぼくのいる場所からでも見究めがついた。そんな服装で出かけるときには、一時間そこそこで帰ってくる見込みは、まずないと言っていい。

二人はタクシーに乗って行ってしまい、ぼくもそこを立ち去った。片手でポケットの鍵を触りながら、いっぽう心の中では例の考えと闘いながら、その区画をひとまわりした。もとの場所までくると、踵《きびす》をかえして、反対の方向からもう一まわりした。猛烈に闘ったつもりだったが、まだ烈《はげ》しさが足りなかったのだろう。胃袋が空っぽでは戦《いくさ》も満足にできようがなかった。道具箱は持ってきていなかったが、ポケットには、必要ないどの簡単な道具が一つ二つはいっていた。こんどの場合は自由に想像してもらって結構だ。そんなものが、偶然、ぼくのポケットに飛びこんできたわけじゃなく、ぼく自身、選んで持ってきたのだから。

一度は、通りすがりにあったごみ箱へ鍵を捨てて、誘惑を殺そうともしてみた。が、効き目はなかった。二分ほど経《た》つうちに、弱気をおこし、舞いもどって鍵を拾いあげた。それからはもう、躊躇《ちゆうちよ》することなく、大急ぎで角をまがってまっすぐ玄関へ近づいていった。とにかくぼくは勝負にまけたのだ、厄介ばらいでもしたようで、最初のうちは、実にさっぱりした気分だった」

彼はうつろな笑い声を響かせた。

「そこからさきは詳しい説明も要らないだろう。きみの想像どおりだ。念のために、もう一度だけベルを鳴らしてみた。留守なのは承知の上でだ。内玄関へはいると、内側のドアに鍵を差しこんだ。ドアは造作なくあいた。まぬけな話で、錠前も取り換えてなかったのだ。もしかすると、鍵を紛失したことさえ気づいていなかったのかも知れない。

灯りをつけなくても勝手はわかっていた。

前に親方といっしょに何度も昇りなれた階段を、まっすぐ二階へのぼり、書斎ともなんともつかない部屋へはいった。そして浴室の電燈をつけた。そこは外に面した窓がないので灯りの洩れる心配はなかったからだ。ぼくは携えてきた道具をとりだすと、裏側から金庫を開けにかかった。この前と同じく浴室の壁に穴をあけるのだが、こんどはわきへ外れずに、まっすぐ金庫の裏板をねらった。穴も最初のときよりは大きく、金庫をはめこんである羽目板をもぎ取れるぐらいの大きさに開けた。

見たこともないほど貧相な金庫だった。扉と枠組みだけが鉄製で、ほかの部分は木の板張りだった。裏がわの板をはぎとると、完全に開いてしまい、手をつっこんで引出しを後ろむきに浴室へひっぱりだすことができた。正面からだと、なかなか頑丈なのだろうが、こんなふうに背面から襲われるとはゆめにも思わなかったらしい。

引出しは書類でいっぱいだったが、ぼくは現金以外には目もくれなかった。現金だけを浚《さら》えだし、宝石類や株券のたぐいは、そのまま手をつけずにおいた。それから引出しを元におさめ、あたりの掃除にとりかかった。床に散らばった石膏《せっこう》や漆喰《しっくい》のかけらをきれいに始末すると、ぽっかり口をあけた大きな穴をかくすために、シャワー側のカーテンをすこし引いておいた。もし、あの男が――この屋敷の主人はどうも男のほうのような気がしたので――今夜おそく帰って、そこへはいってきても、べつだん異常には気がつくまい。あすの朝、一風呂あびようとしてカーテンをひいて、はじめて気がつくことになるだろう。

ぼくのやったのは、まあ、そんなところだった。とにかく、その部分に関していえば、そうだ。灯りを消し、また玄関まで降りてくると、そこで一、二分、外の様子をうかがった。だれもいないのを確かめると外へでて、後ろ手にドアをしめ、急いでそこをはなれた。

するとすると、罪の報《むく》いは、たちまちやってきた。まったく覿面《てきめん》というほかはなかった。五セント玉ひとつ費《つか》わないうちに、一丁と歩かないうちに、ぼくはもう身をもって償《つぐな》いをはじめていたのだ。今までのぼくは通りをわがもの顔に歩いてきた、なにがなくても、せめて通りぐらいは自分のもののように思っていた。腹がぺこぺこで素寒貧《すかんぴん》の失業者だったときでも、みんなの顔をまともに見ることができたし、好きなところへ行けたし、通りだけはわがものと思ってきた。それが突然、通りが自分のものでなくなり、自分のものでない路上にぐずぐずしているのが危険になってきた。向こうから近づいてくる人の顔も、あまりじろじろこっちを見ているようなのは警戒しなくてはならなくなった。それに、背後からやってくる人達も——今にも肩に手がおかれるような気がして、肩が震えてくる。

だが一番困ったのは、金が手にはいった現在、その使い途がわからなくなってしまったことだった。半時間前なら、右腕を斬ってわたしてもいいほど、欲しくて欲しくてたまらないものが何百とあった。それが今ではひとつとして頭に浮かんでこないのだ。

さっきまでは腹ぺこのような気がしていたし、事実、一週間かそれ以上も、まともな食事をしていなかったのだが、今ではぜんぜん饑《ひも》じくもなかった。ニューヨーク一のとびきり高級な料理店を、それこそ豪勢なやつを見つけて跳びこむと、いつか一度はやってみたいと夢見ていたとおりに、献立表の上から下までずらっと注文した。注文しているときは、まったくのお大尽《だいじん》気分だったが、さて料理が目の前にならびはじめると妙なことになった。料理がうまく喉を

通ってくれないのだ。なにか料理が運ばれてきて、ナイフとフォークを取りあげると、どういうわけだか、

（お前が食おうとしているのは、お前自身の、これから久しくつづく将来なんだぞ）

というようなことが頭に浮かび、その考えがぐっと喉元につかえてくるのだった。しばらくすると、どうにも我慢がならなくなった。五ドル紙幣を一枚、札束からひっぺがしてテーブルに置くと、のこった注文は放ったらかしにして席を立ち、店をとびだした。一歩外へ出ると、五セント玉一枚きり持っていなかった頃のことが思い出されてならなかった。五セント玉、それで買ったコーヒーやドーナツなら、なんの苦もなく喉を通ってくれたのだ。事実、その五セント玉がなくなってからでも、ぼくの喉はひらきっぱなしで、途中になにかつかえるようなものは存在しなかったはずなのだ。

よくはわからないが、人間の性《さが》は生まれつき善か悪かにわかれていて、一方から別の方へ急激に変わろうとすると、ひじょうな苦痛がつきまとうものらしい。徐々に、何年もかけて変わらなくちゃ、いけないものらしいのだ。

その後は、これまでとはちがって、正面から近づいてくる人びとの顔色におびえ、背後の足音におどおどしながら、ふたたび通りを歩きだすと、向かいがわの開けっぱなした窓々から流れてくる音楽が耳にはいった。一、二丁前あたりから気にくわない顔の男が、執拗につけてくるように思えたので、男の見ていない隙にさっとその建物へとびこんだ。そこなら暫《しばら》くのあいだ人目をのがれ、街ゆく人に見られないですむ絶好の場所だと思ったのだ。ごっそり切符を買

いこみ、これで当分、時間つぶしの間にあうことを確かめてから辺りをみまわすと、最初に目にとまったのが——」

怒らないでくれというように、眉根を寄せて、

「きみだったのさ」

「あたしだったってわけね」

彼女は感慨ぶかげにくり返すと、テーブルのふちを前後に何度もなでた。

二人は沈黙にしずんだ。これまで男がえんえんと捲《まく》したてていただけに、その沈黙は、対照的に、実際よりもながく感じられた。ほんのわずかな間合いにすぎなかったのだろうが。

「これから、どうするつもり?」

ようやく彼女が男の顔を見上げてきいた。

「どうするって、なにもできやしないさ。待っているだけだ。いずれ捕まるのを待つだけのことさ。逃れようはない。あの屋敷に住んでいる男が、九時か十時ごろまでには、ひと風呂浴びようとして、浴室の壁の穴を見つけるだろう。それから、あの配達員の店員が、きのうの午後、屋敷のベルを鳴らしつづけていた男のことを思いだすことになる。親方は親方で、ぼくの名前や住んでいた場所を教えるはずだ。長くはかからない。ぼくは見つかって捕まるだろう。明日か、あさってか、今週の末か。いずれにしたって大差はない。まちがいなく捕まるにきまっている。後悔先にたたずというけれど、捕まるのはわかりきっているのに、悪いことをする前には、そんなことを考えやしない。かならず後になってから心配しはじめるのだ。ぼくの場合だ

って、やっちまったあとで、はじめて気がついたことさ」

男は自棄《やけ》ぎみに肩をすくめた。

「この街から逃げだして、どこかに身をかくすといったって、それも駄目なんだ。ぼくみたいな新米は、そんなやりかたに馴れちゃいない。むこうでその気になったら、ここにいようがどこにいようが、かならず捕まってしまう。やつらの手は長いから、逃れようとしたって無駄なことだ。だから、ぼくはあくまでも動かずに待っているつもりなんだよ」

彼は椅子にかけたまま、途方にくれたような敗北の笑みを浮かべて、じっと床を見つめていた。なによりもまず、どうしてこんなことになったのか、それが解《げ》せない様子だった。

そのようすが彼女の心をとらえた。男の物腰には、いわば縋《すが》りつくなにものもない絶望感というか、一種の頼りなげな感じがみえ、それが彼女のこころをうったのだ。隣の男の子が、と彼女は痛切な思いを味わった。ここにいるのは、隣の男の子なんだ。わるいひとじゃない、ダンスホールの送り狼なんかじゃない。家の門を出入りするたび、手をふって挨拶しあう隣の家の子なのだ。垣根に自転車をもたせかけ、大きな笑いを顔に浮かべながらおしゃべりしあうこともあっただろう。その男の子が大仕事をやってやろうと、都会に一泡ふかせてやろうと出てきたのに、まんまと都会にしてやられてしまった。この子にもきっと、汽車のステップで、あるいはバスの乗り場で、母さんだか妹だかにお別れのキッスをした日があったはずだ。そして発車後二、三分たって、もちろんそんな素振りは見せなかったろうが、泣きたいような気持になったにちがいない。よくわかる。自分がそうだったのだから。やがて前途の大きな希望が黄金のかがやきを放ちはじめ、そんな感傷を追いはらってしまう。人生の戦いにのぞむ若者の晴れのかどでだ。出発して一時間とたたないうちに、すっかり計画は練りあげられる。自分の城が築かれ、名声、富、幸福、なにもかもが判然とした形をとってくる。その晴れの出陣の日、男の胸に湧きおこった思いのひとつひとつが、彼女には自分の経験からして手にとるように読めた。故郷の町には、この男のことをすばらしい人間だと考えている身内の人たちがいるのだ。そして奇妙なことに、そう思う人たちのほうが正しく、そう思わない他の人たちのほうがまちがっているような気がするのだ。故郷の町では、彼の家族がとどいた手紙を垣根ごしに読んできかせ、どんなに出世しているかを隣の家族に自慢したことだろう。彼女の家族もそうだったのだから。

それが今、この部屋にいる彼のすがたはどうだろう。どうしてこんな手違いが起こったのか、どうしてこんなことになってしまったのか、彼にもわからないのと同様、彼女にも見当がつかなかった。ただわかるのは、いつ肩をぎゅっと摑まれるかと怯えながら、こそこそと人目を避けながら通りを逃げまわっている、そんなふうで一生をおわってはならないという感じだった。隣の男の子だもの。陽気に笑ってみせるはずの、無垢《むく》な親しみをもった、隣の男の子なんだもの。

片手で顔をおおっていた彼女は、やっと頭をあげた。これまで受け身の聴き手と積極的な話し手とのあいだを区切っていたにみえない境界線を越えようとでもするかのように、ごくわずかだが椅子を前へひきよせた。彼女はしばらくのあいだ男の顔を丹念にながめた。相手の顔を見きわめるというよりは、自分がこれから話そうとしていることを考え直すとでもいうようで、やっと口をひらいて言った。

「あのね。あたしにひとつ考えがあるのよ。あんたとあたしと二人で、故郷の町に帰るというのはどうかしら。新規まきなおしで、あらためて機会を待つのよ。あたし一人ではどうしても駄目だったけれど、二人いっしょなら、あの六時のバスに乗れると思うのよ」

彼は返事をしなかった。彼女はテーブルの上に身を乗りだして、自分のいいぶんを、より強力に推しすすめようとした。

「いまを逃せば、こんなチャンスは二度と訪れないと思わない？　この街があたしたちに、どんなにひどい仕打ちをしているかわからないの？　これから一年、いや、せめて半年たったら、あたしたち、どんなふうになるか見当がつかない？　そのときになれば、もう手遅れよ。手の施しようがなくなってしまうのよ。名前は同じでも、ぜんぜんあたしたちとは違った、似ても似つかぬ人間になってしまうのよ――」

彼の視線がちらっとテーブルの上の紙幣束へ動き、また女の顔へもどった。

「ぼくにとっては、今でももう手遅れだ。ほんの数時間、一晩の半分だけ遅すぎる。だけど、それが一生涯にもひとしいんだ」

彼は前にもいった言葉を、もう一度くりかえして、

「今夜でなく、昨夜きみと会えていたらなあ。あんなことをしてしまってからでなく、その前に、なぜきみに会えなかったんだろう。今となっては無駄なことだ。バスに乗ったって、終点

に着いたら、ぼくを捕まえようとする連中が待ちかまえている。その頃には、ぼくの名前や出身地はつきとめているだろうから、こっちにいないとなれば、むこうの町を捜すにきまっている。いっしょにいけば、きみまで巻きぞえを喰わすことになるだけだ。こんなことを一番知られたくない故郷の人たちの目の前で捕まえられることになるんだ——」

頭をひとつ振ると、

「きみは帰りたまえ。ぼくは駄目としても、きみにはまだチャンスがある。今夜ひとりで、すぐ出発するといい。きみのいうとおり、ここはよくない土地だ。また弱気を起こさないうちに、すぐ出かけたまえ。きみさえ承知ならバスのところまで行ってあげよう。ちゃんと帰れるように見送ってあげるよ」

「だめなのよ。さっきも話したでしょう。あたし一人だと、どうしてもだめなのよ。都会のちからが強すぎるんだわ。最初のジャージイの停留所で降りて、またここへ舞いもどってくるだけよ。あんたがいなければだめよ。あんただって、あたしのような道連れがいなければ、たぶんだめだろうと思うわ。二人で力を合わせなければできないことよ。あたしたちは、おたがいに一本の藁なのよ。めぐりあったいま、やっとそれがわかったんだわ。このチャンスを逃す手はないわ。まだ生命があるのに死のうとするようなものよ——」

彼女は顔をしかめて、死にものぐるいで訴えた。その目は一心に男の目をとらえていた。

「でたらめを言ってるんじゃない、やつらは向こうでぼくを待ちかまえているんだ。ぼくの脚がバスのステップを離れるか離れないうちに、ぎゅっと首根っこをおさえられるんだ——」

「なにも失くなっていなかったら、なにも盗られていなかったら、そんなことになるはずがないじゃないの。その場合、なんの理由であんたを逮捕するのよ？」

「でも、失くなっているものがあるんだ。ほら、このぼくたちの目の前にさ」

「わかってるわ。でも、まだ元へもどしてくる暇はあってよ。あたしの提案というのは、そこなのよ。そのお金をもって帰ろうというんじゃないのよ。なんのために、そんなものから逃げまわっているのよ？　そんなことをしたら、都会の悪をみすみす故郷へ持って帰ることになるじゃないの」

「するときみは、これをうまく元の場所へ返せるとでも――」

彼の顔におびえたような色がのぞいた。自分でも希望を持ちたいのは山々だが、そうすることが怖くてならないというようだった。

「屋敷には一人しかいないそうじゃないの。その男は礼装に身をつつんで出かけたのだから夜遅くなるまで帰るまいって、そういったじゃないの。朝起きるまで、壁の穴には気がつかないと思うって、そうもいったでしょう――」

彼女は息もつかずに喋《しゃべ》りつづけた。

「あんた、例の鍵をまだ持っていて？　屋敷へはいるのに使った鍵を？」

女の早口と符節を合わせたように、彼は両手をすばやくあちこちのポケットへつっこんだ。

希望のテンポは徐々に高まっていった。

「捨てた覚えはないんだが――ドアに残してこなかったとすると――」

行動をもっと自由にするために椅子から立ちあがった。突然、みじかい吐息がもれて、とりださない前に鍵が見つかったことを告げた。

「あったぞ」

つづいて、鍵を取りだすと、

「ほら、あったよ。これがそうだ」

二人ともしばし、鍵が現実にあったというおどろきに目をまるくしていた。

「こんなものを、今までじっと持っていたとは、じつに奇妙だ。まったく、なんというか――」

「ほんとにそうだわ」

二人とも言葉なんか必要でなかったが、彼女には男の気持がよくわかった。

男はまた鍵をポケットにおさめた。こんどは彼女がとびあがる番だった。

「これで、その男のひとが帰るまでに屋敷へもどれたら――元の場所へこれを返すだけの時間があったら、それでおしまいよ。なにも盗まれていないのに、壁に穴をあけたぐらいのことで、あんたを追っかけまわす連中なんていないわよ」

彼女は大至急で散らばった紙幣を拾いあつめ、一つの立方体にそろえて男に渡した。と同時に、まったく同じ考えが二人をとらえ、おたがいに手をとめて戸惑《とまど》ったような顔を見合わせた。

「いままでに使ったのは、どれくらい？　盗んだのはどれだけなの？」

彼は手のひらを額《ひたい》にぴったり当てた。

「わからないな。ちょっと待ってくれ——食べのこした料理に五ドル。それから、きみの店で十五ドル分ぐらい切符を買ったにちがいない——ぜんぶで二十ドル。それ以上ってことはないよ」

彼女はきびきびした口調で、

「待ってね。それくらいなら、あたし、ここに持っているわ。それを立て替えておかないと」

彼女は飛びあがると、簡易寝台に駈けより、寝具をわきにはねのけた。それからマットレスを傾けると、その下側に思いがけなく口をあけている裂け目に手をつっこみ、アルバムにはさんだ押し花のように皺《しわ》だらけの紙幣を、すこしばかり引っぱり出した。

「いけないよ」と、彼は抗弁しかけた。「それは困るな。そんな厄介をかけるわけにはいかない。ぼくの失敗なんだから、きみにまで迷惑をかけてはすまない」

彼女はダンスホール用の一張羅《いっちょうら》に着かえて、まっこうから彼をさえぎった。

「いいこと? これはあたしの一存ですることなのよ。つまらない水掛け論は聞きたくもないわ。返すからには全額を返さなくてはだめ。たとえ一ドルでも欠けていたら、実際には窃盗ということになって、あんたはおおっぴらに逮捕されるのよ。それに、どこがどうちがうっていうの? あんたの気が済むのだったら、ただの貸し借りにしてもいいわ。故郷へ帰って、新しい仕事をはじめたら返してもらってもよくってよ。二人分のバス代ぐらい、まだここに残っているわ。もしその気があったら、そっちのほうも、まちがいなく返済してもらうことよ」

彼女はその紙幣を男の手に押しつけて、

「さあ、これはちゃんと持っているのよ。あたしたちの、あんたとあたしの札束なのよ」

あわただしい出発準備のさなかに、やっと息の接《つ》ぎ穂をみつけたとでもいうように、彼は女の顔を見た。

「これはどうも——なんと言ったらいいのか——」

「なにもいわなくてもいいのよ」

彼女は最初この部屋にはいったときから目をつけていた椅子に、また身を投げた。

「夜が明けたら、どんなことがあっても、いっしょにこの街を出る、それが肝心なのよ。ちょっと待ってて。靴をはいて——鞄に荷物をつめて——といったって、大してありはしないんだけど——」

すると、男は戸口のほうへ行きかけるかっこうをして、もの問いたげに彼女を見やった。

「だめよ。この部屋にいてちょうだい、外へなんか出ないで——あんたがいなくなってしまうんじゃないかと心配なのよ。あんただけが、あたしの故郷へ帰れるチャンスなんだもの」

「いなくなりゃしないよ」

彼はほとんど聴きとれないくらいの声で約束した。

彼女はまた立ちあがると、片方ずつ靴をつっかけた。

「ふしぎね、疲れを忘れたみたいだわ」

彼女が簡易寝台の下からひっぱりだした草臥《くたび》れたスーツケースに身のまわりのものを投げこむのを、彼はながめていた。

「屋敷へ行ったときに、あの男が帰っていたらどうしよう」

「帰っているもんですか。そう思いつづけていなければ、そう祈りつづけていなければだめよ。それしか方法はないのよ。盗みに入ったときは捕まらなかったのに、返しにいって捕まるなんて、そんなこと、あるはずがないわ。その男はいっしょに出かけた女とどこかの店で遊んでいるのよ。三時半か四時頃までは帰ってこないかもしれないわ。どこに住んでいるんだか知らないけど、その女を送りとどけて――」

彼女は窓際へいくと、窓を上げて外をのぞいた。真正面からではなく、はしっこから、斜めにすかすようにして外をながめたのだ。

「ほら、まだ時間はあってよ。まだ大丈夫だわ。がんばってみるだけの見込みはあってよ」

「なにをのぞいているんだい?」

彼女はまた頭をひっこめた。

「この街でたったひとつの優しいものよ。毎晩、もうだめだと思うときに、あたしを解放してくれるものよ。一度だって、あたしを欺《だま》したりペテンにかけたりしたことはないわ。きっと今夜だってそうよ。たったひとりのお友達、はじめて上京してきてからの、たったひとりのお友達なのよ。いつもあたしを励ましてくれるのよ。ずっと遠くにあるパラマウント塔の大時計。ここからだって、見ようによっては、二つのビルディングのあいだから見えるのよ――きてごらんなさい、クィン。その時計が、まだ大丈夫だといっているわ。まだ欺されたことは一度もないのよ」

彼女はスーツケースの尾錠《びじょう》をとめた。彼が手をのばして、それを受けとった。彼女が廊下へ出てからのちも、しばらく、彼はドアを開けたままにしていた。

「みんな持ったかい？　忘れものはないね？」

「ドアを閉めてよ」と、彼女はものうげに言った。「二度と見たくないわ、そんな部屋。鍵は内側に挿しておけばいいわ、もう要らないんだから」

二人は前後して汚い階段をおりた。彼は風雨にさらされたスーツケースを提げていた。たいして重くはなかった。ほとんどなにもはいっていなかった——砕けた希望ぐらいのものだった。二人はそっと歩いた。同宿の人たちへの気兼ねというよりも、夜逃げにつきものの本能的な心づかいだった。

ある場所までくると彼女は立ちどまって、壁の色漆喰《しっくい》が星形に裂けているところへ手をやり、そのまましばらく押しつけていた。

「どうして、そんなことをするんだい？」

「幸運のおまじないだったのよ」と、彼女は囁《ささや》いた。「出かけるときには、いつもこうやって触ったものよ。一年ほど前、まだ俳優斡旋《あっせん》所みたいなところを回っていたじぶんよ。不運ばかりつづくと、そんな気持にもなるものね。もう触らなくなってずいぶん久しくなるわ。一度も効能はなかったけど、今夜は効いてくれるでしょう。そうだといいわね。効いてくれなくちゃ困るわ」

彼女が話しているうちに、男は彼女につづいて五、六段おりていた。彼はちょっと立ちどまって躊躇《ちゅうちょ》した。それから踵《きびす》をかえすと、一、二段もどって、彼女がしたようにその星形の痕《あと》へ手をやった。そしてまた彼女のあとを追った。

通りへでるドアの手前で、二人は肩をならべたまま立ちどまった。つづいて彼女がドアの取っ手へ手をのばした。ほとんど同時に彼も手をのばした。女の手のうえに男の手が重なった。二人はほんの一瞬そのままでいた。たがいに顔を見合わせると、子供みたいな表情で、なんの技巧も媚態もなしに、にっこり笑った。

「今夜、きみに会えてよかったよ、ブリッキー」と、彼は言った。

「あたしも、あんたに会えてよかったわ、クィン」と、彼女は答えた。

それから彼は手をはなし、彼女にドアを開けさせた。なんといっても、つい今までは彼女の家だったのだから。

外の通りは、ひっそりと人気《ひとけ》がなかった——

二人は寂《せき》として眠りこんだ深夜の路上へ足をふみだすと、手近の街燈のつくりだす晒《さら》したよ

うな光輪の中にちらっと浮かびあがっては、また向こうの闇に呑みこまれていった。ジグザグ模様をなして遠くへつらなっている街燈の列も、そのあまりの非情さと規則正しさのゆえにかえって空虚と寂寥《せきりょう》の感じを深めるばかりだった。その近辺のどこを見ても、上にも下にも、もっと別の、あたたかい、情味のある灯りは見あたらなかった。どこの窓にもどこの戸口にも、人の住んでいる気配を示すものはなかった。

巨大な一枚石の墓所のなかを歩いているような感じだった。人影ひとつ、動くものひとつ見あたらなかった。この大都会のはずれは死んだもののようで、硬直して、ねっとりと冷たく、それだけに恐怖をそそった。二人はぴったり寄りそって歩いた。ふと、われしらず、彼女は男の腕につかまり、男はその気持を抱き寄せるように、自分の腕をいっそう引きしめるのだった。先刻こっちへむけて歩いてきたときの、間隔をおいた、自分勝手な歩きぶりとはちがっていた。もう二人は肩と肩をくっつけあって歩いていた。いちだんと深まった静寂の中に足音がこだまして、街路はさながら、空《うつ》ろな空間の上にわたされた一枚の長い踏板でもあるかのようだった。

男はふざけたように、暇乞《いとま》いの意味で帽子を上げてみせたが、如実な恐怖は包みきれなかった。

「さらば、マンハッタン」

女は迷信家の烈《はげ》しさですばやく男の口にふたをした。

「しーっ、そんな大きな声をだしちゃだめ。あたしたちの企てを報《しら》せるようなものよ。黙っていなくちゃ。邪魔されるにきまってるわ」

男は彼女をみて苦笑した。

「いくぶんかは本気で信じているんだね」

「あんたよりはよく知っているわ」と、彼女は暗い声でいった。「そして本当のことなのよ」

街角までくると男は足をとめてスーツケースをちょっと下においた。二人が出てきた横通りとちがって、さすがにここには動きがあったが、その自動車のヘッドライトや尾燈は宝石のように冷たく、先刻にくらべて疎《まば》らになっていた。

「きみはさきにバスの発着所へいって待っててくれないか。ぼくはひとりで、あっちの仕事をかたづけてから、きみのところへ行くことにするよ」

彼女は男がいなくなるのを恐れてか、ひきつったように、男の腕をぎゅっとつかんだ。

「だめ、だめ。離れたら負けよ。意地悪な都会にしてやられるわ。あたしは『あのひと、信用できるのかしら？』と思うし、あんたはあんたで『あの女、信用していいのかな』と思うようになる。そしていつのまにか――だめ、だめよ。あたしたち、ずっと離れずにいましょうよ。あたしもいっしょに行くわ。あんたが中にはいっているあいだ、外で待っているわ」

「でも、あの男が帰っていたらどうする？　きみまで共犯のうたがいで捕まってしまうぜ」

「それぐらいの危険は覚悟のうえよ。あんた一人でも捕まることは同じだから、どうせのことなら、いっしょに捕まりましょうよ。近所にタクシーはいないかしら？　遅れれば遅れるだけ危険になるのよ」

「きみが払うのかい」

「今回はあたしに任せてもらうわ」と、彼女は答えた。

やっとのことで一台つかまえた。それまでに二人は北へむかってゆっくり歩きながら、南京玉のようなヘッドライトが、まるで二人を見つけたようにすぐ傍《そば》を走りすぎるたびに、立ちどまってはいっしょに手をあげた。やがて一対の眼玉が、歩道にとびあがって二人を轢《ひ》き潰そうとでもするように、ぐっと大きく接近してきたと思うと、一台のタクシーに姿をかえた。停車位置のずれを直そうとするのを待たずに、二人はそっちへ駈けより、重なりあって乗りこんだ。

「東七十丁目へやってくれ」と、彼がいった。「場所は近くへいったら教える。大急ぎだ。公園をぬけたほうが早いだろう」

二人を乗せた車は北へむけて矢のように走り、五十七丁目の古雅な街並みを通りぬけ、七番街の入口へきた。その間も赤信号以外は一度もとまらなかった。その赤い円盤がまた交差点ごとに意地わるく目の前に拡大され、二人を通せんぼうするように思われた。そこからさきはもうとまる必要はなかったが、道がくねくねと迂回しているので、それまでに稼いだ時間をすこしずつ帳消しにされるような気がした。

いったん車に乗りこんだあとは無言の状態がつづいたが、ある交差点で停車したとき、男のほうがたずねた。

「どうしてそんなふうに、すみっこに坐って、首をひっこめているんだい？」

「見張られているからよ。都会には千も目があるのよ。通りを一つ横ぎるたびに、どこか奥のほうに見えない目がかくれていて、あたしたちを監視し、ウィンクを送っているみたいなの。

その目はぜったいにくらませないわ。あたしたちがこっそり逃げ出そうとしているのを知っているんだわ。隙さえあれば罠にかけてやろうと狙っているのよ」

「やれやれ、きみも相当な迷信家だなあ！」と彼は甘やかすように言った。

「だれだって敵がいると気がつけば、迷信っていうよりも、用心ぶかくなるものよ」

しばらくすると、彼女は車の窓のはしから後ろのほうをすかし見た。西側に建ちならぶ高層建築の輪郭、それが今は、車が公園のなかを走っているために奥深いものとして眺められた。街あかりに映《は》えた夜空を背にして、摩天楼の群れが黒いサボテンのようにぶきみに聳《そび》えている。

「ごらんなさい。残酷そうじゃなくって？　卑劣そうで、いまにも跳びかかって爪をたててやろうと、ひっそり待ちかまえているように見えないこと？」

彼はひくく笑ったが、それほど確信しているわけではなかった。

「どんな都会だって夜はあんなふうに見えるものさ。うす気味わるくって、底意地がわるそうで、あまり暖かみがなく――」

「あたしは大きらいだわ」と、彼女は熱っぽくささやいた。「都会は性悪《しょうわる》なのよ。生きているのよ、自分の意志をもっているのよ、それはだれにも否定できないことだわ」

「ぼくだって都会に優しくしてもらったことはないな」と、彼もみとめた。「きみの感じもわからないじゃない。ただし、きみのように、都会を生きた人間として考えたことはないよ。それよりもっと――条件というか、成功のチャンスをあたえてくれるものというか――」

二人のゆくてには、ずっと後方に見えなくなってしまった摩天楼にかわって、新たな高層建築の影が浮かびあがってきた。この街のまんなかに大きな口をあけている中央公園《セントラル・パーク》という間隙をぬけて、車はイースト・サイドにはいろうとしていた。五十九丁目から百十丁目までのニューヨークは、一つの都会ではなく二つに分かれている。それはだれもが知っていることだ。セントポールとミネアポリスが、あるいはミズーリ州のカンザス・シティとカンザス州のカンザス・シティが離れているよりも、もっとずっとかけはなれた二つの街なのだ。

　その名も高いイースト・サイド、黄金海岸《ゴールド・コースト》、バターフィールド8電話局、ヴィクトリア朝の人びとが優雅と名づけ、近代人が粋《すい》と呼びならわしている薄っぺらな化粧板が、その全長にわたり、せいぜい五番街から公園通りにいたる三丁ぐらいの厚みをもって、ごく薄く貼りめぐらされている。そして、その背後はずっと河べりまで、この都会のほかの部分とたいして変わらぬ泥色の建物が押しくら饅頭《まんじゅう》をしているのだ。

　公園を抜けるとどうしてもそうなるのだが、運転手は七十二丁目へでてから、五番街を二丁ばかり後もどりした。クィンは行く先をあまり正確に知られないために、一丁ほど行きすぎた六十九丁目で車をとめ、

「このへんでいいよ」

　と、てきぱきした口調でいった。

　二人は車をおりて料金を払い、小さなスーツケースを錨《いかり》みたいにあいだにぶら下げたまま、車が立ちさるのを待っていた。運転手はアクセルを踏むと五番街をくだり、賑やかで客の拾えそうな方面へ走りさった。

タクシーが見えなくなると、二人は歩きだして次の七十丁目の角を曲がった。そして無事に横通りのくらがりに紛《まぎ》れこむと、ちょっと立ちどまって、別行動をとる打ち合わせをした。

おなじ一つの目的を抱いてから別れ別れになるのは、これがはじめてだった。彼女は気がすすまなかった。どんなに短い別れでも、なければいいと思った。しかし、いっしょに連れていってくれとは言わなかった。相手にされないのがわかっていたからだ。それに、二人とも屋敷へはいってしまえば、危険率はますます大きくなる。ここで待っていれば見張りの役にも立つわけだ。が、彼女は気がすすまなかった。なにがどうでも厭だった。

「ここにいれば見えるよ。偶数番地のならんだこっち側の、あの二本目の街燈のさきだ」

彼は用心ぶかく四方に目をくばって、見られていないことを確かめた。

「念のためにいっとくけど、これ以上近づいちゃいけないよ。スーツケースの番をして待っているんだ。すぐもどってくる。こわがることはない。気楽に待っていたまえ」

彼女はもうとっくから怯《おび》えていたが、そんな素振りは死んでも見せたくないと思った。男のいったような意味で怯えているのではなかった。男のいったのは、彼女自身の身を案じてこわがることはない、という意味だ。そんなことなら最初からこわくはなかった。こんな気持になるのは生まれて初めてだったが、彼女は他の人間の身を気づかっているのだった。彼のことを案じているのだった。

「無理をしちゃだめよ。ちょっとでも灯りが見えたら、家のひとが帰ってきている気配がみえたら、なかへは入らずに、玄関の内側へお金を落としこんでくるのよ。そうすれば、朝になって拾うでしょうから。なにも元通り金庫へ返すことはないのよ。よく気をつけてね――ひょっとすると、もう灯りを消して、床へはいっているかも知れないわよ」

男は覚悟をきめるように帽子の鍔《つば》をぐいとひきおろすと、彼女のそばを離れて静まりかえった通りをあるきだした。彼女はその後ろすがたを見送っていた。輪郭がしだいに縮まって、半分からもっと小さくなった。彼女は眉ひとすじ動かさなかった。前脚こそないが、ポインター種の猟犬そっくりだった。心臓は、そうやって静かに立っているのに不必要なくらいに烈《はげ》しく働いた。

二つ目の街燈が彼の片側だけをちらっと照らしだしたが、すぐにまた黒い影にもどった。注意ぶかく周囲を見まわすようすで目ざす屋敷へ着いたことがわかった。ここから見ると、その屋敷は薄っぺらな石の切れはしのようだった。両側を他の屋敷にはさまれ、正面に石段がついていた。彼はその石段をのぼって玄関へ近づいていった。外側にある一対のスイング・ドアのガラスがかすかに揺れたと思うと、また元通りになった。

彼は入ったのだ。

返却の行動が開始されたのだ。

彼が入っていったと同時に、動くなといわれていたにもかかわらず、彼女はスーツケースを拾いあげて、そろそろと後を追いはじめた。できるだけ彼の近くにいたかったのだ。そろそろと前進しながら、彼女は、彼のために声援を送りつづけた。

魔性の目を呪文で追いはらおうとするシチリア人のように、声にはださず、唇だけを動かした。

（あいつに感づかれたら、きっと邪魔をされて、失敗するにきまっているわ。せっかくまともになろうとしている彼を、悪党仲間へ引きずりこもうとするにきまっている）

『あいつ』というのは彼女にとって、変わることのない宿敵――都会を意味していた。

ふと空いたほうの手を見おろすと、自分でも知らないうちに、その指の二本を魔除けのまじないの意味でぎゅっと重ねあわせ、脇腹にきつく押しあてていた。

彼女は半びらきにした毒々しい口もとから、『あいつ』にむかって乱暴に警告をあたえた。ちょうど、お店で、厚かましいお客をはねつけるときのように。

（いいこと。あのひとに余計なまねをするんじゃないよ。手出しをしたら承知しない。しなきゃならない仕事があるんだからね）

夜のパレットは、ずっと手前のすすけた灰色から濃紺、濃紺からまったくの黒一色へと色を変えていく。『あいつ』はそのトンネルに似た街筋のはるかな奥から睡《ねむ》たげな目で彼女を見返しただけだった。

いつのまにか彼女自身も屋敷のまえへ達していた。立ちどまったりして人目を惹《ひ》くといけないので、そのまま歩きつづけた。玄関の間、外側のガラス扉と内側のガラス扉でくぎられた次の間、船でいえば舷墻《げんしょう》にあたるところは、街燈の照りかえしで明るかったが、彼女が通りすがりにそれとないふうで覗いてみたにもかかわらず、人の影は見あたらなかった。彼は玄関のドアをしめて屋敷のずっと中まではいってしまったのだ。

しかし、家族のうちで一人だけ残っているというその男が、二階で眠っているのだとしたら？　もしクィンの来るのが遅すぎたのだったら？　あんなふうに玄関のドアを閉めきっては、みずから退路を塞ぐようなものではないか。もし家人が目をさまして彼を発見したら——

彼女はそんな恐ろしい考えをしめだそうと努力した。最初のとき、よくない企みを抱いてこの家にはいったときは、万事うまく運んだのだ。それなのに今度、よいことをしに入ったときにかぎって失敗するなんて、そんなことがあろうはずはない。

いいや、そこが都会の都会たるゆえんだ。なにを企むか知れたものではない。

（いいわね、あのひとに手出しをしないのよ、そっとしとくのよ。わかって？）

ずっと反対側へ通り越してしまった。彼女はそっとふり返ってみた。まだ、なにごとも起こったようすはない。叫び声もきこえない。二階の窓にぱっと灯りが射す気配もない。彼はまだ見つかってはいないのだ。

お呪《まじな》いに重ねた指に力がこもりすぎて、すっかり強《こわ》ばってしまった。彼女はスローモーション写真で撮《うつ》した歩哨兵だった。彼を護るための、都会を近づけないための見張り番だった。忠実で、大胆不敵だが、武器といっては片手にさげた軽いスーツケースぐらいのものだった。すこし時間がたつと、彼女みずからも心細くなってきた。

精いっぱい落ち着いていようとするのだが、ぶらぶらと、あてどもなく歩いているうちに、胸騒ぎが堪えようもなくなってきた。あまり時間がかかりすぎるではないか。灯りが使えないとはいえ、二階まで昇り降りするのに、こんなに手間どるはずはない。もう出てきてもいい時分だ。もうとっくに出てきていなければならないはずだ。

たとえお金を返すためだといっても、家宅侵入には変わりがない。返そうとしている現場を見つかったら、盗《と》ろうとしているのでなくて返しにきたのだということが、どうして証明できよう。返しにきたという事実に効き目があるうちに、さっさと外に出てこなければいけないのだ。わざわざ返しにこずに、郵便で送り返せばよかった。今頃になって、そうすればよかったと思うだけだ。

突然、反対側の下手の角に人影がひとつ現われた。あまり動かずに、角をちょっと出たあたりに立っている。建物の輪郭をすかして見て、こっちへ背をむけているらしいのが、やっと判別できる程度だ。巡回中のパトロール警官だった。彼女はすばやく手近の暗い露地へ身をかくした。こんな時刻に、荷物を片手にぶらさげて、こんな場所をうろついているのを見られたら、きっと不審に思われるにきまっている。

もし警官がこっちへやってきたら――あるいは、まだあの街角あたりにいるところへ、クィンが出てくるはめになったら……彼女の心臓はただ波打つだけでなく、右から左へ大揺れに揺れ、故障した振子のように輪をかいて回りはじめた。

警察電話の箱をあける金属音がかすかに聞こえた。あんなところに背中をむけて立っていたのは、警察へ報告をいれるためだったのだ。にぶい声音だったが、静まりかえった夜気をぬって彼女の耳にとどいた。

「こちらはラーセンです。二時二十五分」

と、そんな調子だった。

ふたたび電話の箱をしめる音がした。彼女は尻込みして、四辺形の一角をなしている石段の根かたの奥のほうへはいりこんだ。警官がどっちへ行こうとしているのか、こっちへ来ようとしているのではないか、それを見きわめるのが怖かったのだ。耳を澄ましていると、ごくかすかな、地面を引きずるような足音が、横通りの入口をわたって、彼女のいる側へやってくる。つづいて足音は前とおなじように低くなり、ぜんぜん聞こえなくなった。

彼女はほんのわずか首を出してみたが、警官のすがたは見えなかった。大通りに沿って行ってしまったのだ。彼女はほっと息をついて歩道まで出た。今晩まだ早く、ダンスホールから彼女のアパートへ来るみちみち、クィンが背後をたえずふり返っていた意味が、その気持がよくわかった。不安はおそろしく伝染しやすいものだ。

彼女はまたぶらぶらと引返しはじめ、あの謎めいた屋敷へ近づくと、不安そうな目でながめやった。あのひとはなにをしているのだろう。こんなに手間どるなんて、なにか間違いでもおこったのだろうか。とっくの昔に出てきているはずなのに。

屋敷のこちら端へさしかかったとき、玄関のドアが音もなく開いて、そのあいだに彼のすがたが現われた。ドアは背後に閉まったけれども、彼はすぐには動きださなかった。そこに立ったまま、彼女なんか目にはいらないようすで見おろしていた。あるいは、彼女が見えはするのだが、だれだかわからないような目つきで、といったらいいだろうか。

やがて、彼は石段の縁まできて降りはじめた。

だが、屋敷からでてきた彼の気配には、なにか異様なものが感じられた。第一、あまり動作が速くなかった。のろのろしているばかりでなく、もっとべつの、そう、間の抜けたところがあった。のろのろと間抜けなようすで出てきたのだ。まるで自分がどこにいるのか知らないみたいだった。いや、そうじゃない。まるで、そうだ、外に出ようが家の中にいようが同じことだといわんばかりの態度だった。

頼りない足取りで石段を降りてくるとちゅう、二度も立ちどまって、いましがた自分の出てきた玄関のほうをふり返った。からだが衰弱しきったように、よろよろした歩きぶりだった。どうしたの、というように、彼女はすばやく一、二歩駈けよった。ちょうど彼が石段を降りきったところだった。

もう二人の差は、一、二インチしかなかった。薄闇を通してでも、男の顔が青ざめ、こわばっているのが彼女にわかった。

「どうしたの？　どうして、そんなに怯《おび》えたような顔をしているの？」と、彼女はかすれた声でささやいた。

彼は放心してさっぱり合点がいかぬというように、空《うつ》ろな目で彼女を見つめていた。彼女には見当がつかなかった。どういうわけだか知らないが、彼の頭はすっかり混乱しきっているのだ。彼女はスーツケースを下におくと、彼の肩をつかんで軽くゆさぶった。

「話してちょうだい。そんな顔をしてつったっているなんて、いやだわ。なかでなにかあったの？」

言葉が喉につかえて、なかなか出てこなかったが、やっとそれが口から飛びだした。彼女に揺さぶられたおかげで、つっかえが外《はず》れたのだ。

「なかで殺されているんだ。あの男が死んでいるんだ。倒れて——死んでいるんだ」

彼女は身ぶるいといっしょに息を吸いこんだ。

「男って——あの、この家に住んでいるひとが？」

「そうらしい。きみにも話したが、きのうの夕方、出かけたのを見た、あの男なんだ」

彼は帽子のつばの下で、額《ひたい》のあたりに手をやった。

一瞬、二人のうちで、よけいに怯え、よけいにがっくりきたのは女のほうだった。というのも、彼女は敵の正体を知っているのにくらべて、彼のほうは知らないからだった。

彼女は萎《しお》れかえって石の手すりに凭《もた》れかかった。

「あいつの仕業だわ」

彼女はにぶい声でいった。視線は彼の頭上を通りこして、あらぬかたを見つめていた。

「あいつがやるだろうとはわかっていたわ。あたしたちをむざむざ見逃すはずはない。そんなはずはありっこないのよ。これで、あたしたち、前よりも一層のっぴきならなくなったわ。あいつの思う壺にはまりこんだのよ」

無頓着でいてくれたのは束の間だった。あいつは戦いのやりかたまで教えてくれる。あいつは数おおくの悪事を教えてくれるが、一つだけ、いいことを教えてくれる。戦いのやりかたを教えてくれるのだ。すきさえ見れば殺そうとかかるものだから、こっちも自然、生きるための戦いかたを覚えることになってしまうのだ。

彼女はふいに行動をおこし、むきをかえて、石段を昇っていきそうにした。

彼は手をのばして彼女を摑まえ、きつくつかんだまま、彼女をもとどおりに向き直らせようと努力した。

「いけない、きみがはいっていっちゃだめだ！　外に、いるんだ」
一、二段のぼりかけていた彼女を、歩道までひっぱりおろそうとした。
「さあ、急いでここを立ち去るんだ！　この屋敷をはなれるんだ！　もともと、きみをここへ連れてきたのがまずかった。はやくバスの発着所へいき、自分の切符を買って乗りこむんだ。そして、今晩、ぼくという人間に会ったことなど忘れちまうんだ」

彼女は力なく身をもがいて離れようとした。

「ブリッキー、ぼくのいうことを聞いてくれるね。さっさとここを立ち去るんだ。もたもたしていると――」

彼は彼女を歩道に突きはなして歩きださせようとした。彼女は突きはなされて、ぐるっと一回転し、前よりもいっそう男のそばへ近づく結果になった。

「ひとつだけ知りたいことがあるの。ひとつだけ答えてもらいたいことがあるのよ。あんたじゃないわね――最初ここへ来たときのことじゃないわね？　あんたが殺《や》ったんじゃないわね？」

「ちがうとも！　ぼくはただ金を盗んだだけだ。あんな男はいなかった。いたとしても姿は見えなかった。そのあとで帰ってきたにちがいない。ブリッキー、ぼくを信じてくれないか」

彼女は薄闇のなかで淋しげな笑顔をみせた。

「大丈夫よ、クィン。あんたじゃないってことはわかってるわ。きかなくてもわかっていたはずなのよ。隣の家の男の子が、人殺しなんかするわけはないんだもの」

「もうぼくは帰れなくなった」と、彼はつぶやいた。「一切がだいなしだ。やられちまった。故郷の町についたら、連中はぼくを捕まえようと待ちかまえているさ。そんなことになるなら、みんながぼくを知っているあの町より、むしろこの土地で捕まったほうがましだ。こうなったら警察ではぼくのしわざだと思うだろう。ぼくのやったこととぴったり符合するんだもの。下手《へた》にあがかないつもりだ。奮闘したところで高《たか》が知れているからね。成行きにまかせて待っているよ。だけど、きみは――」

またしても彼女を押して去らせようとした。

「たのむから帰ってくれ。ねえ、ブリッキー。おねがいだ」

こんどの彼女は微動もしなかった。彼は寸分も動かすことができなかった。

「ほんとに、あんたがやったんじゃないのね？　だったら、あたしの勝手にさせてよ。クィン、そんなに押しまくらないでよ。あたしも片棒かつがせてもらうわ」

彼女は挑戦的に胸を張って彼のそばに並んだ。が、彼にむかって挑戦したのではなかった。彼女は身のまわりを、『あいつ』をぐるっと見渡したのだ。そして復讐《ふくしゅう》を誓うようにつぶやいた。

(都会なんて、都会なんて。目にもの見せてやるわ。まだ負けてやしないのよ。締切り時間は有効よ。まだ夜明けまで時間はたっぷりあるわ。まだだれも知りやしない、あの男のことを見つけてはいないのよ。でなかったら、もう今ごろ屋敷は、警官でごった返しているはずだもの。だれも知りやしない。あたしたちと——それに犯人とだけよ。まだ時間はあるわ。この街のどこかに、あたしのただ一人の友達の時計があるのよ。その友達が、ここからは見えないけれども、まだ余裕はのこっているよ、って言ってくれてるのがわかるわ。以前ほど充分ではないにしても、すこしの時間はのこっている。諦《あきら》めないでね、クィン、諦めてはだめよ。最後の一時間の、最後の一分の、最後の一秒まで、手遅れなんてことはないのよ)

彼女はまたしても彼の腕をつかみ、懇願するように揺さぶっていた。だが今度はさっきとちがって、彼からなにかを引き出すためではなく、彼の中になにかを叩きこむためだった。

「さあ、二人して屋敷の中へはいって、この事件が解けるかどうか調べてみるのよ。それしか道はないわ。それだけが望みなのよ。あたしたちは故郷へ帰りたいのよ、それはわかっているでしょう。クィン、あたしたちは自分の幸福のために戦っているのよ。自分たちの生命をかけて戦っているのよ。そして、その戦いに勝つためには、六時までの余裕があるのよ」

彼の言葉など耳にははいらなかった。しかし、彼も石段のほうへ向きなおり、先頭にたって屋敷にはいる気勢をしめした。

「いこうぜ、兵隊さん。いこうぜ、チャンピオン」と、彼はひくい声でいった。

彼女の腕は無意識のうちに、石段をのぼっていく彼の腕のなかにすべりこんでいた。おたがいに勇気を貸し借りするためだった——こんどの場合はおたがいに救《たす》け合わなくてはならないのだ。妙に規則ただしい歩調で、怯えは怯えとして、ゆっくりと、大胆不敵に、死のよこたわっている屋敷へと足を運んでいった。

二重のドアのある玄関は棺桶のなかのように狭苦しかった。その内側のドアに、その夜三度目に不正な目的で挿しこまれた鍵は、手もとが狂ってかすかにふるえた。彼女の心臓もそれに合わせてふるえた。が、彼の手もとがかすかにふるえたのは、いうまでもなく武者ぶるいだった。彼は出ようとしているのではなく入ろうとしているのだ。逃げるのではなく、敢然と立ちむかうのだ。それに、生まれて一度もこわい思いをしたことがないという人間は、嘘つきにきまっている。

だから、彼女は男の手のふるえを好もしく思った。正直なればこそ、勇気があればこそなのだ。

ようやく鍵はまっすぐはまって、錠の舌がまわり、ドアがあいた。二人は入っていった。彼がひょいと肩先をしゃくった。その身振りが女にもつたわり、錠がやんわりと元の位置へもどった。ドアは背後にしまったのだ。青みがかった灰色のたまご型があとに残った。それは街燈の光で、薄暗くかすんではいるが、二人のあとを懸命に追いかけてきて、やっとそこで諦めたとでもいうようだった。二人が暗闇のなかを一歩一歩すすんでいくにつれて、それは凋《しぼ》んで小さくなり、牡牛の眼玉ぐらいの大きさになった。

ホールは――どうやら自分たちはホールにいるらしい、と彼女は想像した――一日じゅう閉めきった場所にありがちの澱《よど》んだ息苦しい空気をたたえていた。彼女は匂いだけで屋敷のありようを思い描こうとした。べつに匂いの専門家というわけではなかったけれども、その息苦しい感じにくわえて、高価な革と木材の香気が漂っているような気がした。はっきりとしない、たんなる感覚的な印象にすぎなかった。腐れ朽ちた造作《ぞうさく》のにおいでも、料理くずの臭気でも、婦人の香料のにおいでもない。没個性で、簡素ではあるが、けっして安手でない香りだった。

「二階の裏手なんだ」と、男がささやいた。「階下の電燈は点《つ》けないほうがいい。外から見られると困るからね」

男のからだの動かしぐあいで、ポケットに手をいれてなにかとり出そうとしているのがわかった。彼女は注意した。

「だめ。マッチも使わないほうがよくてよ。あんたがさきに立ってくれれば、あたしは後からついていけるわ。あんたの袖につかまってるから。待って、これを階下のこのへんに置いておくわ」

彼女は手さぐりで壁ぎわまで行くと、あとで簡単に見つかるように、スーツケースを壁の幅《はば》木《き》のすぐそばに置いた。それからまた彼のそばへもどり、上着の袖をつかんで、以心伝心の姿勢をとった。二人は闇のなかを泳ぐようなかっこうで骨折りながら前進した。じっさい暗闇は濃い液体のようだった。

まもなく、男のささやく声がした。

「階段だよ」

男のからだが上に持ちあがるのが感じられた。彼女も片足をあげてあてずっぽうに探ると、いちばん手前の段が爪先にさわった。そのあとは機械的な動作の連続で苦労はぜんぜん要らなかった。一度か二度、かれら二人の重みをいっしょに受けた階段が、沈黙をやぶるように軋《きし》んだ。この屋敷のなかにだれかまだ生きた人間がいるんじゃないかしら、と彼女は思った。かれらの知るかぎりでは、いないとは断言できない。深夜の殺人が翌日まで発覚しないでいることも多いのだ。

「曲がるよ」

と、彼がささやいた。

彼の腕がぐっと左のほうへ回っていった。彼女も接触を保ちながら、それにつれて素直にからだを動かした。階段がひらたくなって、そこは踊り場だった。暗闇のなかで幽霊がダンスを踊ってでもいるみたいに、二人は爪先で半旋回をおこなった。

すこし平らな面があったなと思うと、ふたたび男の腕がもちあがるのが感じられた。前と正反対の方向にあらたな階段があった。やがて、その階段も平らになると、それでおしまいだった。やっと二階まで達したのだ。

「曲がるよ」

と、彼がささやいた。

彼の腕がこんどは右のほうへ、彼女のほうへ押しつけられる感じになった。彼女もそれに合わせて自分の方向を正した。二人はいま二階の廊下を進んでいるのだった。

革と木材の匂いにすこしばかり個性が加わってきた。あまり果敢《はか》ないので摑まえにくいが、どこかから葉巻の香のまぼろしが漂ってくる。もっと甘ったるい匂いも混じっていたが、それはまぼろしとさえもいえない淡い記憶のようなもので、あまりにも遠く、ずっと昔に消えさったもののようだった。この無味乾燥な空気が何立方メートルあるか知らないが、このなかに、ほんの一刷毛《はけ》の、白粉《おしろい》がまざっているのだろうか。それとも、ほんの一滴の香水がここを通ったのだろうか——それは一年前か、あるいは一晩前か？　いつか、どこかで嗅いだことのある香料のようだが、と彼女は頭のなかで考えてみた。が、今となっては、わかろうはずもなかった。

木の敷居をまたいだような気がした。ほんのわずかもちあがっているだけで、躓《つまず》くほど高くはなかった。

空気がこころもち変わった。かれらのほかに、だれかがいるような、しかもだれもいないような感じだった。屍臭は——すくなくとも時を経てない屍臭は、嗅ぎわけることができないといわれている。だがそこには『静けさ』が、たんなる空虚だけではないなにものかが存在した。もう進まなくてもよくなったのが彼女には嬉しかった。男の腕がとまったのだ。彼女もならんで足をとめた。彼があいた片腕をうしろへのばして動かすと、ドアが通りすぎるさいの空気の流れが感じられた。背後でドアのしまる重い音がきこえた。

「目に用心するんだぜ、灯りをつけるから」

と、彼が注意をあたえた。

彼女は念のために目をつむった。ながいあいだ暗闇の中をめぐり歩いたあとなので、電燈の光輝は目に耐えがたいほどだった。その部屋で一番めだっているのは死人の姿だった。まるで死体のまわりに後光が射しているようだった。

部屋そのものは一種の合成品、混合品で、いわば万能部屋だった。壁に作りつけになった書棚に二、三段、適当な分量の本がならんでいるところを見ると、ある程度までは書庫といえた。軽快典雅な十八世紀シェラトン風のデスクがあるところからすると、やはり、ある程度までは書斎とも呼ぶことができた。そのまわりに坐りごこちのいい革製の安楽椅子が並べてあったり、酒類の戸棚や灰皿があるのをみれば、なによりもまず男性用の居間である。家族一般のというよりは、ある特定の人物の専用する二階の居間——むかしの上流社会のことばを借りれば私室《デン》という格だろう。

大学二年生あたりが我儘《わがまま》いっぱいに使っているような、そんな俗悪な男臭さではなかった。なによりもまず一応は部屋であり、そのあと書斎とみるか居間とみるかは、見る人間しだいで変わるはずのものだった。

壁は淡いみどり色だったが、あまり淡いので、電燈の光では白にみえるほどだった。ほんとうの白をならべて置いてみれば——たとえば白い紙でもあてがってみれば、はじめて区別できるような淡い色合いなのだった。木の部分は胡桃材《くるみ》をつかっていた。床の敷物と椅子の背は濃い土色。二つあるスタンドの笠は羊皮紙ばりだった。

矩形《くけい》をした部屋で、二人がはいってきたのは長いほうの一辺だった。両わきの二面はのっぺらぼうの壁だった。背後の壁には、いうまでもなく、二人のはいってきた戸口があった。正面の壁には二つ戸口があって、一つは寝室へ、もう一つは浴室へと、すこし間隔をおいて並んでいた。クィンは彼女のそばをはなれて寝室へはいっていった。そのおぼろな影が、うす暗い寝室のなかで、裏手にめんした窓から外へあかりが洩れないようにと重い窓掛けをひいているのが見えた。彼女のいる部屋には、窓にしろなんにしろ、外へむかってあいている部分は一つもなかった。

彼が浴室のほうを気にかけないところをみると、そっちにも窓はないのだろう。

彼女は男の動きに気づいてはいたのだが、それはまったく朦朧《もうろう》としていて、なにか直接の視野のそとにあるもの、心の範囲のそとにあるもののように思えていた。

彼女はこれまで死人を見たことがなかった。生まれてはじめて死人をみるのだという思いが、彼女の混乱しきった頭のなかを、強力なシリンダーかなにかのように駈けめぐった。そこに立って見おろしてはいたが、それは熱病じみた不健康な興味からではなく、おびえにみちた深刻な畏怖の気持で見つめているのだった。では、これこそが、われわれみんながあんなにも恐れているものなのだ。そんな思いが彼女の胸を去来した。こんなに若くて、こんなに溌溂《はつらつ》としてはいるが、死は、あたしにも、クィンにも、人間だれしもに、いつかは訪れるはずのものなのだ。あたしがせっせと踊りまくり、身をけずるようにして小金をため、いやに剣突《けんつく》をくわせ、人間としての理想にしがみついていても、結局ゆきつく果てはこれなのだ。日がな月がな、自動販売食堂《オートマット》でロールパンを食べるのも、ただの気やすめにすぎず、最後にはこうなることが知れているのだ——では、これが、これがそうなのか。

　自分ではあらゆるものを見、あらゆることを知りつくしたつもりでいたけれど、こればかりは見落としていた。ある夜のこと、一人の女が、ダンスホールで、『ビギン・ザ・ビギン』の曲が鳴っているまっ最中、やにわに窓から弾丸のように飛び降りたことがあった。あとできいた話では、なにか服《の》んでいたとのことだったが、だれもほんとうのことは知らなかった。ブリッキーの知っているのは、ずっと前から元気よく立って踊りまわっていた女が、急にひらべったくなり、ぴくぴく痙攣《けいれん》するほか身動きもしなくなったというだけだった。みんなは一斉にわっと窓際へ押しよせて下のほうをのぞいた。支配人の制止の声など聴かばこそだった。その女は歩道から救急車へ運びこまれるところだった。白い担架にのせられた姿は、ひどく小さく、ひどく平べったかった。その女は次の晩にはすがたを現わさなかった。それきり二度とすがたを見せなかった。

　だが、それだって、そのことの起こる前だった。これは起ってしまった後なのだ。

彼女はこれまで死人を見たことがなかった。

彼女は男の顔をみて、生きていたときの顔に組立てなおそう、欠けたところを埋めてみようとした。それは文字がすでに色褪せて、ぼやけ、歪んでしまったページを読むのとおなじだった。インキで書かれたページが雨にうたれた後のようなものだった。なにもかも揃ってはいるのだけれど、なにもかもが少し焦点をはずれている。顔を特徴づけていたはずの皺《しわ》も、今はただの線でしかなかった。口もとだって、かつては強そうだったか弱々しかったか、辛辣《しんらつ》だったか上機嫌そうだったか、なにかしら表情があったのだろうが、いまではただの隙間、顔の表面にあいた裂け目にすぎなかった。目もとにしたところで、優しそうだったか冷酷そうだったか、賢そうだったか頓馬《とんま》そうだったか、なにかの色を湛《たた》えていたにちがいないのだが、もういまでは、土気色の練り粉のなかにゼラチンを埋めこんだような、生気のない光った詰めものだった。

頭髪だけは手入れがゆきとどいて、まだ生き生きとした艶をおびていた。髪の毛は最後に死ぬ、というよりは、肉体が死んだあとも死なずに伸びつづけるものだからだ。死の衝撃にも、倒れたさいの衝撃にも、ほとんど乱れてはいなかった。ほんの一筋か二筋、長年ブラシで馴らしつづけた梳《と》かし癖からこぼれているのがあった。

りっぱな濃い眉は海豹《あざらし》の毛のようだった。みにくいほど濃くはないが、充分な特徴となっていた。それがいまでは完全にまっすぐ伸びている。死んでしまえば気苦労はなし、眉をひそめたり、あれこれ曲げてみせる必要もなくなったのだ。

こんな道具だてを寄せあってみても、生きていたときの顔がどんなだったか見当はつかなかった。年は三十五かそこらのように見えた。しかし、男の齢は女の齢よりもごまかされやすいものだ。三十歳だったかもしれないし、四十歳だったかもしれなかった。一時間まえまで、あるいはそのことが起こる前までは、なかなかの好男子だったにちがいない。そこに残された蠟《ろう》のような死顔がそれを物語っている、がしかし、顔の美醜などというのは、人間のもつ属性のなかでも一番とるに足らぬものである、天使だって悪魔だって同じように美しい顔をしているのだから。

この男は人生の愉しい享楽的な面を好んだのだろう。それが証拠に、死んだ今もなお、夜会服を一分のすきもなく着こなし、糊のきいたシャツの胸には皺ひとつ寄らず、ボタン孔にさした飾り花もきちんとしたままだった。

靴の底が床にぬったワックスでかすかに光っているところを見ると、つい先刻まで、これをはいて踊っていたのだろう。また靴の縁にはきずも汚れも見あたらないから、混みあったフロアでたがいに避けつ避けられつしながら巧みにダンスのできる勝《すぐ》れた踊り手なのにちがいない。今更そんなことがわかってなんになろう。もう踊る機会などありはしないのだ。

クィンがそばにもどってきていた。そっちを見なくても、彼がそばに来たことはわかった。彼がいっしょにいてくれるのが嬉しかった。肩と肩とがかるく触れあうのが心地よかった。

「眼蓋《まぶた》を閉じさせてやったほうがいいんじゃなくって？　こっちが見ていないときに見られていて、こっちが目をやると見ていないような、そんな気がしてならないのよ」

「いや、触っちゃだめだ」と、男が低い声でいった。「それに、どうやるのか知らないじゃないか。きみは知ってるかい？」

「両方の眼蓋をぎゅっと合わせればいいんでしょう」

だが、どちらも手は出さなかった。

彼女が息をころしてたずねた。

「どういうことなのかしら？　なんでやられたのかしら？」

彼女はなにか抵抗しがたい力にひきずられるみたいに、ずるずると床にしゃがみこんだ。彼も一瞬おくれて同じようにかがみこんだ。

「どこかに痕があるはずだわ」

死骸のまんなかで上着の前をとめているボタンのほうへ、彼女の手がおずおずと伸びるのが見えた。できることなら他の個所には触らずにボタンをはずそうと、彼女は指をひろげた。

「待ちたまえ、ぼくがやるよ」

彼はあわてて言うと、自分の指を器用にうごかした。上着の前がぱっと両側にひらいた。

「それだわ」

彼女は息をのんだ。

白いピケ地のチョッキの腕あきを汚して小さな赤黒い渦巻きがみとめられた。しかしながら、脇の下よりはずっと下のほう、ちょうど心臓の真上にあたっていた。

「ピストルにちがいない。そう、弾丸だ。まるく擦《す》り切れている。ナイフなら細長い裂け目ができるはずだからね」

彼はチョッキのボタンをはずして前をひらいた。その下もチョッキの場合のくりかえしだったが、肌に近いために汚染ははるかに大きく拡がっていた。シャツが吸取り紙のような役をはたして、範囲は脇腹いったいから、前のほうにも二個所ばかりとび散っていた。彼はチョッキの片前を衝立《ついたて》のようにたてて、なるべく彼女に見せないようにした。それからまた元どおり両前を合わせた。

「えらく小さなやつだったらしいな」と、彼は言った。「ぼくは専門家じゃないが、とてもちっぽけな孔なんだ」

「みんなそんなふうなのかも知れなくてよ」

「かもしれない」と、彼もみとめた。「今まで見たことがないんだから、どうとも言えないな」

「これで一つ確かなことがわかったわね。この家には、このひと一人しかいないってことが。でなければ、射った音がきこえたはずだもの」

彼は部屋のなかを見まわしていた。

「持ってっちまったんだな。近くに転がっていなさそうだから」

「なんという名前だったかしら、この家に住んでいるひとは」

「グレーヴズさ」

「このひとがご主人――おやじさんなの？」

「親父さんはいないんだ。十年か十五年ぐらい前に死んだんだよ。おふくろさんはいるがね。社交界では有名な婦人らしい。ほかには息子が二人に娘が一人。これが兄貴のほうだ。もう一人のほうはまだ学生で、どこか遠くの大学へ行っている。娘ってのは、ちょうど社交界に出たばかりで、よく新聞なんかで見かけるよ」

「なぜこうなったかが——動機というのがわかったら——」

「二時間ぐらいのうちにかね。警察だって何週間もかかることがあるんだぜ。本職の警察だって」

「まず簡単なところから始めましょうよ。このひとが自分でやったんじゃないわね。そうだったらピストルがどこかに転がってなきゃならないのに、どこにもないんだもの」

「それは間違いなさそうだな」

彼はためらいがちに言った。が、あまり確信はないようだった。

「いちばんの常識からいくと強盗だわね。最初のとき金庫にあったもので、今、二度目にきたとき失くなっている品物はないかしら？」

「わからないな。なにしろ灯りも点《つ》けずにはいってきたろう。それから、この男につまずいて、四つん這いになった始末だから」

彼女は同情するように息を吸いこんだ。

「電流のとおった鉄棒を心臓へ差しこまれたみたいだったぜ。それで、マッチをすって、こいつが目にはいると、膝をがくがくさせながら金庫へ——つまり金庫の裏側へいき、金を放りこんで、あとをも見ずに大あわてで飛びだしてきたんだ」

彼女は床から一フィートの高さにある膝小僧をぽんとたたいた。

「じゃ、見てみましょうよ。この前きたときにあったものが失くなっていたら、思い出せるかしら？」

「だめだね」と、男は正直に白状した。「最初のときだって、かなり夢中だったんだぜ。でも、思い出せるかどうか、やってみよう」

二人は立ちあがると、しばらく死体に背を向けることになった。そして浴室にはいっていった。もちろん、電燈のスイッチのありかを知っているクィンが先頭だった。

彼がスイッチに触れるやいなや、真っ白なタイルの反射が閃光となって目を刺した。つきあたりの壁にとりつけられた戸棚の扉が鏡になっていて、二人がこっちから入っていくと、同時にむこうからも二人連れが踏みこんでくるような、ややこしい印象をあたえた。あのおどおどした、若い、いかにも絶望しきった頼りなげな二人は、いったいどこのだれなのだろう？

だが、彼女は、そんなことに時間を潰してはいなかった。

一番はじめに目についたのは、むかって右側の、外の部屋の金庫の裏側にあたる壁の漆喰《しっくい》に、彼が掘りあけた四角い穴だった。壁というものが、しかも家のなかの仕切り壁が、こんなに厚くつくられた時代があったとは信じられないくらいだった。

一回目に来たときは、壁の穴をかくすために、シャワーのカーテンを巧みにひいて垂らしておいたということだ。そう彼から聞いていた。ところが、今度ふたたびもどってきたときは、驚いたのと慌てていたのとで、片寄せたカーテンをそのまま開けっ放しにしてきたのだ。カーテンは押しのけられ、いわば『凹まされ』て、そのあいだから壁の穴が丸見えになっていた。

穴を掘った仕事ぶりは鮮やかなものだったが、そんなことが自慢になるわけもない。彼だってべつに得意がっているようすはなかった。顔つきを見ればわかる。穴の縁はまるで定規でも使ったように一直線だった。上塗りの下の白い漆喰は、鉛筆でひいた細い線ほども見えていなかった。上塗りの化粧漆喰にしたって、ほとんどひび割れも、崩れも見あたらなかった。ほんの一かけらか二かけらが剝がれそうになっているだけだった。掘りだした壁土は、足の先で浴槽の下の見えないところへ押しこんだのにちがいない。べつにたずねてみたわけではないが、床の上には見あたらないし、それに浴槽が床からもちあがった足つきの旧式な型だったからだ。

穴の奥には漆喰で白くよごれた板がかすかに見えていた。彼は手をつっこむと、前にもやったことのある馴れた手つきで、その板のはしに指をかけ、やがて取りだして下においた。それが金庫をはめこんだ木のケースだか小部屋だかの裏張りなのだった。

それがすむと、今度はそろそろと鋼鉄製の現金箱をうしろむけにひっぱりだし、両腕の上にのせた。金庫の中身はそれだけだった。錠前さえついていない普通の現金箱が、壁につくりこまれた板張りのケースにおさめてあるのだった。反対側の向こうの部屋にめんしたほうは、なるほどたしかに、組み合わせ錠のついた鋼鉄製の扉だか飾り板だかで堅牢に護ってあった。だが搦手《からめて》から攻めこむぶんには、まるでバターにナイフを入れるようなものだった。

「たいしたことはないのね」

「ずっと昔、犯罪者がいまほど専門家でない頃につくったものらしい。その当時は、家の中までのこのこ入りこんでこられるとは夢にも思わなかったんだろう――」

そこまで言って、彼はすこし顔を赤くした。自分のやったことを恥じているらしいのが彼女にはわかった。すくなくとも、この家の金庫に関するかぎりは、彼自身も犯罪者のなかに数えられるのだった。自分の以前のおこないを思い出して恥じているのだ、本能がそうさせているのだ。結構ではないか。隣の男の子なら、自分のした行ないにたいして、そう感じるのがあたりまえだ。

彼は足のさきで引っかけて、エナメルを塗った三本脚の浴室用腰掛けをひきよせると、二人がかりで重い現金箱をその上にのせて、蓋をあけ、中身を調べにかかった。

一番てっぺんには現金がのっていた。さっき彼が返した金だった。それをわきへどけると、ぎっしり詰まった書類をわけて調べはじめた。書類はみんな黄色くあせて、驚くばかりに古く、大部分は彼や彼女より歳月を経たものだった。

「これは遺言状だわ——こんなもの、関係があるのかしら？」

「ないだろう——関係があるとしたって、いまの場合、とても時間的にまにあわないよ」

彼がさきを漁っているあいだ、彼女は手をとめて、書類のところどころを拾い読みをした。

「おやじさんの遺言状だわ。執行人はあのひとよ——スティーヴンというのが名前なのね——」

と、むこうの部屋へ頭をしゃくってみせてから、またさきを読みつづけた。

「これは関係なさそうよ。財産はそっくり奥さんのハリエットに遺されていて、奥さんが死ななければ、子供たちの手にはいらない仕組みになっているのよ。ところが殺されたのは、奥さんじゃなくて、息子のほうだものね」

彼女は書類をたたんで放りだした。

「どっちみち、ぼくたちの捜しているのは動機なんかじゃない。なにが盗られているかだ」

「宝石類があったといってたわね。見あたらないようだけど、どこにあるの？」

瞬間、彼女の希望がふくらんだ。

「この奥の二番目の仕切りのなかさ。順々に蓋が開くしかけなんだ。いま見せるよ。どのみち大した値打ちのものじゃない。つまり、ある意味じゃ得がたいものかも知れないが、ダイヤモンドとかそんな種類のものじゃないんだ」

彼は二番目の仕切りを開けてみせた。二人はいろんな形をした天鵞絨《ビロード》の函を取りだした。どれも同じように色褪せて汚い灰茶色に変わっていた。真珠をつらねた紐が一本、黄玉《トパーズ》の頸飾り。紫水晶《アメジスト》の古風なブローチ。

「この真珠はきっと二千ドルはするわよ」

「最初のときにあったものは、みんな揃っている。全部見たものばかりだ。なにひとつ失《な》くなってはいないよ、ぼくが最初に――」

またしても言葉をきると、こんどは赤くこそならなかったが、しばし目を伏せた。

彼女はいやな気持になった。この作業にかけていた期待が逆にあだとなったのだ。

「すると強盗ではなかったのね。いよいよむずかしいことになってきたわ」

二人は大急ぎで店じまいにかかった。現金はいちばん最後におさめた。彼はこんどは憎悪の目でそれをながめた。彼女にはよくわかった。彼を咎《とが》める気はしなかった。箱の蓋をしめると、彼がそれをもちあげて壁の穴へ押しこんだ。もうシャワーのカーテンで隠すような手間はかけなかった。彼女には彼がどう考えているか察しがついた。むこうの部屋に死人がころがっている場合に、こっちの部屋の、ぜんぜん別個な、些細な罪のあとを隠したってなんになるというのだ？　もう二つを別個なものにみせるなぞ無意味なことだ。あっちのほうが見つかれば、それだけに専心するにきまっている。

「結局、だめだったね」

彼は失望したように呟いた。

また元の部屋へもどった。それまでいた浴室の電燈は彼が消した。

二人は立ちどまって、頼りなげな視線で見かわした。こんどはなにをしたらいいのだろう？

「単純な動機ならほかにもあるわ。ただ、強盗にくらべると、もっと個人的なものだけど。憎しみとか、恋愛関係とか――さて、つぎの仕事は――」

彼女のいわんとする意味はわかっていた。彼は断固とした足どりで死体のそばへ近づくと、あらためて屈みこんだ。

「まだ済ませてなかったの？」と、彼女はたずねた。

「ああ、つまずいてからマッチをすり、あともどりして、男の額《ひたい》にさわってみただけだったんだ」

彼女は嫌悪の情を抑えつけて彼のそばへ寄り、自分もしゃがみこんだ。彼と同じようにぴったりと寄りそった。

「それじゃあ、全部だして調べなくちゃだめね。あたしも手伝うわ」

「きみは手をつっこむ必要はないよ。ぼくがとりだそう。きみはただ渡されたものを調べればいいんだ」

二人はわびしい微笑を見せあった。これからしなければならない仕事を嫌ってはいないのだというふりをするためだった。

「ここからとりかかろう。どんな服でも、これが一番上のポケットなんだ」

胸のポケットだった。そこには上等なリンネル地のハンカチが一枚あったきりだった。てっぺんがポケットの口からすこし覗くように扇形にたたんであった。

彼女はそれを拡げていった。

「ほら、弾丸がこれを貫通しているわ。このたたみかただと、下のほうに小さな孔が一つあいているだけだけど、ひろげてみると、なにかの模様みたいに、三つに分かれているわ。切り紙細工でこしらえる飾り模様のようだわね」

二人は笑いもしなかった。偶然の類似にしても、あまりにも残酷な類似だった。

「ここはこれだけだ。つぎは左側の外ポケットだ。ちょっと身体の下敷きになっていて、上着を押さえこんでいるかたちだね」

彼は死体をすこし持ちあげて、上着をひっぱりだし、弛《ゆる》みをこさえねばならなかった。

やがて、それがおわると――

「からっぽだ。紙切れ一枚はいっていない」

黒い絹繻子《サテン》の内袋をひっぱりだすと裏返して彼女にみせた。

「つぎは右側だ」

そっちも内袋をひっぱりだした。

「やっぱりなにもないな」

それは死体の腰の両側に半分しぼんだ形で張りだし、小さな二つの黒い気球のように見えた。対《つい》をなした超小型の鰭《ひれ》といってもいい。今のところは、そのまま蔵《しま》わずに放っておいた。

「こんどは内ポケットだ」

そこに手を入れるには、前腕を死体の胸にそって滑りこませねばならなかった。彼は表情を変えなかった。どっちみち、あいだは堅いシャツの層で隔《へだ》てられているのだ。

「みんな取りだすのよ」と、彼女はひくく言った。「なんでも構わないからね」

ポケットの中身がとりだされるたびに、彼女は在庫品調べをするみたいに、その名前を読み上げていった。品物はポケットから彼の手へ、彼の手から彼女の手へ、そして最後にそばの床の上へと移された。

その操作は奇《く》しくも、大きな子供が二人、砂バケツをいじったり、泥のパイをこさえて遊んだりしている姿に似ていた。二人とも寄りそって、膝小僧を上に向けてしゃがみこんでいる。

彼はなにも言わなかったけれど、その顔の表情をみると、もう百に一つのチャンスもないと──二人に残されたわずかな時間内にはもう見込みがなさそうだ、と考えているのが彼女には読みとれた。

二人の背後の本棚に置時計が一つのっていた。二人とも、意志の力だけを頼りにして、そっちをふり返らぬように心がけていた。しかし、音はきこえた。秘めやかな静寂をこまかに切り刻んでいた。あざ笑うように、情容赦もなく、せかせかと進んでいく。チクタクチクタクと、停まらず休まず、どこまでも前進しつづけている――

「シガレット・ケース。銀製。ティファニーの店のものだわ。Bという頭文字のひとから贈られたのね。『BからSへ』って彫ってある。なかには煙草が三本。ダンヒルよ」

ぱちん。彼女は蓋をしめて下においた。

「紙入れ。あざらし皮。マーク・クロス製。五ドル札二枚に一ドルが一枚。ウィンター・ガーデンの今夜のショウの切符半券が二枚。C一一二とC一一四。平土間席の前から三列目でしょうね。これですくなくとも、今夜八時四十分から十一時までの居場所がわかったわけね」

「三十五年のうちたった二時間半か」

と、彼は不貞《ふて》くされた調子でいった。

「なにもあの男の全生涯をたどる必要はないのよ。幕開きから二時間ないし二時間半のことがわかっただけでいいじゃないの。あの男はウィンター・ガーデンで殺されたのじゃない。そこを出たときは、まだ生きていたんだわ。それだけでもう夜の範囲はうんと縮まったわけよ」

「ほかになにかあるかい？」

「営業用の名刺があるわ。スタッフォード、これはだれかしら。ホームズってだれかしら。それにインゴールズビイ、それくらいよ——あ、ちょっと待って、この二番目の小仕切りのなかに何かあるわ。写真ね。乗馬服をきた女のひとと、それにあの男も、二人とも馬にのって撮《うつ》っていてよ」

「見せてごらん」

彼は丹念にながめてから頷いた。

「これだ、きのうの夕方、あの男といっしょにでかけた女は。あっちの寝室にも、この女の写真が銀の額縁にいれて飾ってある。さっき入ったときに見たんだ。バーバラって署名があったっけ」

「だったら、この女がやったんじゃないわ。もしそうなら、銀枠の写真がまだ寝室にあるなんて変よ。額縁はあっても写真はなくなっているはずだわ。それがふつうの常識ってものよ」

「このポケットはそれで全部だ。あとはズボンのポケットが四つのこっている。両脇に二つ、うしろに二つだ。左うしろ、なにもなし。右うしろ、予備のハンカチ一枚だけ。左脇、なにもなし。右脇、鍵と小銭だ」

彼女はいかにもつまらないものを扱うように、うわの空でそれを勘定すると、

「八十四セント」

といって床に置いた。

「これで服のポケットはおしまいだ。ぜんぜん収穫はなかったね」

「とんでもないわ、クィン。どっさりあったじゃないの。そんなことをいっちゃだめよ。だっ

て『当局者諸君へ。わたしはだれそれに殺された』なんて書いた紙切れがみつかると予想していたわけじゃないでしょう。まるで雲をつかむみたいだったところへ、『バーバラ』という一つの名前が浮かんできたわ。バーバラの顔かたちもわかったし、その女のひとが、今晩、あの男と外出していたってこともわかったわ。それに二人がいった場所もわかったしね。残された空白の部分は、深夜の十二時をはさんで前後二時間ほどにせばまったのよ。ポケットを捜しただけにしては、ずいぶんの収穫だと思うわ」

チクタク、チクタク、チクタク——

彼女は床を見おろした。そして片手をのばすと、彼を鎮めるように、はげますように、彼の手のうえに重ねておいた。

「わかってよ」と、彼女は聞きとれないくらいの声でいった。「でも、見てはだめよ、クィン。そっちを見てはだめ。大丈夫、うまくいくわよ。きっとうまくいくわ。そう唱《とな》えつづけているのよ」

彼女は立ちあがった。

「これはもとにもどしとこうか」

「放っとけばいいわよ。どっちでも同じことだもの」

彼もつづいて立ちあがった。

「つぎは部屋を調べましょうよ」と、彼女がいった。「あたしたちのまわりを捜すのよ。あの男のからだは済んだのだから、こんどは部屋の番よ。なにか捉《つか》めるかどうか、やってみましょう」

二人は死骸を軸にして両側にわかれた。

「あんたはそっちから始めて。あたしはこっちよ」

「なにを捜せばいいんだろう?」

彼は背中をむけたままで物憂げにつぶやいた。

あたしにだってわからない。女は泣きたくなった。ああ、神さま、あたしにだってわからないんです!

チクタク、チクタク、チクタク――

置時計の前を通るときにさえ、彼女は目をふせて、その文字盤を見ないようにした。砂のなかに頭をつっこんだ駝鳥《だちょう》みたいだ、と彼女は自分でもそう思った。見ないでいるのは容易ではなかった。それは部屋のこっち側にあって、彼女の顔を真正面から睨《にら》みつけているのだ。書棚の本はまんなかに棚の支柱があるので両側にわかれていた。

「『緑の灯』」

彼女はそろそろと横じさりに足を運びながら、本の標題を読みあげた。

「『支那の燈油』『自伝』――」

そこで目を伏せた。

チクタク! 一瞬がすぎる、かれらの乏しいたくわえから一瞬が過ぎさる。

つづいて目をあげると、右側へすすむ。

「『北から東洋へ』『Yの悲劇』――たいした読書家じゃないわね」

「どうしてわかる?」

彼が部屋のむこう側から興をそそられたようにたずねた。

「ただの勘だけれどね。本の虫みたいな人なら、読む本にもっと似たところがあるはずよ、一つの型があるはずよ。これじゃ、あっちを読んだり、こっちを読んだり、まるで生《なま》っかじりだわ。半年に一度、眠れない晩があったりすると、本を読んだりするくらいなのね」

そこへさきに行きついたのは女のほうだった。ふと足をとめた。

しばらく考えこむような間をおいてから、彼女は呼びかけた。

「ねえ、クィン」

「なんだい?」

「ポケットにシガレット・ケースがあったけど、ふつう、紙巻を吸うひとって、葉巻も吸うものなの?」

「そうなりがちだね。両方吸う人はおおいよ。どうしたんだ、そっち側に葉巻の吸いがらでもあるのかい?」

「でも、二本も吸うものかしら。一人でいるときに――? ここの灰皿には吸いがらが二つのこっているのよ」

彼も女のそばにやってきて覗きこんだ。

「だれかいっしょに居たんだと思うわ。男のひとがね。この灰皿スタンドはどっちの椅子に付属しているのか知らないけど、両方から手をのばせばとどく場所にあるわね。葉巻の吸いがらも、灰皿のふちの、こっちの凹みに一本と、反対側のむこうの凹《へこ》みに一本のせてあってよ」

彼は身をかがめてもっと入念に調べた。

「一人で二本吸ったんじゃないな。二本は銘柄がちがっている。こんなことをする人間はいないよ。たしかにだれかがいっしょにいたんだ。それに、もう一つわかったことがあるぜ。二人はなにか激しく議論していたんだよ。いや、一人は冷静だったかもしれないが、もう一人のほうはかなり興奮していたんだ。こっちの吸いがらを見てごらん。吸い口がなめらかだろう。すこし湿ってはいるが、完全なかたちをしている。ところが向こう側のやつはどうだ。吸い口がぐちゃぐちゃに噛んである。まるで総毛《ふさげ》だ。どっちか一人のほうは、なんだか知らないが、ひどく逆上《のぼ》せていたんだよ。これを見ればわかる」

彼は女の顔を見あげた。

「こいつは今までで一番の収穫だよ。最大の収穫だ」

「だけど、グレーヴズと相手のほうと、どっちが冷静でどっちが怒っていたのかしら？　わからないわね」

「それはわからないが、大した問題じゃない。ここにだれか別の人間がいた、ぼくたちにとって大事なのはその点だよ。二本の葉巻の銘柄がちがっているという事実だけからでも、二人の会談が和気あいあいでなかったことがわかる。一人のほうが相手のすすめる葉巻をことわって、自分のを吸ったんだ——いや、すすめもしなかったかも知れない。二人は同時に葉巻を吹かしたが、けっしてともに味わったわけじゃない。緊張した雰囲気のなかで、口喧嘩だか議論だかがおこなわれたんだ」

「けっこうだけど、まだ満足じゃないわね。その相手というのがだれだかわからないんだもの」

彼はいっぽうの椅子の壁側へまわってみた。椅子は壁に押しつけてあるのではないが、部屋の中央からはなれた壁際に寄せてあるので、そっち側は椅子そのものの蔭になって見えなかったのだ。

「こっちの椅子のかげに、グラスが一個、床の上にじかに置いてあるよ」

「反対側の椅子のかげにもあって?」

二人が不仲であったという彼の説がくつがえされやしないかと、それを気づかうように、彼女はいそいでたずねた。

彼は二つ目の椅子に乗りかかって下を見た。

「ないよ」

彼女はほっと安堵の息をついた。

「じゃ、やっぱり二人が仲違いしていたことが証明されたわけね。ひやっとしたわ。これでまた、こっちの空っぽのグラスがあるほうの椅子には、グレーヴズが坐っていたのだってこともわかったわ。彼はこの家の主人よ。自分のお酒は注いどいて、お客にはすすめなかったのね。あるいはすすめたけれど、お客のほうで機嫌がわるくて断わったのかもしれないわ」

「うん。百パーセント確実とはいいきれないが、だいたい筋道は通るね。あべこべの場合だってないとはいえないけど、まずそう考えたほうが無難だろう。つまり、客に好意をもっていない主人が、相手にだけ酒をすすめて自分は飲まずに、そういうやりかたで敵意を示すというようなことは、まずあり得ないだろう。最初からすすめないのが普通だ。だからやはり、こっち側にすわっていたのはグレーヴズだってことにしておこう」

「肝心なのは、グレーヴズがどこにすわっていたかじゃなくて、いっしょに居たのがだれかってことよ」

彼女はしょんぼりした様子でいった。

「待てよ、なにかあるぜ——」

彼は椅子のシートと肘掛けのあいだへ真っ直ぐに手をつっこんだ。客がすわっていたことに決めたほうの椅子だった。彼が手を抜くと二人はそっちへ顔を寄せた。

「紙マッチね」

女ががっかりした声をだした。

「もっと別のものじゃないかと思ったんだが」と彼も口を合わせていった。「こいつが覗いているのが見えたんだ。グレーヴズは自分のを持っていたね。さっきポケットを調べたときにあったよ。これはきっと客の男のだ。興奮していたので、うっかり取り落としたんだな」

彼は小さな紙マッチの蓋をあけて、また閉めなおすと、もとの場所へ投げだそうとした。それからふと考え直して、もう一度すばやく蓋をあけてみた。額にしわが寄った。

「ほほう、ずいぶん興奮していたんだな。葉巻一本だけで、こんなにたくさん使っている。話しているあいだ、休みなしにマッチを擦《す》りつづけていたのが、目に見えるようだな。半分ぐらいは擦ったまま使うのも忘れていたんだろう。それとも話に夢中なあまり、葉巻を吹かすひまがなくて、すぐ立ち消えになったのかな」

「話をはじめる前に、半分ぐらい使ってあったのかもしれなくてよ」と、彼女が注意した。「葉巻を新しくつけるからといって、なにもマッチまで新品を使ったとはかぎらないわ」

だが、彼はすでにそんな論点を通りこしているようだった。返事もしなかった。紙マッチ程度のものを見るにしては不必要と思えるくらいの熱心さで、ずっと見つめつづけているのだった。

そして、やはりマッチから目を放そうとせずに、

「ちょっと見てごらん。きみはどう思う？　ぼくとおなじように考えるかな」

「倍増薄荷《ダブルミント》ガムをご愛用くださいって書いてあるわね」

「表紙のことじゃない。なかのマッチそのものだよ」

彼女は男の頭に自分の頭をくっつけるようにした。二人はその小さな紙マッチを霊験《れいげん》あらたかな護符かなにかのように支えもった。

「待ってよ、こうした紙マッチには普通なら二十本ついているはずだわね。前と後ろに十本ずつ二列にならんでね。それが——ちょっと親指をどけてみて——前に二本と後ろに三本、合計五本のこっている。とすると、たった一本の葉巻に十五回も火をつけたことになる、そういう

意味じゃなくて？」

「ちがうんだ、まだぼくの考えがわからないらしいな。いいかい、見てごらん。残っている五本は二列とも右のはしっこだろう」

「なあんだ」と、彼女は詰まらなそうにいった。「そんなことなら、初めからわかっていたわ」

「まあ、待ちたまえ。さあ、これはぼくの紙マッチだ」と、彼は自分のをポケットから取りだして彼女に渡した。「一本ちぎって、点けてから吹き消すんだ。あまり考えたりしちゃいけない。ふだんと同じように、ただ火を点けるだけでいいんだ。コーヒーを沸かすときガスに火をつける要領さ。やってごらん？」

彼女は一本擦ってから吹き消すと、どう、というように首を傾げてみせた。

「さあ、紙マッチのほうを見るんだ。いまの一本はどこからちぎった？　右の端だね。男でも女でも、子供でもおなじことだが、こういうマッチを使うときには、まず右からはじめて、順順に一本ずつ左のほうへちぎっていくものだ。ところが、この男の場合は逆になっている。どうだい、ぼくの考えていることがわかったかい？　今夜この椅子にグレーヴズと向かいあって、すわっていた男は左利きなのさ」

彼女はふいを衝《つ》かれたように、口をぽかんとあけ、そのまま声も出なかった。

「その男がなんという名前だか、どんな顔をしているか、あるいはグレーヴズを殺したのかどうかもわからない。だけど、その男について、これだけのことはわかったよ。どういう原因だか知らないが、すっかり逆上《のぼ》せあがっていたこと。一本の葉巻を吸うのにマッチをつぎつぎと十五本も使い、その葉巻のはしを歯でぐちゃぐちゃに嚙みつぶしたこと。グレーヴズと仲たがいをしていたこと。そして左利きであるということ。それだけがわかったんだ」

話しているうちに、彼女が紙マッチのほうへ手をのばし、彼は放心状態のまま彼女にそれを渡していた。さて話しおわった今、彼は、女の顔に妙な表情がうかんでいるのに気づいた。

「ごめんなさい、クィン」

彼女は憐れむような口ぶりでいった。

「どういう意味だい?」

「なにもかもが粉々に崩れてしまったのよ」

こんどは男のほうが妙な顔をする番だった。

「なぜだい? どうしてだい?」

「女だったのよ」

彼女はまず男の手をとった。つぎに別の手で男の手のひらに紙マッチをのせると、てきぱきした口調でいった。

「においを嗅いでごらんなさい。上唇のあたりへ持っていくだけでいいのよ」

彼はその前に理屈をこねようとした。

「女が葉巻をあんなふうに菠薐草《ほうれんそう》みたいに嚙みつぶしたりするかなあ」と、乱暴な手つきでうしろを指してみせて、「あの椅子にすわったのが女だというのかい?」

「葉巻や椅子のことは知らないわ。あたしがいっているのは、ちょっとでいいから、それを鼻の先へもってってごらんなさいということよ」

「硫黄《いおう》くさいね、マッチならふつう」

「すこし待っていれば消えるわよ。硫黄のにおいのほうが強いけど、そのかげに——どう？」

彼は失望したように顔をゆがめると、皮肉な口調でいった。

「香水だね。ぷーんと香水のにおいがする」

「だれかのハンドバッグにはいっていたものよ。一日じゅうハンドバッグにいれて持ち歩いていたものだわ。香水のにおいの沁みたハンドバッグにね。そこにいれてあったので厚紙がにおいを吸ったのよ。ここにいたときに、一度か二度、ハンドバッグを開けたのでしょうね。それだけで部屋の空気にも、においが移っているわ。はいってくるとちゅう、まだ廊下の暗闇にいるときから、あたしは気がついていたの。今夜、この部屋には、女のひとがいたのよ」

彼はなかなか降参しなかった。降参して当然なのだが、したくなかったのだ。

「葉巻はどうなるんだ？　強いのと弱いのと、二本の葉巻をだれが吸ったんだい？　しかも一本は落ちついて、一本はいらいらしながら吹かしてるんだぜ？　グレーヴズが一人で二本をのみわけたというのかい？」

「女のひとよりも前に男のひとがいたのかもしれなくてよ。あるいは男のほうが女より後だったかもしれないわ。男と女といっしょに居たのかもしれなくってよ」

「いや、そんなはずはない」と、彼は独断的にきめつけた。「葉巻の吸いがらをみると、男がこの椅子にグレーヴズと向きあって坐っていたことになる。マッチからすれば女だ。男と女が同時にこの椅子にかけていたなんて変だよ」

「男のひとがよほどいらいらしていて、しかも自分のマッチを使い切ってしまったとしたら、女のひとから借りたってあたりまえでしょう。男のほうが椅子にすわってグレーヴズと話しつづけ、女のほうはどこか近くで二人の話をきいているって場合だってあるわよ」

彼は頭をしゃくって否定した。

「それだと辻褄《つじつま》が合わないね。男のまむかいでグレーヴズが葉巻をふかしているんだよ。女がどこにいたか知らないが、グレーヴズのほうがずっと近かったはずだ。手近に三つ目の椅子はないからね。むしろ女よりもグレーヴズからマッチを借りたろうよ」

「でも、二人がどなり合っている最中だったら？　喧嘩している最中だったとしたら？」

「マッチぐらい借りてもどうってことはないさ。酒や煙草をもらうのとは訳がちがう。だまって手をのばすだけでいいんだ。それにマッチを借りたのだとしたら、使いきって捨てた前のマッチが、どこか近辺にころがってなくちゃならない」

彼は握りこぶしで椅子の背のてっぺんをどやしつけると、

「男と女がいっしょに居たってのが間違いなんだ」

「いいわ、いっしょに居なかったことにしましょう。でも、それだけでは無意味よ。どっちが先にきたかが問題だわ。なぜって、あとから来たほうが、グレーヴズを殺した犯人ということになるんだもの」

「一分ごとに後退りしてるみたいだな」

男が暗い声でいった。

チクタク、チクタク、チクタク――

二人は時計から目をそらすように反対側の床をみやった。

それにもかかわらず見えなかったのは、二人とも時計の音をきくまいとして目をそらしていたからだろうか。見えにくいものであることも確かだった。敷物それ自体が茶色なのだから。

だしぬけに、彼女が自分の視線にそって身をかがめた。半分うつぶせのような格好で片手と片膝をついた。のこった片方が、紙マッチと嚙みつぶされた葉巻のあったほうの椅子の下へ、ちょっと差しこまれたと思うと、またあらわれた。彼女はしゃんと背筋をのばすと、手のひらを上にむけ、そこにのったものを指先でつついた。

「またなにか見つかったんじゃないだろうね――?」

男は信じられないというように息を弾ませた。

「ほら、自分で見るといいわ」

それが彼女の返事だった。

小さな、ちょうど五セント玉くらいの大きさのものだった。茶色をしていた。外側がまるくて反対側がまっすぐな半月形のものだった。まんまるな小さい孔が二つあり、あと二つあった孔の痕がまっすぐな端のところで半欠けになっていた。

「ボタンのかけらだね?」

彼は恭《うやうや》しい声をだした。

「チョッキのかしら?」

「いや、袖口のだ。袖の外側についている、ぜんぜん用のないボタンさ。こんなに小さいのは他に使い途がないだろう」

「きっと前から欠けたままだったのね。上着をドライ・クリーニングにだした時から欠けていたのが、今夜、椅子に腰かけているうちに、とうとう落ちてしまったかもしれないわ。身振りをまぜて話していたのか、葉巻をふりまわしたのか、とにかく手を動かしすぎたのね」

「しかし、どうして椅子の下にはいったんだろう」

「肘掛けごしに落ちたんでしょう。そのうちに怒って立ちあがったかなにかして、椅子ぜんたいの位置がずれ、ずっと下になったたままだったのよ」

「グレーヴズのじゃないことは、どうしてわかる? 何日も前から部屋のなかを蹴とばしてあるいてたのかもしれないぜ」

「じゃ、まずその点をしらべて、はっきりさせてからさきへ進むことにしましょう。これで、あたしたち、やっと仕事ができたわけね! これはきっと茶色か焦茶色の服から落ちたのよ。あたしは男じゃないけど、青やグレイの服に茶色のボタンをつけるはずがないことぐらいは知ってるわ。それに、あそこに倒れているひとはタキシードを着ているから、あれについたものじゃないわね」

彼女は寝室へはいって、衣裳戸棚を開けると、電燈のスイッチの紐をひっぱった。

「窓はだいじょうぶね？」

「ああ、ぜんぶカーテンを引いてある」

彼は女の肩ごしにのぞきこんで無邪気に目をまるくした。

「すごいもんじゃないか！　こんなにたくさんの服を着るほど人間の寿命があるものかねえ——」


二人は口にこそださなかったが同じことを考えた。あの男には寿命がなかったのだ。茶色系統の服はすくなかった。どういう理由だか知らないが、衣裳持ちであろうとなかろうと、男の衣裳戸棚で茶系統の服のしめる割合はすくないものなのだ。

「この芥子《からし》色のじゃないかしら」

洋服掛けごと取りおろすと、片方ずつ袖口をかえしてみて、それから指先をすばやくチョッキのボタンの列に走らせた。

「みんなついていてよ」

それをもとにもどすと、

「ここに茶色のがあるわ」

といって、それを取りおろし、ざっと調べてみた。

「ズボンのうしろのポケットを忘れちゃだめだぜ」と、男が注意した。「左側のやつがよく失くなるんだ——ことにぼくの場合はね」

「揃っているわ」

彼女はそれを掛けなおした。

「これで全部よ。あ、ちょっと待って。いちばん奥のすみっこに変わり上着がかかっているわ。ずいぶん古いものらしいけど。あれも見ようによっては茶色ね」

それも試してみたが、すぐに掛けなおした。

「ボタンの型がちがうのよ。頑丈で、孔《あな》がつき抜けてなくて、裏側に通し孔のあるやつね。やっぱり駄目だったわ」

電燈スイッチのコードをぐいと引くとドアをしめた。

「それじゃ、あのひとのじゃないのね。外から訪ねてきた、葉巻を嚙むくせのある、そして、もしかすると左利きかもしれないひとのボタンなんだわ」

二人は大股な急ぎ足で元の部屋へもどった。

「ねえ、クィン、あたしたち、そのひとについて、また二つばかりわかったことになるわ。気がついた? その男のひとは茶色か焦茶色の服を着ていて、上着の片袖のボタンが取れているか、半分とれかかっているかってことよ。ああ、あたしたち、本職の刑事だったらいいんだけど。そうだったら、これだけ材料がそろえば、なんとかなるでしょうにねえ。この半分だって役に立つわよ」

「だけど、現実はそうじゃないんだ」

彼は舌のさきで唇をなめて、なにか想像上のものを味わった——それもあまり愉快な想像ではなかった。

「今夜ばかりは、ぜがひでも本職にならなくちゃいけないのよ」

「ここは世界一の大都会なんだぜ」

「そのおかげで、むずかしくなるというよりも、かえって簡単になるかもしれなくてよ。小さな町だったら、あたしたちの故郷みたいな土地だったら、見つかる危険がそれだけ大きくなることを承知して、身をひそめ、用心を堅固にするから、あたしたちの手には負えなくなるわ——ここみたいな大都会だと安全なような気になって、いいかげんな安心感を持つようになり、身を隠そうとせず、堂々と大手をふって歩くのじゃないかしら——」

彼女は言葉をきって男の表情をうかがった。

「それも一つの見方じゃない？　ひとつの考え方よ」

「いや、駄目だよ、ブリッキー」と彼は唸るようにいった。「自分の気持をごまかしても無益なことさ。子供あいてのお伽噺《とぎばなし》にあるじゃないか。魔法の呪文をとなえると、いつも願いごとが叶うはずだってやつさ」

「やめてよ」と彼女は喉を絞めつけられるような声をだした。「おねがいだから、やめて。二人で力を合わせなきゃならない仕事を、あたしばかりにさせるなんて——」

彼女は頭をたれた。

「ぼくが意気地なしなんだ。ごめんね」

「いいえ、あんたは意気地なしじゃないわ。だったとしたら、あたし、あんたといっしょにこの部屋へ来やしなかったわ」

チクタク、チクタク、チクタク――

「あたし、もう一分たったら、ふり返ってあれを見るつもりよ。あんたもよ。いったん見てしまったら、そのあとは、たいへんな度胸が要るでしょう。でも見る前に、今までの筋道をまとめておかないこと。ここにふたりの人物がいるのよ。影みたいにおぼろげだけど、でも実際にいたことは確かなのよ。二人いっしょにではなくて、そのうちの一人が、あの男を殺したわけね。あたしたちは、その殺したほうの人間を見つけなきゃならないのよ。それがわからないと、あんたが――」

彼はなにか言いかけた。

「だめよ、クィン。おしまいまでいわせて。あたしは自分のためにも、あんたのためにも、こんなぐあいに計画を立ててみたの。べつの言葉でいえば、二人してここを出て、その人たちのあとを追い、その人たちの行ったさきをつきとめ、遅まきながらそこへ行って、なにかの方法で痛めつけ、泥を吐かせるのよ。たいへんな仕事だわ。どうしても仕遂げなきゃならない仕事なのよ。のこっている時間といえば、今夜のニューヨークが明るくならないうちね。夜が明けて、六時になると、故郷へむけて出発するバスがあるわ。最後のバス、クィン、忘れないでね、最後のバスだってことを。時間表にはどう出ているか知らないけど、あたしたちにとっては、それが最後のバス、この世で最後のバスなのよ」

「わかった。バスはいつでも走っているけれど――ぼくたちのものではないんだね。ぼくたちは夜明けまでにこの街を脱けださなきゃならないんだね」

「さあ、仕事にかかりましょう」と言って、彼女はうなずいた。「あたしたち、二人いっしょに、両方とも追いかけるわけにはいかないのよ」

男には彼女の狙いがわかった。仰天したような顔をした。

「ぼくたちはずっと一緒にいなきゃいけないといってたじゃないか。だからこそ、きみはバスの乗り場へいかないで、ぼくといっしょに来たんだろう?」

「もう時間がないわ! いやが応でも二手に分かれなきゃならないのよ。ね、こんなぐあいにやるのよ。可能性は二つあって、一人の男と一人の女が、今夜、べつべつの時間にここへ来ている。そのうちの一人は無関係で、一人があの男のひとを殺したんだわ。殺したのはどっちかが問題ね。一方をあたってみて、駄目だったらもう一方を、というわけにはいかないのよ。一人ずつ順々に当たっているだけの時間はないわ。いちどきに両方を追いかけるしか手がないわ。方法はそれしかない。失敗の機会は二度しかないのに、二人いっしょに失敗してしまったら、それこそあたしたち、もうおしまいよ。だけど二手にわかれて、一人がいっぽうを追いかけ、もう一人がもういっぽうを追いかけることにしたら、見込みは五分五分になるわ。どっちか一人は無駄骨だけど、もういっぽうは仕止めることができる。そこにこそ、あたしたちの希望があるといっていいのよ。あんたは男のほうを受けもって、あたしは女を受けもつわ。

さあ、よく聞いていてね。あたしたちには時間がほとんどないんだから、あるだけを最大限に利用しなくてはならないのよ。あんたに捜してもらうのは、茶色か焦茶色の服をきて、袖口のボタンが一つ欠けた、たぶん左利きかもしれない男なの。わかっているのは、それぐらいだわ。あたしの捜すのは、確実に左利きで、強い香水をつかっている女よ。どういう香水だか今はわからないけど、もういっぺん嗅げば思いだすわ」

「きみの相手のことはぼくの相手ほどにもわかってないんじゃないか」と、彼は抗弁した。

「なに一つわかっていやしない」

「そうよ。でも、あたしは女だから、それでちょうどいいのよ。女は勘ってものが働くから、ほんの少ししかわかっていなくても大丈夫だわ」

「しかし、その女を追いかけてうまく摑まえたとしても、それからどうするんだね。きみみたいな、両手以外になんの武器も持たないような女に、なにができるんだ？　どんな場面にぶつかるかわかりゃしないんだぜ」

「そんなことを心配している暇はないのよ。正しいか間違っているか、そんなことはおかまいなしに、ただ攻めて攻めて攻めぬくだけの時間しかないんだもの。で、こういうふうにしましょうよ。相手といっしょでも、いっしょでなくても、手ぶらであろうが獲物があろうが、この家で——そう、死体のころがっているこの部屋で落ち合うことにしましょうね。六時十五分前より遅れてはだめよ。六時のバスに乗るためには、ぜったいにその時間までにはもどっていなくちゃ」

彼女は死体のそばへいって屈みこみ、なにかを手にしてもどってきた。

「あたし、玄関の鍵は、あのひとのポケットに入っていたこの鍵をつかうわ。あんたは前のを持っているわね」

彼女はふかぶかと息を吸った。

「さあ、ふりかえって、あれを見ましょうよ」

チクタク、チクタク、チクタク――

「どうしましょう」と、彼女は泣きそうに顔をゆがめた。「あと三時間よ！」

「ブリッキー！」

男も一瞬ひるみを見せて、彼女の名を呼んだ。

しかし、そのころには、もう彼女は薄暗い階段の降り口まで行っていた。

彼もあとを追った。

彼女はすでに階段のなかばまで降りていた。

「ブリッキー！」

「あかりを消して」

と、低い声が返ってきた。

男は部屋にもどって電燈を消した。

そして彼女のあとから階段をおりた。

彼女はもう表の戸口にいた。ドアを開けたまま男を待っていた。そして、そのかたわらに立っていた。

「ブリッキー」

「なにをいいたいの？」

「ただね――」と彼はちょっと口ごもって、「きみって、なんて勇敢な、元気いっぱいの人なんだろうと思ったのさ。それだけだよ。ぼくたち、きっと成功するよ。この小さな若者と小さな娘を見まもってくれるお星さまが、どこかにあるとしたら、またあるにちがいないのだから、きっと成功するにきまっているよ」

彼は女から離れて一、二歩あるきだした。それから立ちどまって、またもどってきた。

「どうしたの?」

「ブリッキー、あつかましいみたいだけど――ぼくにキッスしてくれないかな、ほんのおまじないのために、どう?」

二人のくちびるは、キッスの真似ごとみたいに、一瞬はかなく触れあった。

「幸運を祈るわ」

と、彼女はつぶやいた。

玄関のドアのすぐ内側の暗闇でわかれて、一人ずつ通りへ抜けだしていくときに、彼女は哀願するように、そっと最後にささやいた。

「クィン、もしあたしよりさきにここへもどってきても――きっと待っててね、ああ、あたしを放っていかないで待っていてよ。あたし、今日こそは、家へ帰りたいのよ、家へ帰りたいの」

女とわかれた彼は、夜色にくすんだ街並みをとぼとぼと歩きながら考えた。ああ、望みなんてありやしない。無駄なことだ。なぜ正直にそれを認めてしまわないのだ？　もし自分ひとりだったら、公園へいってベンチに腰をおろし、夜の明けるのを、そして結着がつくのを待ったことだろう。あるいはまた夜の明けるのにさきんじて、煙草を一、二本ふかして考えをまとめ、まもなく腰をあげて、もよりの警察へ歩いていって自首しただろうに。

だが、いまは女が加わったので、そうはしなかった。彼女がいっしょだから、最後までやり抜こうとしているのだ。

人間はおせっかいな生き物だ。相手のために尽くすのだ。ときには——いまの場合がそうなのだが——相手の意向などおかまいなしに世話を焼きたがるのだ。

彼女まで巻きぞえをくわせたのは気の毒だった。まともなことじゃない、公正なことじゃない。あの夕方、ダンスホールに入っていったことさえ申し訳ない気持だった。だが、そこまで言えば、最初からあの女を知っていたわけではない。それを気の毒に思うなんて、いくらなんでも、そこまで無私な気持にはなれなかった。

よし、始めよう。と彼は心のなかで決心した。

自分がその男だとしてみよう。

いま人殺しをして現場を立ち去ろうとしているところだ。自分の殺した相手が、うしろに転がっている。そんな場合、ぼくだったらどこへ行くだろう。なにをするだろう。

彼はちょっと立ちどまって額《ひたい》に手をあてた。自分は人殺しをしたことがないから、知りようがないではないか。これは厄介な問題だ。人を殺したことのない人間に、そのあとどうするかなどわかりっこない。普通は何をするのだろう。

彼は頭をひとつぶるんと振った。べつに否定する意味ではなく、頭をはっきりさせるために、いいかげんな先入見を払いのけようとでもするように、烈《はげ》しく振ったのだった。

もう一度やり直しだ。先刻のところから考えなおしてみよう。

自分は人を殺し、殺された男は背後に転がっている。さあ、どうするだろう。

ちょうど街角にさしかかっていた。

どっちへ曲がるだろう。

タクシーがいる。それに乗るだろうか。ここにはバスの停留所がある。そっちを選ぶだろうか。二丁ほどいったレキシントン通りに、地下鉄の降り口がある。そこを降りるだろうか。三丁いった三番街に高架鉄道がある。その階段をのぼっていくだろうか。それともただ歩きつづけるだろうか。乗り物はいっさい避けて、もっとも安全で最善の方法として、自分の二本の脚に頼っていくだろうか。もしかすると、こんなところまで来やしないかもしれない。あの男を殺した屋敷から一、二軒はなれた露地に自分の車をとめてあって、それに乗りこんだかもしれないのだ。

六つの選びかたがある。また、その各々に、山の手へむかうか下町へむかうかで二通り、結局、十二の可能性にわかれるわけだ。きっちり一ダース。迷路のような逃げ道、自分はそのまったただ中で途方に暮れているのだ。そして、たとえ正しい道を選びだしたとしても、なんの役に立つというのだ。どこまで行けばいいのか、終極の目的地がどこなのか、まったく知りもしないではないか。

こんなことじゃだめだ、いちいち投げ出していてはいけない。そんな種類の男だと彼女に思われたくはないだろう。やりなおしだ。さあ、振り出しにもどるのだ。

自分はいま人を殺した、そして街角にいる、街角までやってきたのだ。こんどは、どうするかという問題は捨てておこう。どんな気がするか、そっちの方面からいこう。感情面から近づいたほうが手っとり早いだろう。

さて、どんな気持がしただろう。よほどの豪の者でないかぎり、身体じゅうががたがた震えているはずだ。このへんまで来ると神経的な反動が追いついてくる。怒りだかなんだか、あんな行動をとらせた原因が去ってしまうと、その余波が襲ってくるものだ。

全身ががたがた震えて、かなり神経も参っているだろう。

待てよ、むこうにまだ灯りのついたドラッグストアが見える。窓に『終夜営業』と書いた小さな看板がでているぞ。今も開いているなら、さっきだって開いていたはずだ。

総身が震えてとまらないなら、あの店へはいって、なにか気分の落ちつくような飲物を注文するだろう。いや、そいつは危険じゃないかな。すぐ近所で人を殺したあとなんだから。店員はこっちの振舞いに目をとめ、しっかり憶えこんで、あとできかれたときに得々としゃべるにちがいない。自分なら、人を殺したあとで、あんな店へはいったりはしない。でも、仕方のない場合だってある。そんなことまで考え及ばないほど気が顚倒《てんとう》していたら、やっぱり入らざるを得ないだろう。

店員は憶えていて自分のことをしゃべるだろう。そう、そこだ。試してみよう。

彼は店へ入っていった。

店には男がひとりいるだけだった。その男は奥の処方台を前にして立っていた。クィンは近づいていくと、そのままたたずんでいた。

彼があまり長いあいだ黙りこんでいるので、とうとう薬剤師のほうから、通りいっぺんの無愛想な調子で口をきった。

「なにを差しあげます?」

クィンはゆっくりと言葉を吐いた。いままで一語一語くりかえし練習していた文句を、そのままの順序で言いたかったのだ。

「あのね。もしもぼくが——そう、すっかり興奮して、がたがたふるえ、神経も参っちまって、この店にはいってきたとしたら、どんな飲み物をすすめる?」

「一番いいのは、グラス半分の水にアンモニア精をすこし垂らしたやつでしょうな」

クィンは第二部に移った。

「いつも出すのはそれかい？」

薬剤師はもちまえの癖らしい棘のある愛嬌を含めていった。

「ご自分でお飲みになるさきに、飲み物のなかみを確かめておきたいわけですな？　いかにも、普通はそれを差しあげておりますよ」

クィンは息をつめた。

きたぞ。

「じつをいうと、つい二時間ほど前にも、あるお客さんにそいつを差しあげたところですよ。あなたで今夜は二人目ってわけなんです」

クィンはそろそろと息を吐きだした。わけはなかった。簡単そのものだった。一発で金的を射あてようとは自分でも信じられないくらいだった。待てよ、と彼は思いなおした。あわてちゃいけない。すぐ結論にとびつく前に、もうすこし確かめてみる必要がある。ぜんぜん見当はずれかもしれないのだ。本当だとするには、あまり造作がなさすぎる、あまり都合がよすぎるではないか。

「じゃ、ぼくとおんなじ気分の人がほかにもいたわけかい？」

相手はうなずいた。それ以上のものは得られなかった。

「ところで、そいつを一つ差しあげますかね？」

「ああ、頼むよ」

そこに居すわって話をつづけるには、なにか口実が必要だった。

薬剤師は流しの前へいってグラスにすこし水を注いだ。つぎに大きな瓶からなにかふわふわしたものを加えて攪《か》きまわした。それからスプーンを取りだしてグラスをクィンに渡した。

「飲んでごらんなさい。十セントいただきます」

いやな匂いはしなかったが、石鹼水そっくりに見えた。どんな味がするのだろう。

「怖がっちゃいけません。ぐっと飲みくだすんです」

べつに怖がっているわけではなかった。ただ、できるだけ長持ちさせたいだけだった。

薬剤師は鋭い目つきで彼を観察していた。

「それほどいらいらしている様子はないじゃありませんか。むしろ心ここにあらずといった感じだ」

クィンは飲み物にちょっと舌をつけてから急いでひっこめた。そのためにできた会話の間隙を埋めるために、彼は一歩踏みこんだ。ふたたび台詞《せりふ》を使って、

「その男とぼくとじゃ悩みの種がちがうからだろう。そんなにいらいらしていたのかい?」

薬剤師はまた例の皮肉なふくみ笑いをみせた。こんどは思いだし笑いもかねていた。

「まるでズボンのなかに蟻でも飼っているみたいでね。じっと立っていられないんです。ここと戸口のあいだを行ったり来たり、通りのほうをのぞいては、またもどってくるって有様でした。一刻もじっとしていられないような感じでしたね」

クィンはうまいことを考えついた。

「待ってくれよ」

というと、いかにも仔細ありげに見せるために、棚の一番上にならんだ薬瓶の列へ目をすえたまま、

「知っているやつみたいだな。どうも知っている男のような気がする」

グラスの中身が減らないようなぐあいに、ちょっと舌を浸して、

「どんなようすをしていた?」

と、さりげなくたずねた。

「心配そうでしたよ」

薬剤師はくっくっと笑った。

クィンは一種の刺激剤のつもりで、なんの意味もなく、そこへでまかせの名前を放りこんでみた。

「きっとエディのやつだな。どんなふうな男だった?」

こんどは見事に効いた。薬剤師はまんまと釣りこまれた。クィンのせりふは、それほど巧妙に会話の布地のなかへ織りこまれていたのだった。

「痩せた人でしたよ。あなたよりちょっと背が高いかな」

クィンは有頂天でうなずいた。そいつがエスキモー人だったといわれても頷いたろう。

「ぼくよか、ちょっと背が高くて、そして――」

彼は自分の髪に手をやってみせたが、その動作に当然つづくはずの色をあらわす形容詞は省略した。

そのあとは相手の機械的な返事が補ってくれた。薬剤師は自分が空隙をうめているのだとは知らずにそうしていた。舌が勝手に動いた。自分では客のことばを裏書きしているつもりで、まさか一方的にものを言っているとは思っていなかった。

「そして、砂色の髪で」

クィンはその前でなく、そのあとでくり返した。

「そして、砂色の髪で」

まるで自分がさきに口にしたような顔で、偽善者めいた確信をこめてうなずくと、いそいで言いたした。

「茶色の服を着ていなかったかい？」

「そうおっしゃられると、そうでしたね。ええ、たしかに茶色の服でしたよ」

「やっぱりエディだ」

クィンはそういって深く息を吸いこんだ。なかなか好調に運んでいる。申し分はない。さあ、いよいよ着陸だ。

「そうだ、エディのやつだ」

とくり返したが、心のなかでは声にならない声がいっていた。なにがエディだ。死神じゃないか。

もう必要なものはすっかり絞りだした。これ以上はなにも出てきそうになかった。ところが突然、思いがけないものが飛びだした。栓をしめたはずの蛇口から、よぶんの水滴がぽたりと落ちたみたいだった。

「その方は風邪でもひいてられたようでしたよ」

と薬剤師がいったのだ。

「震えてでもいたのかい？」

「そうじゃありませんが、この店にいるあいだずっと、こんなぐあいに上着の襟をぴったり合わせていましたよ」

薬剤師は自分の上着の襟を片手でつかみ、顎の下でひきあわせて見せた。

「流感にでもやられていたんですかね。今夜は外も寒くはなし、こんないい時候はねがってもないし――」

人を殺した直後なら、さぞや寒気もしたことだろう、とクィンは思った。零下十四度ぐらいには感じられたろう。

「それからどうしたね、出ていったのかい？」

「いいえ、十セント玉を五セント玉ふたつに両替えしてくれといってから、あっちの奥へはいっていきましたよ」

薬剤師はカウンターのわきから奥へ通じている通路を指してみせた。

「電話をかけにいったんでしょう。アンモニア精を水でわったグラスを持っていきましたよ」

「店から出ていくのを見たかね？」

「いや、実をいうと見ませんでした。ほかのお客さんの応対で忙しかったもんでね。でも、わたしの知らないうちに出てゆかれたんでしょう」

クィンは手にしていたグラスを返した。知らないうちに飲み干してしまっていた。それほど夢中だったのだ。が、それだけのことはあった。グラスの中身が青酸だったとしても、得たものの値打に変わりはなかったろう、そんなふうに感じた。

薬剤師はまだ一マイル半も後方にいた。とりとめのない四方山話《よもやま》を交わしている気なのだろう。

「そのかたを捜しておいでのようですな。よほどお会いになりたいような様子じゃありませんか」

「そう。ぜひ会いたいんだ」とクィンは向きをかえて、「ひとつ、そっちへ行ってみるかな」

彼は行きづまりになった小さな通路へはいりこみ、薬剤師の視野からすがたを消した。

電話ボックスが二つ両側にならんでいた。反対側に棚があって電話帳がのせてあった。その一冊が開きっぱなしで、そこに置かれていた。他のはちゃんと所定の場所におさまっている。その電話帳のひろげたページの上にグラスが、空っぽのグラスがのせてあった。立ち去るときに持っていくのを忘れたのだ。

殺人のしおり。

クィンはまずそれに目をやった。ふいに思いがけない幽霊に出会《でくわ》したような目つきだった。

手で触ったら消えてなくなりはしないだろうか、と、こわごわの目つきだった。まちがいない、あの男のだ。

瞬間、雄大な思いつきが浮かんだ。指紋だ。まだ指紋が残っているにちがいない。ハンカチに包んで警察へ持っていこう。

が、その考えは凋《しぼ》んでしまった。いや、だめだ。時間がかかりすぎる。夜が明けてしまう。バスが行ってしまう。それに、いったいだれが警察へ持っていくのだ。彼自身が追われる身ではないか。あるいは、いずれそうなる身なのだ。どっちにしても、この見知らぬ男が犯人だと証明する手がかりにはならない。ここが犯行現場ではないのだから。現場は角を曲がったところの家なのだ。あそこで発見されてこそ決め手になるので、こんな外の電話ボックスで見つけても、どうなるものではない。

ここまでたどってきたのに、また見失ってしまった。このドラッグストアの裏手で、アンモニア精の匂いのする空《から》のグラスをのこして、ふっと煙のように消えてしまったのだ。

だが、その男はだれかに電話をかけている。電話をかけにここまで来たのだ。だれにかけたのだろう。クィンは入口のドアを開けっぱなしで最初のボックスにはいった。ああ、この小さなダイヤルが口を利いてくれたらなあ。小さな棚のような腰掛けに尻をのせ、額に手をあてて、考えをすすめようとした。

もし自分がだれかを殺したばかりだったら、だれに電話をかけるだろう？　それは人による、どんな型の人間かによる。こんな場合もあるだろう。『親分、いわれた通りにやっつけましたぜ。すっかり片付きやした』それも一つの型だ。また、こんなのもあるだろう。『かっとなっちまってね、きみ。厄介なことになったんだ。ぼくは困った立場にはまりこんだんだ。なんとか助けてくれよ』これもまた別の型だ。あるいはだれかを電話に呼びだして、まるで関係のないことを言う男だっているだろう。『きみに借りてた金の工面がついたよ。どこからだっていいじゃないか。すぐにけりをつけるから、そうがみがみ言わんでくれよ』それが第三の型だ。それからもっと別の、考えただけでも背筋の凍るようなことを言うやつだっているだろう。『ねえ、おまえ、もう時間もおそいことはわかってるが、ちょっとこっちへやってきて、旨い汁にありつこうじゃねえか。これでおれも、ちょっと気分がほぐれたぜ』

だが、あの男は、この最後の型ではなさそうだ。ドラッグストアにはいってきて、神経を鎮める薬を所望したとすれば、そんな型の男ではあるまい。

クィンはふり返って、ボックスの外のグラスへ目をやった。それは彼の真横にあたっていた。グラスの置いてあるページは玉蜀黍《とうもろこし》色に黄ばんでいる。職業別の電話帳だった。

彼は腰をあげると、早速そっちへいって電話帳を見おろした。

ページのてっぺんにある見出しは『病院およびホテル』となっていた。

グラスを虫眼鏡がわりに使って、その真上から覗きこんだ。グラスの透明な底をとおして見えたのは次のような文句だった。

『シデナム病院　マンハッタン通り

ヨーク病院　東七十四丁目一一九

家畜病院——犬猫病院を参照』

病院。病院とは思いもよらなかった。人を殺したあとで病院に電話をかける型もあるわけだ。もしその男が——そこで薬剤師のことばが思い出された。『風邪でもひいているみたいに、こんなふうに、上着の襟をぴったり合わせてましたよ』風邪ではなくて、なにかほかにわけがあったのだ。

彼は大いそぎでもとの電話ボックスへ飛びこむと、マッチをすって、あたり一帯の床を照らしてみた。どこの電話ボックスにもありそうな屑もののほかなにひとつ見あたらない。チューインガムの銀紙。嚙みすてたチューインガムの滓《かす》。煙草の吸い殻が一つ二つ。そうしたものが、マッチの光をぐるっと回すのにつれて、浮かんでは消えていった。

彼はマッチを振り消すと、まだ入ったことのない反対側の電話ボックスへ飛びこんだ。ふたたびマッチをすって一面ぐるっと照らすと、床がほのかな黄褐色に変わった。

あった。鮮やかな手がかりのかたまりが。すぐ目の前に。大きなどす黒い水玉模様が四つ、床の上に落ちたなりに、たがいに寄りそって、四つ葉のクローバのような形に光っている。また隅っこには、それを抑えるのに使ったものがあった。二、三枚に重ねた普通の化粧紙がきっちりまるめて投げ捨ててあった。凝った血がこびりついていた。いっぽうの縁だけに白いところが残っているくらいだった。

ここで新しい紙と取り替えたのだろう。紙を取りかえているうちに、四滴の血がこぼれたのにちがいない。

上着の襟をぴったり合わせていたのも、これがためだったのだ。おしゃべりなグラスが職業別電話帳の病院のページにのっていたわけもわかった。これも殺人直後の電話の一つの型なのだ。この男がグレーヴズを殺したのだが、その前にグレーヴズから——

そんなふうに立って歩いていたところをみると、さほど大きな傷ではなかったのだろう。だが、グレーヴズの胸の傷もあまり大きくはなかったから、たぶん同じ拳銃だろう。ちょっとかすめた程度だったのかもしれない。

彼は立ちあがって、また電話帳のところへもどった。こんどはグラスをわきへ退《しりぞ》けた。グラスはその目的を果たし、あの男をまんまと裏切った。男はいまこの瞬間に市内のどこかの病院で傷の治療を受けているはずだ。病院には、銃創なら当局へ報告しなければならない義務がある。男はそんな危険をあえて冒したのだろうか。そうにちがいない。でなかったら、行く前に電話をかけたりはすまい。銃創を説明するための作り話をでっち上げていたことは疑いもない。それとも、もしかすると拳銃の創ではないのかもしれない、絶対の確証はないのだ。あの現場には格闘の形跡は見えなかったけれど、グレーヴズはなにかで男を殴りつけ、傷を負わせたのかもしれない。そうだとすると、応急手当を受けにいくのが早ければ早いほど安全なわけだ。

問題は、どの病院かだ。どの病院へ電話をかけたのだろう。どの病院へ行ったのだろう。AからYまで無数にある。グラスのあった位置には意味がない。かける病院をえらび電話番号を確かめた上で、グラスが邪魔なので、手当りしだいの場所に置いたのかもしれなかった。

それにしても、なぜさきに電話をかけたのだろう。なぜ直接行かなかったのか。その点が分からなかった。とはいっても、ほんとうに電話をかけたという証拠があるわけではない。たしかに血に染まった紙屑が電話ボックスに落ちていたのは事実だが、ただ応急の血止めをとりかえるために入っただけで、電話機そのものには手を触れなかったのかもしれない。電話帳では病院の住所を調べただけで、しばらく上着の前をあけ、新たなちり紙を当てて、また外に出たのかもしれない。

グラスは？　その底を虫眼鏡がわりに使って電話の文字を読んだのだろうか？　いや、それは子供だましの考えかただ、根も葉もない戯言《たわごと》だ。いっそのこと、すぐ近所の病院を当たってみたらどうだろう。電話帳の最初から最後までをあたっている時間はない。近道をとらざるを得ないのだ。

クィンはその道を選ぶことにした。そのページをそっくり破りとると折りたたんで、手早く参照できるようポケットに押しこんだ。そして大股に出ていった。

その足音を聞きつけて、カウンターの奥の調剤室にひっこんでいた薬剤師が顔をあげ、

「おさまりましたかね」

と呼びかけた。

クィンがその言葉の意味を理解するまでにしばらく時間がかかった。さっき店にはいるために工夫した口実を忘れていたのだった。

「ずいぶんよくなったよ」

と、彼は肩ごしに答えた。

ハードルを跳ぶときの選手みたいに股をいっぱいに開いて、玄関の階段を駈けのぼった。一階の廊下は薄暗くさむざむとした感じで、床がみごとに光っていた。片側のひっこんだ場所に受付け嬢がすわっていて、灯りはついているが、その頭と肩だけが見えていた。彼はそっちへ歩いていった。

「ここ二時間ばかりのあいだに、男の人が治療を受けにこなかったかい?」

「救急車で見えたんですか?」

「いや、自分で歩いてだ」

「いいえ、今夜は、そんな方はぜんぜんお見えになりませんよ」

「茶色の服を着て、こんなふうにここを摑んで」

彼は自分の上着の前をかき合わせてみせた。

「いいえ——」

と受付け嬢は言いかけた。彼は背をむけると、ポケットへ手をのばして破いた電話帳のページを探った。

「あ、ちょっとお待ちになって——」

受付け嬢がいそいで呼びとめた。

彼はくるっとふり返ったが、あわてたあまり、床に足を滑らせそうになった。

「お捜しになってる方のこと、心当たりがあるようですわ」

彼女は凋《しぼ》んだ笑顔をみせると、

「四階にいらっしゃる方なんです。そこで診察を待っておいでですわ――」

歩きだす男の背中へ、追いかけるように、

「エレベーターを降りられて右手のほうです。こっちですわ」

彼はエレベーターのところへ行って乗りこんだ。

四階で降りると、受付け嬢にいわれた方向へ曲がった。ふたたび行く手に薄暗くさむざむとした廊下がのびていた。人影は見えなかった。いくつもドアを通りすぎて歩きつづけた。廊下をつきあたりまで行くと、教わっていなかったが、その角をまた曲がった。廊下の幅がひろくなって、一種の待合室というか、すくなくともベンチを二つほど置いた場所になっていた。それ以上すすむ必要はなかった。男はそこにいた。

近づくまでもなく、遠くから見ただけで、すぐにその男だなとわかった。男はまだ診察の順番を待っていた。こんなふうに、まだ外で待たされているところを見ると、やっと今たどりついたばかりに違いない。

男は壁ぎわのベンチに凭《もた》れるようにしてすわり、わびしげな、困惑しきった姿をみせていた。いまだに射たれた個所をしっかり押さえていた。いや少なくとも、そのあたりの上着の襟を合わせ、ふるえる手できつく摑んでいる、よほど痛いのだろう。頭をずっとうしろに投げて壁にもたせかけ、まっすぐ天井を見つめてでもいるようだ。しかし、空いたほうの片手は顔にあて、両方の目を隠している。あるいは、目を圧《おさ》えるかどうかしているのかも知れなかった。

口をすこし開けて呼吸をしていた。

ベンチには二人すわれるだけの幅があったので、クィンは男のとなりに腰をおろした。しばらく沈黙がつづき、長い廊下を急いできたクィン自身のはげしい息づかいが聞こえるだけだった。

隣の男は、すぐにはこっちを向かなかった。よほど痛みがひどいのか、悩みが深いのか、そんなようすだった。隣にだれが来ようが、気にもかけず、知りたいとも思わない。

クィンは煙草を一本とりだして火を点《つ》けた。そして注意を惹くために、相手の横顔へふーっと煙を吹きかけた。ほとんど耳の真ん中へだった。そうしながら自分でも、あまりにも冷たいやり口だなと考えた。が、その男に、自分がここにいることを教えたかったのだ。これで動くだろう、これでこっちを向くだろう、ほら、と。

顔にあてていた手が離れ、顔そのものもある平面まで下がってから、ふりむいてクィンを見た。

これほど絶望的で惨めな顔は、生まれてはじめて見たとクィンは思った。一種の衝撃が彼のからだを貫いた。が、それは相手の悲惨のせいではなかった。なんだか知らないが、こんな場合にもかかわらず、曰くいいがたい奇妙な親近感に捉われたのだ。とても人を殺した人間とは思えなかった。まるで偶然そのへんで隣合わせにすわった相手のようだ。クィンは思った——なんだ、おれにそっくりじゃないか。すくなくとも自分にはそう思えてならない。温順《おとな》しそうで、頼りなげで、年配だって変わらない。うっかりすると、銃弾を胸にうけた自分がそこにすわって、こっちの、いま自分のいるほうを見ているのかもしれないのだ。

ふと目を下へやると、床の上に血まみれの化粧紙が落ちていた。電話ボックスにあったのと同じやつが。

男のほうからさきに声をかけてきた。クィンにむかってこう言った。

「一本いただけませんかね？」

クィンは煙草を一本あたえると、そっけない調子で言った。

「わかるよ、あんたみたいなときは、だれだってむしょうに煙草が欲しくなるだろうね」

相手は弱々しい笑顔を返していった。

「ええ。そうですとも」

クィンは相手が煙草に火をつけるのを待った。が、男はそうはせずに、クィンの煙草のほうへ顔を近づけて、その先から火を貰おうとした。クィンはそのままにさせていた。こんなに人殺しに近づいたのは初めてだな、と思った。煙のこもった相手の息が、すこし彼の顔にかかった。

男はまたクィンに話しかけてきた。

「あなたもぼくと同じようなわけで見えたんですか？」

「いや」と、クィンは厳しい口調でいった。「ちょうど正反対だよ。まるっきり逆だよ」

そして、ちょっと間をおいてから、また言った。

「葉巻を切らしたんだね？」

「ええ、そうなんです。一本しか残ってなかったやつを、何時間も前に吸っちまってね——」

それから気がついたか、

「どうしてお分かりです？」

とたずねた。

「グレーヴズの家にあったからね、ぐちゃぐちゃに嚙みつぶしたやつが」

クィンは平然とした顔でいってのけた。

男は無言でクィンの顔を見ただけだった。だんだん分かりかけてきたようだ。

相手が黙っているので、クィンは追討ちをかけた。

「アンモニア精は効き目がなかったのかい？　ほら、七十丁目ちかくのマディスン通りのドラッグストアで飲んだやつさ」

男の顔が妙な色に変わりはじめた。横から見える喉ぼとけがごくりと動いた。

「どうして、そこまでごぞんじなんです？」

細い声だった。

「それも見つけたんだよ。奥の電話ボックスの外にある電話帳にのっていた」

クィンのやった煙草が床に落ちた。捨てる気ではなかったが、くわえていた口もとが弛んで、いつのまにか落ちたのだった。

クィンはじっと目をすえるようにして相手を睨《にら》みつづけ、相手も同じように見つめ返していた。

「ひどく痛むのかい、その手で押さえているところが」

クィンは曲げたこぶしの背中を、相手の折り返した襟のあたりに走らせた。実際に触りはしなかったが。

「ずいぶん血が出たんだろうね」

男の手をつかむと無理やり放させようとした、が、それも乱暴にではなく、比較的おだやかな手つきでだった。

上着の前があいたが、そこにはなにもなく、ずっと上のベルトまで、のっぺりと白いものがひろがっているだけだった。

クィンはぎくりとしてベンチに坐りなおした。

男がいった。

「下着をぜんぜん着ていないんですよ。ごらんの通りに、はだかの上から上着をひっかけて出てきちまったもんでね」

男はふたたび襟をかき合わせた。その所作《しぐさ》がもう今では第二の天性となっているのに違いない。

クィンはまた膝を乗りだした。

「じゃ、あんたのほうはやられなかったのか。てっきり、やられたものだと思ったが。すると、この血はどこから出たんだい？」

「鼻ですよ。興奮すると、すぐ鼻血が出るたちなんです。一晩じゅう、止まったと思ったら、また出るようなしまつで――」

「よくない取り合わせだな。人殺しと慢性鼻血症なんて。すぐ見つかってしまうぜ」

男の顎がだらりと弛んだ。

「なんですって？」

よく聞こえなかったとでもいうように、呆《ほう》けた顔できぎかえした。

「お前があの男を殺したんじゃないか。あの男を殺して、死体を置きっぱなしにしてきたんじゃないか。よくわかっているくせに、そうだろう？」

男はベンチから立ちあがろうとした。クィンはその肩にかるく手をかけて押し戻すようにした。

「だめだ。ここにいたまえ」

と、無関心を装いながら、

「そうあわてて立ちあがっちゃいけない。もうしばらく、ここにいるんだ」

男の顔の下半分がもうダンスでも踊っているように見えた。

「グレーヴズのことさ、ぼくの言っているのは」と、クィンがいった。「おまえが葉巻をぐちゃぐちゃに噛みつぶしたところさ、憶えているだろう？　七十丁目のさ」

「六十九丁目ですよ」と男は声をふるわせた。「それから名前も――今ちょっと思い出せないけど、グレーヴズじゃなかった。ぼくの部屋の下の階に住んでいるんです。ぼくはあまり神経がいらいらして、とても独りではいられないんで、あそこへ行って、十分ばかりいっしょに葉巻を吹かしていただけです――もしあの人が殺されたんだったら、それはぼくが部屋を出たあとのことだ」

男の顔はこわばっていた。顔の中心から外へむけて、ゆっくりと波紋がひろがっていき、ひろがるそばから凍っていくようだった。

「あなたの口の利きかたは気にくわないな。ぼくはあっちへ行くことにします」

「今いった二つのうち、一つは間違ってる」と、クィンは木で鼻をくくったように、「ぼくの口の利きかたが気にくわんのは確かだろうが、ぼくからはこんりんざい逃げられっこないよ」

こんどは相手の男も、クィンの片手を肩にのせたまま立ちあがった。それを振り放そうとするので、クィンもつづいて腰を上げ、のこった片手も添えて、男を身動きさせぬようにしっかり捉まえた。

男はヒステリックに喘《あえ》ぎつづけた。

「出てってくれ。もう出てってくれ」

二人はからみあったまま揉みあい、あっちこっちへよろめいた。ベンチの端にぶつかったはずみで、ベンチは軋り、床からすこし跳ねあがった。

「おまえがやったんだろう」

クィンが喰いしばった歯のあいだから言った。

「おまえがやったんだ、そうだろう。七十丁目の――グレーヴズを――こうなったら、どうしても泥を吐かせるぞ」

「一晩じゅう苦しい思いをしたのに、まだ痛めつけようってのか——ほら、見ろ。また出てきたじゃないか。せっかく止まったと思ったのに——」

片方の鼻の孔から、ほそい赤い線が滲《にじ》んできた。男は片腕をもぎはなすと、ポケットへつっこみ、また一つかみの塵紙をとりだした。それを荒っぽく自分の顔へ押しつけた。それから紙をはなして眺めた。そこについていた血を見て激昂したらしい。いままではクィンにつかまれて消極的に抵抗していただけなのが、気を変えて、猛烈なパンチを見舞ってきた。それが外れたとみると、こんどは反対側の手で物凄い一撃をくりだした。

そのとき突然、ドアがあいて、看護婦が二人のほうを睨みつけた。

「あなたがた、そこでなにをしてるんです？　およしなさい！　いったい、二人とも、どうしたというんです？」

二人は取っ組みあったまま、息を弾ませながら、それでも不承不承におとなしくなった。

看護婦は譴責《けんせき》するような、厳しい眼差しをむけた。

「なにごとです。こんなことは初めてですわ。どちらがカーターさんなの」

「ぼくです」

クィンに捉《つか》まれて引きずられていた男が、苦しい息の下からいった。赤い線はもう顎まで達していた。それと平行して二本目も下へ伝いはじめていた。クィンにつかまれた上着の前がはだかっていた。やせた剝《む》きだしの腹がふいごのように起伏をみせていた。

「お報《しら》せすることがあるんですよ。聞きたくないんですか？」

看護婦が叱りつけるように言った。

「なんです?」と、男は畏縮《いしゅく》してしまった。

「男の赤ちゃんができましたよ」

看護婦は急いでクィンのほうへ向きなおると、

「しばらくのあいだ、そのひとを支えていてあげてください。いまにも気絶しそうですわ。このごろのお父さんたちときたら、ほんとに、お母さんと赤ちゃんを合わせた以上に世話が焼けますのね」

「ねえ、どちらまで?」と男は言って、ドアを開けた。
彼女はそのドアを閉めなおすと、外に立ったままでいた。
「ちょっと智恵を貸してほしいんだけど。今夜は、ずっとここの街角にいたの?」
「十二時からこっち、いたりいなかったりですがね。毎晩十二時にやってくるんです。じっとしているわけじゃないが、ここを持ち場にしてるんでさ。つまり、ここから出かけては、毎度、ここへもどってくるというぐあいにね」

「十二時以後に、ここから、女ひとりの客を乗せなかった？」

「乗せましたよ、一人。もう二時間も前ですがね。どういうわけなんです、だれか捜しておいでかね？」

「ええ、そうなの」

「それじゃあ、どんなようすの方だか教えてくださりゃ、お力になれますよ」

「ところが、どんなようすのひとだかわからないのよ」

男は肩をすぼめ、ハンドルからちょっと両手を上げて、またもとへもどした。

「それじゃ、お手伝いのしようがありませんな」

もっともな返事だった。それから、すこし間をおいて、

「すると、なんですかい、大変なことでも起こったんですかい？　お巡りでも呼んだらどうなんです？」

「そう大変なことでもないのよ。個人的な用事でね」というと、彼女はすこし考えこんでから、

「ねえ、料金を貰うときには、よく気をつけていて？」

男は陰気な微笑をみせた。

「料金を貰うときは、いうまでもなく、そればっかりを気をつけていまさ。いくら貰ったか、いくらよけいに貰ったかってね」

「あたしのいう意味はちがうのよ、つまりね――それじゃ、どこまで乗せたかおぼえてい

て?」

「おぼえてまさ」

「いくら払ったかも?」

「おぼえてまさ」

「でも、これはおぼえていて? その女のひとが料金を払うときに――いいこと、あたしがその女のひとだったとするわね。その女のひとを見ていたとおなじように、よくあたしを見ているのよ。そのひとは、こんなふうに払った――?」

彼女は車の窓ごしに右手で料金をはらう真似をしてみせてから、

「それとも、こんなふうに払った?」

と、こんどは左手ではらう真似をしてみせた。

「わからねえなあ。もういっぺんお願いしますよ」

彼女はもう一度やってみせた。

男は首をふった。

「見えたのは手だけでしたよ。お金ののった手だけがね。あっしがお金をもらえば、あとに手だけが残る。そこへお釣銭をのっける。すると向こうが、そのなかからチップをくださる。それでまた手だけがのこるって寸法でさ」

「親指がどっち側についていたかは憶えてるでしょ?」

男は嫌気がさしたというように頭をつんとそらした。

「冗談じゃねえ。そんなものを見てやしませんよ。親指がどっち側についてようが、こっちには関係ねえことだ。お役に立つかどうか知らねえが、その女の人の手には指環がはまってましたよ」

「そんなこと、役に立たないわ。どんな指環だった？」

「どこにでもある普通の結婚指環でさ。かまぼこ型をしたやつでね。あんなものは、どれだって似たり寄ったりだ」

彼女はタクシーのほうへすこし近づいた。

「料金を払ったほうの手にははまっていたのね？」

「きまってますよ。でなかったら、あっしが気がつくわけはねえ」

「じゃ、その女のひとは、左手でお金を払ったんだわ」

男は大層おどろいたような身振りをした。

「そんなことですかい、知りたかったのは。あっしにゃ見当もつきませんでしたよ」

彼女はドアを開けて乗りこんだ。

「そのひとを送ったところまで行ってちょうだい」

車はほとんど永遠とも思えるくらいマディスン通りをひた走りに走った。その通りの終わるマディスン・スクウェアに着くと西へ折れ、二十三丁目をぬけて七番街へ出た。それから、ふたたび南へ曲がると、シェリダン・スクウェアの近くまで走った。十四丁目の手前の露地で車は急にとまった。あまり突然だったので、彼女は停止信号なのかと思ったが、前方をみると信号は青だった。運転手はふりかえった。

「ここでさ」

「ここ？　だって車のフェンダーが街角にかかっているじゃないの。どっち側、どの建物だったのよ？　番地は教わらなかったの？」

「番地はいわなかったねえ。ちょうど今みたいなぐあいに停めさせられたんでさ。仕切りをこつこつと叩いて、『ここで降ろして』ってね。いいですかい、そのときと寸分ちがわねえ通りをやってあげてるんですぜ。その女のひとは、お客さんがいま立っていなさる、ちょうどその場所に、歩道のふちの曲がっている、その下水の蓋の真上に降りたんでさ。車からオイルのたれた場所だって、今とぴったり同じだ。これ以上おんなじにやれったって、そいつはできねえ相談でさ」

「でも、そのひと、どっちへ行ったのかしら——？」

「そこまでは見てませんでしたねえ。お客さんの手からこっちの手へ、お金が引っ越してからは、そればっかり見てましたよ。それから前をのぞいて道が空いているかどうか確かめてから、走りだしたんです」

「待って——あたしをこんなところに置き去りにしないでよ！　待ってったら！」

しかし、車はもう走りだしていた。排気管が小馬鹿にしたような音をたてると、彼女をたった一人、四つ角のまんなかに残して行ってしまった。

彼女は四つ角をつぎつぎと見渡した。四つの辻は、時計の針のまわる方向に、こんなぐあいになっていた。

彼女が立っている第一の角は煙草屋だった。店は鍵がおりて暗かった。二番目の角は床屋だが、これも閉まっていた。三番目の角はガソリン・スタンドで、ちょうど角のところがセメント堅めの車廻しになっており、おぼつかない灯りが一つ二つ見えていた。四番目はクリーニング店で、ここも暗かった。

こんなふうに街角すれすれに車を停めたとすると、その女は、この四つの店のどれかへ入っていったにちがいない。床屋は完全に見込みなし、ガソリン・スタンドはますます可能性がなかった。最有力なのは煙草屋だ。降りた地点から一番ちかいし、あんな仕事を済ませたあとだから、煙草がほしくなったとしても不思議はない。だが、いずれにしろ、ブリッキーには選択の自由がなかった。開いているのはガソリン・スタンド一軒なので、なにはともあれ行ってみた。

そして店員にたずねた。

「今夜はずっとお店にいらしたの？」

「おりましたよ、夜勤ですからな」

「じゃ、女のひとが一人だけタクシーから降りたのを見なかった？　ほら、あたしの指さしている、あそこの角だけど。一時間かそこら前に」

店員の目が彼女の指先をたどった。

「ええ、ええ、見ましたよ。あそこの煙草屋へはいっていきましたよ」

「出てくるところもごらんになったわね？」

「さあ、ずっと見張っていたわけじゃないんでね」

彼女は背をむけた。ほんの一インチばかり前進しただけだ。歩道の縁から煙草屋の入口まで。

彼女は通りをわたってもとの場所へ立つと、また四方を見まわした。その家並みを五、六軒あと戻りしたところの歩道を、一本の細い灯りが切り裂いていた。その歩道のいちばん端に、いま、彼女が立っているわけだ。こんな時刻に灯りがともっているのは珍しいので、そこだけがいやに目立っていた。

すくなくともだれかが起きている証拠だ。彼女はそっちへ歩きだした。その女もこの道をたどったのかもしれない。ふたたび希望が湧いてきた。しかし、その希望も、五、六歩と続かなかった。

近づいて行くにつれて燈火の洩れている隙間もひろがった。窓の幅がひろくなると同時に、その上に書かれた『食料品』の文字も大きくなってくる。

人を殺したあとで、ものを食べたりするだろうか？　立ち寄る場所としては、むこうの角の床屋に劣らず、いや、もっと似つかわしくなかった。いつのまにか店の前まで来てしまっていた。ほかに頼るすべがないという、ただそれだけの理由で、彼女はその店へはいっていった。労力の無駄は覚悟の上だった。

「あるひとを捜してるんですの。金髪の女のひとが、一時間ほど前に来ませんでした？　たった一人で」

「空き瓶を返しにですか?」

「いいえ」

まさか殺人の現場から空き瓶を持ってくるわけはあるまい。

「ぞんじませんですな」

主人はどんと片手でカウンターを叩いてみせた。

そばの店員が口をはさんだ。

「あの人じゃないかな。むずかしいお客さんでね。ほら、わたしがこう言ったでしょう。『お客さん、まるごと一本買っていただくんならともかく、そんなふうに、爪の先でパンに目印をおつけになっちゃ困りますよ。あとのお客さんがお買いになるかもしれませんしね』って。たった十セントぽっちのサラミとライ麦パンを買うのに、こんなぐあいに丸ごと一本つかむんですからね」

店員はパンを一本とりあげ、粉をふいたように白く柔らかい底のところへ、自分の爪で筋をつけてみせた。

「きっと、あの人ですよ」

「おまえだって同じことをやっとるじゃないか」と、店の主人が注意した。

「そりゃそうですが、しかし、わたしは店の人間ですからね」

主人も漠然とながら想い出したようだった。

「ああ、あの女の人か。そうそう、見えましたよ」

ブリッキーは貪欲にカウンターから身を乗りだすようにしながら、

「でも、名前まではごぞんじないでしょうね？」

「知りませんな。しじゅう店へはいらっしゃるんですがね。どこか隣の家に住んでいるんですよ」

主人はぞんざいに親指で背後の壁のほうを指してみせた。もっと正確にいうと、棚にならんだトマト・ケチャップの列のほうをだ。

「あら、そうでしたの」

彼女は急いでいうと、戸口のほうへ後ずさりしかけた。

「それじゃ、捜してみますわ。ぜんぜん知らなかった。すぐ行ってさがしてみるわ」

「この隣ですよ」

と、主人はくり返していった。

彼女は入ってきたときよりも急ぎ足に外へでた。収穫があったのだ。こんどは一ヤードも前進することができた。

彼女の足はぐるっと輪を描いて、すぐ隣のアパートの玄関へ踏みこんだ。

左手に郵便受けの箱が六つ。さらに右手にも六つ。どれだろう？　食料品店の主人がいった『隣』はここにちがいない。主人の指は無意識のうちに、反対隣でなく、こっちの隣をさしていた。それにしても、こんなにいっぱいある『隣』のなかの果たしてどの部屋なのだろう。どうすればわかるだろう。名前も知らないのだ。顔も知りはしない。タクシーの運転手も行ってしまった。足跡は二枚のライ麦パンにはさんだサラミ・ソーセージの厚切れの中にすっぽり消えてしまった。宝捜しの果てに訪れる偽りの幸運だ。

ミラー、キャロル、ハーツォッグ、ライアン、空室、バッティパリア。彼女は背をかがめ、目を八インチのところまで近づけて、郵便受けの名前をひとつずつ読んだ。歪んでいてななめに読まなくてはならないのもある。バッティパリアなぞは名札の枠におさまりきらず、最後の二字がはみだしていた。金髪なのだから、この名前はいちばん縁が薄そうだ。しかし、ぜったいに見込みなしというわけではない。結婚して以後の名前かもしれないし、オキシフルで髪を漂白しているのかもしれない――（訳注。バッティパリアはがいして髪の黒いギリシア人系の姓なので、金髪には縁が薄いというわけだろう）

反対側の郵便受けにも、乱視になりそうな近さで目を走らせた。ニューマーク、カーシュ、ロペス、シムズ、バーロウ、スターン。

どれか一つのはずだ。全部ということはない。どれでもないのかもしれない。十一のうち一つだけが当たりなのだ。残りの十ははずれなのだ。この建物でないとすると、十一ぜんぶが外れになる。『隣』というのは便利な言葉で、二軒先でも、道路の切れ目がくるまでは、何軒先だって隣で済ませられるのだ。

どれでもいいから、試しにベルを鳴らしてみたら？　頭ごなしに怒鳴られるかもしれないが、それがどうだというのだ。そのなかから捜しだせるかもしれない。いや、それでは困るのだ。こっちの手の内をさらけ出すことになる。床にだって壁にだって耳がないとはいえない。なんの警告もあたえずに、いきなり相手の虚をつく、それが唯一の効果的な方法なのだ。

目指す部屋の見当がつかないにしても、なんとかして、ここからさきへはいる手はないものかと、彼女は内側のドアまで行ってみた。ドアの取っ手は真鍮《しんちゆう》製でぴかぴかに磨きあげてあった。安アパートとはいうものの、良心的に手入れのゆきとどいた建物らしかった。彼女は取っ手に手をかけ、まわそうとして、あやうく思いとどまった。

それほど小さくて、それほどかすかで、あるかないかに等しいものだった。どんなに軽くでも手を触れようものなら消えてしまうところだった。繻子《サテン》みたいに光沢のいい真鍮の表面についた、ごくちいさな、しかし白い汚れだった。一枚の銀貨か、指紋の影か、三日月型の貝がらの亡霊か。白墨をいじったばかりのだれかの指先が、彼女の前にこのドアの取っ手をまわしたとでもいうようだった。

食料品屋の店員の声がきこえるようだ。

(ライ麦パンしか買わないお客でね。機械だって、あの人のお気にめすほどの薄さにゃ切れませんや。ここまで切ってくれと、パンに指で筋をつけるんですからね)

ライ麦パンには頑固にくっついて離れない粉をまぶしてある。

「あのひとは、この戸口をはいったんだわ」と、彼女は心のなかで呟いた。「この建物のどこかにいるんだわ」

十一ぜんぶが外れかもしれなかった賭率が十に一つとちぢまった。

はいっていくのよ、お馬鹿さんね、ずんずんはいっていって、一部屋一部屋を訪ねてあるくのよ、わかってるでしょ。彼女は首をふって、その場を動こうとしなかった。不意を襲うんだわ、虚をつくんだわ、そうでないと、一切が駄目になってしまうかもしれない。

床にちいさな紙切れが落ちていた。普段だと特別念入りに掃除してある玄関なのだから、その紙切れは、ごく最近に落ちたものにちがいない。指の爪ほどの長さの小さなかけら、実際には、それだけのものでしかなかった。それが落ちているのは、向かって右手の六つならんだ郵便受けの下だが、特にどの箱とも決めがたい全体の列の下だった。あまりにも下すぎて、あまりにも離れすぎているので、殊《こと》にどれに所属するかは決めがたかった。

彼女はそれを拾いあげて注意ぶかくながめた。ひどく小さいので、二本の指で持っただけで隠れてしまいそうだ。そこになにか書いてあると期待するのは虫がよすぎるだろう。かりに偶然の気まぐれが幸運をもたらしてくれようとしても、それだけの余白がない。事実、なにも書いてはなかった。白い紙のきれっぱしだった。

しかし、どんなものでも、なにかを語ってくれる。指の先でこじてみると、それは蝶番《ちょうつがい》のように二つにひらいた。二枚分の厚さだったのだ。そのまんなかに、機械でつけたような整然とした筋がはいっている。

言葉をかえていえば、それは手紙のかけらなのだ。封をした封筒のふたを、あわてて指で開けようとしたさいに、ちぎれ落ちた小さな断片だった。部屋まで歩いていくうちに、封筒そのものは、見るかげもなくくしゃくしゃに丸められてしまったろう。しかし、この微細な断片だけは、乱暴な手つきで毟《むし》りとられた結果、そのままそっくり下に落ちていたのだ。

とはいっても、こんなものが彼女にとってなんの役に立つだろう。ここで開封されたのだとしたら、手紙はここに並んでいる郵便受け箱から取りだしたものだ。右手の六つの箱のどれかから。とすると――そうだ。手紙をとりだすには、まず箱を開けなくちゃならない。箱の蓋はちいさな真鍮の渡船橋のように下へむけて開くようになっている。開けるときに指で触るのは、箱の鍵だけだろう。しかし、閉めるさいには、指の先をつかって蓋を押しもどすほうが、ずっと自然で、手っとり早く、手際のよい方法ではないだろうか。

ドアの取っ手には小さな白い汚れがついていた。

彼女は前のときの八インチよりももっと目を近づけて詳細に調べてみた。今度は、ベルの押しボタンの下にあるカードの名前だけでなく、おのおのの箱にはめこんだガラス蓋や、そのまわりの真鍮枠まで、あますところなく上から下まで見わたした。あまり顔を近づけていたので、吐く息でガラス板が曇り、次にうつるとまた晴れていくようなぐあいだった。ニューマーク、シムズ、ロペス、カ――そこでぎくっとして一足さがった。目だけでなく、身体ぜんたいに愕《おどろ》きがつたわったのだ。

これだ。箱の外がわの合わせ目の真上に刷《は》いたような白い斑点がみえる。あまりにもかすかな汚れなので、あらかじめ心のほうの用意がなかったら、目のほうも絶対に見つけなかったにちがいない。その上に書かれた名前はカーシュ。二階の、階段をのぼって右手だ。

六つの可能性が一つにちぢまった。その一つも、もはや可能性ではない、絶対的な確実性なのだ。ほんの取るにたりぬ事柄だが、使いみちさえ心得ていれば、そんな事柄はあたり一帯にいくらでも転がっている。あらかじめよく考えて、自分の身をまもる手段を講じておかないと、そうした些細なことがらが命取りにもなりかねない。とはいっても、手遅れにならないうちは、そんなもののあることを知ろうはずはないのだから、だれにしたって防ぎようはないのだ。切ってもらう厚さを示すために、ライ麦パンにつけた爪の痕。そこから白い四角なものが覗いていたばっかりに、無意識のうちに同じ指をつかって閉めた郵便受けの蓋。なにかの請求書か広告か、いずれにしても大事な郵便物ではなかったにちがいない。急いでその場で封をきったのだって、封書がくればだれだってそうするのが当然だ。そして最後に、アパートのドアの取っ手をまわしたこと。それにしても、自分の住んでいる部屋へ行くためには仕方のないことではないか。些細な事柄ばかりだが、ぜんぶを寄せ集めると、大破局となる。身許の発覚、対決、そして告訴。生きた人間の目には見られていないはずの、何マイルもはなれた場所に無事に埋めてきたつもりのことなのに。

彼女は反対側の壁にならんだブザーの押しボタンのうち一階の一つを押してみた（訳注――こうしたアパートは、玄関の鍵をもっていないときは、郵便受けについているブザーを押せば、その部屋から応答のブザーといっしょに玄関の鍵がはずれる仕組みになっている。したがって、今のような場合、中へはいるためには、知らない人の部屋のブザーを押すよりしかたがないわけである）。一階の部屋なら、アパートのど真ん中から家ぜんたいに響くような声で怒鳴られないですむ。

部屋からブザーの応答があって、錠がはずれたのだろう、ドアが咽《む》せるように何度か揺れたので、彼女はドアを開けて中へはいった。

階段のほうへ行きかけると、左手にあたる部屋の隙間から、一人の男がけげんそうな顔をのぞかせていた。彼女は詫びるような微笑をちらっと投げただけで、立ちどまらずにさきを急いだ。

「すみません。間違えたんです。きっと手がすべったんでしょう」

男は寝呆けていて頭がはっきりしなかったのだろう。意味もなく瞬《まばた》きしただけで、ドアの隙間はまた閉ざされた。もう彼女は踊り場ちかくまで達して、足早に登りつづけているところだった。

登りつめてぐるっと回ると、すぐ目の前にそれが浮かびあがった。棺桶ほどの大きさだ。しばらく前に死神のはいっていったドアだった。このアパートの他のドアと較べても全然ちがったところはない。それが違うのだ。その奥から、目にみえない波動となって、死神の鼓動がつたわってくる。それが空気の顫《ふる》えとなって彼女の顔にさえ感じられるようだった。

踏みだした足の爪先が、ドアから何インチか手前でふっと止まった。もういっぽうの足は後方でためらっている。

彼女は耳を澄ませた。一瞬、沈黙があった。というのは、彼女が足をとめたのも、その沈黙のなかに物音を聞きつけたからだった。

と、突然、皿をテーブルにおく音がした。せかせかと足音が去っていく。また足音はせかせかと戻ってきた。べつの皿をおろす音。こんどは皿のうえに皿を重ねる音だった。というよりも、茶碗を受け皿の上におく音だ。またせかせかと足音が遠のいた。

ブリッキーは思わず身ぶるいした。死神は早朝のかるい食事をとりに帰ってきたのだ。せかせかした足音がまたもどってきた。紙袋からなにかをとりだす音ががさごそとする。薄く切ったライ麦パンだ。

せかせかした足音はまた去っていった。いやはや、なんとも忙しげで、朗《ほが》らかで、幸福そうにも思われるほどだ。その幸福感も、あと一、二秒のことだ。死神もまさか、招かれざる客がいま門口にいようとは予期していないはずだ。

彼女はノックした。

もう一度そそくさと執拗なノックを送った。足音がにわかに止まった。

足音のまぼろしが戸口へ近づいてきた。

「どなた？　どなたですの？」

相手の女が怯えているのが、その声音から察しられた。真夜中のどんな時刻であろうと、こんなに息を殺した声でノックにこたえる人は普通はないものだ。

「ちょっとお会いしたいんだけど」

「女のかたね？　どなたかしら？」

「開けていただけば、わかりますわ」

この最後の難所を、なんとかごまかして切り抜けようと、彼女は声に脅迫がましい調子を忍ばせないように注意した。

ドアの取っ手が心を決めかねるようにおずおずと回転した。回るのは見えたけれど、ドアは開かなかった。

「ルースじゃないわね？」

「ちょっとお話をさせてくださらない？　一分とかからないわ」

いったんこれを信用すれば、相手は破滅なのだ。これを信用したが最後、もう永久に他人の言葉を信用しなくなるだろう。錠の舌がもどって、ドアに隙間ができた。

二十八歳ぐらいの女だった。それとも二十六歳ぐらいだろうか。金髪で、毛足はみじかく捲きあがっている。かすかに染めてあるかもしれないが、正真正銘の金髪だった。砂色の眉毛と白っぽい睫毛《まつげ》がそれを語っていた。きつい感じの顔だが、また、そうでなくも見えた。心底からの堅さではなくて、むしろ、一種の防護膜、一種の外殻で身をよろっているようでもあった。その膜の下には子供っぽい信頼感が隠されていた。目つきや口のはたには、いまだにそれが仄《ほの》見えていた。ただ、あまり頻繁に裏切られているもので、それを露《あらわ》に出しすぎるのを恐れているようだった。一再ならず教訓を学んできたために、世間の目からその信頼感をかくそうとしているのだ。

頬は痩せこけて、両方ともくぼんでいた。頬紅が濃すぎ、範囲もひろすぎるので、ともすると熱っぽい感じをあたえている。細いペンシル・ストライプの模様がはいった安直な木綿の服を着ていた。縞《しま》はななめに走っていた。目にみえない中心線から片側へ走りおり、反対側は反対方向へ走りおりていた。

不意の闖入者《ちんにゅう》にすこし怯えてはいるが、なんとか安心させてほしいとも思っていた。

これらはすべて、目でみた瞬間的なスナップ写真を、時のうつるにつれて後で寄せあつめた印象だった。

「お目にかかりたいの」

もう爪先を前にむけた足が踏みこんでいて、ドアを閉めようにも閉められない。相手の女は下を見ていないから、まだそのことに気付いていなかった。

「どなたですの？」

「あなたのためにも、あたしのためにも、中でお話ししたほうがいいんじゃないかしら。いつまでも外に立たせないでくださいな」

ブリッキーは相手の女のそばをすり抜けて中へはいった。どちらかがドアを閉めた。その瞬間には、二人とも、どちらがドアを閉めたのか気がつかなかった。

窮屈な家具つきアパートの居間と食堂をかねた小さな部屋だった。小ぎれいではあるが、あらゆる面で見かけ倒しの安っぽい造りだった。窓から射《さ》す光が、腕の長さほどはなれた外の壁に、すこし縮まった四角形を映しだしていた。赤黒い寸たらずの天鵞絨《ビロード》地の窓かけがその両側に垂れていた。トランプ用のテーブルが組み立てられ、料理類や食料品店から買ってきた品物が食べてもらうのを待っていた。緑色のタブロイド型新聞までもが、きちんと畳んで二枚の皿の上におかれ、読んでもらおうと待っていた。まだ封をきってない煙草の袋もおいてあった——外から買って帰ったばかりなのだろう——それから、新たに掃除した灰皿と紙マッチも用意してあった。皿のサンドイッチには、支度の整うまでの埃よけに、紙ナプキンがかぶせてあった。

むこうに見えるドアのない戸口から灯りが洩れているのは、きっと寝室へ通じているのだろう。

　そんなものはすべて、どうでもよいのだった。死神にだって家庭生活はある。ぜんぜんなにもないところから飛び出してくるわけはないのだ。

「なにしに見えたんですの？　こんな夜中に、見も知らないひとを部屋へいれるのは困りますわ。ずいぶんななさりかたね」

　ブリッキーは装飾を抜きにして、いきなり本題にはいった。

「あんたは、一時ごろ、七十丁目とマディスン街の角でタクシーを拾ったわね。その角にちかい家を訪ねていったのでしょう。まちがいないわね」

　女の顔が言葉のかわりに答えた。青ざめてきた。

「あんたの訪ねていった男のひとは、もう死んでいるわね。そうでしょう」

　女の目が凍りついた。顔の表面からわずかな生色が消えた。あまり美しい眺めではなかった。

「あんたが殺したのよ、そうじゃなくって？」

「まあ、なんてことを」

　ほそい低い声だった。女は目をまるくした。瞳孔がまぶたの下にかくれて見えなくなった。しばらくのあいだ、眼球が真っ白になった。

　手さぐりでカード・テーブルの端を探りあてたのが、かろうじて女のからだを支えている。

　声をあげて泣きだそうとした。が、それは目にあらわれただけで思いとどまった。流れ落ちるほどの涙ではなかった。目にたまったままでガラスの覆いをかけたようになった。

「あなたはどなた、警察のかた？」

「あたしがだれであろうと、どうだっていいのよ。問題はあんたのことよ。あんたは人殺しだわ。今夜、あんたはあるひとを殺したのよ」

瞬間、女は喉もとが苦しいというように手をやった。噎《む》せるというよりは咳ばらいに似た音がひびいた。

「ちょっと水を飲みにいかせてくださらない、わたし、喉のあたりが――だいじょうぶですわ。ほかに出口はありませんから」

「ついでに出かける支度をしてくるといいわね」

ブリッキーは味もそっけもない言いかたをした。

女は灯りのともった戸口を入っていった。そこを通るには、片側へ手をついて身をささえねばならなかった。

ブリッキーはそこにたたずんだまま目を落としていた。考えているのではなく、耳を澄ませているのだった。グラスの鳴る音がした。耳できいて知ったのではなかった。なにか電線のように細い本能が目にみえない電流をつたえて彼女に教えたのだった。彼女は急ぎ足にあとを追って奥の部屋へはいった。

「そんなものを飲んじゃだめよ！」

ブリッキーは手の甲で女の顔をひっぱたいた。女のくちびるからグラスがたたき落とされた。厚手の安もののグラスなので割れはしなかった。がたんと床におちて転がり、薄い水のようなものが尾をひいてこぼれた。

その動作が完了してはじめて、彼女はあたりを見まわし、流しの上の棚に栓をぬいた壜《びん》があるのを見つけた。茶色いガラス壜で『リゾール』というレッテルが貼ってあった。

女は両手で流し台のはしを摑んでいた。その流し台そのものが不安定なので、摑んでいなければ外れ落ちてしまうとでもいうようだった。

「もうこれで白状したもおんなじね」

女は黙っていた。流し台をつかんだ両手がわずかにふるえているだけだった。

「話してくれなくたっていいわ。どうせわかっているんだから」

女は黙っていた。

「あたしといっしょに、これからあそこへ行くのよ。事件のあった場所に、もう一度いくのよ」

女はわっとばかりに絞め殺されそうな声で泣き言をならべた。

「いやよ。いくもんですか。あなたは何者だか知らないけど、行かせられるものならやってごらんなさい。その前にあなたを殺してしまうから。人間、二度も死ぬことはないわ。一度でたくさんよ」

女の片手が流しのわきにあるゴム製の架台のようなものへさっと伸びた。なにかがきらっと閃いたと思うと、みじかい鋭い、刃のついた料理ナイフが、女のうしろにふりかざされ、ブリッキーめがけて斬りつけようとした。

あまり狭苦しい場所なので避けている余裕はなかった。ブリッキーは避けるかわりに相手に跳びかかっていった。殺意のこもった手首をつかんでナイフをもぎ放そうとした。ふたりの空いたほうの手は、互いに叩きあい爪をたてあい、最後にはどちらも釘づけの千日手《せんにちて》になってしまった。

女には自暴自棄、自殺的な力があった。ブリッキーには自己防御の力があった。一種の均衡状態が生まれたけれど、これも早晩くずれるべきものだった。二人はすこし揺れうごいたが、流し台のそばを離れるにはいたらなかった。一度は流し台の上へかぶさるような格好になったかと思うと、ふたたび今度は、反対の方向へかたむいた。髪の毛が垂れさがった。悲鳴も叫びもあげなかった。つまらぬことからの冗談半分のつかみ合いではなく、人間同士の命をかけた争いだった。死は性別を超越したものなのだ。

二人はすこし回り、それから、またもとの位置にもどった。静寂のなかに二人の荒い息づかいが聞こえるだけだった。どちらも消耗して一幅の活人画となって凍りついていた。ブリッキーはナイフを防ぐのに疲れきっていた。

むこうの部屋の戸口で鍵をまわす音がした。

突然、まったく意外なことだが、二人の役割ががらりと逆転した。

相手の女は必死にもがいて、ナイフを放そう、ふりすてようと努めた。ブリッキーは、なにがなんだかわからぬままに、相手の手首を万力のように締めつけて、動きを封じた、相手の指がひらいてナイフは床に落ちた。そして足をつきだすと、そのナイフを流し台の下の見えないところへ蹴りこんだ。もう争いの種子《たね》がなくなった。二人はどちらからともなく力をゆるめた。

相手の女はブリッキーのそばへひざまずくと、ドレスの裾にすがって苦しげに哀願をはじめた。

「ハリーにおっしゃらないで、ああ、後生ですから、ハリーには黙っていて。わたしを哀れと思って」

むこうの部屋のドアが開いた。

朗《ほが》らかに呼びかける声がした。

「ヘレン、もう帰っていたのか？」

「いわないで。わたしはどうされてもいいから、ハリーにだけはおっしゃらないで。とにかく今すぐには……わたし、あのひとを愛してますの。あのひとだけがわたしの持物なのよ。どんなことでも、おっしゃる通りにしますわ——どんなことでも」

ブリッキーは背をかがめて、ドレスの布地から、しつこく絡みついた手を放そうとしていた。

「あたしといっしょに、あそこへ行ってくれるわね。こっそりとでいいから、あそこへ行ってくれるわね」

女は執行猶予がもらいたさに頷いた。

男の影がもう戸口まで近づいていた。ちょっと寄りみちして、カード・テーブルの上に待っている料理を一つまみ口へ放りこんでいるらしい。

「いいわ」と、ブリッキーは気持をやわらげた。「あんたが約束してくれるなら、あたしも調子を合わせてあげるわ」

足許にちぢこまっている女には、もう一言ささやくだけの暇しかなかった。

「わたしに任せて。わたしがうまく話しますから――」

男は戸口に立っていた。

ブリッキーにとっては、ただの男、一個の男性でしかなかった。ただ、見るほうの目に愛情があるかないかによって、その男の評価も変わってくるのだし、この男にたいして愛情の目をもっているのは、この女だけなのだ。だからブリッキーには、この男が女にとってどう見えているのか、正直のところわからなかった。ただの男だった。一山いくらの男でしかなかった。

足許にひざまずいている女は、男のほうを見ていないようすだった。

「こっちがわの縁《へり》だけが長すぎるのよ。だからいけないんだわ。そのためにスカート全体がいびつになるんだわ」

そこではじめて男に気がついたように言葉をきり、うきうきした口調でいった。

「あら、ハリー。お帰りになった音もきこえなかったわ」

「どなただね、そちらのかたは?」と、男がたずねた。

女は立ちあがると男のそばへいって接吻した。男は女の肩ごしに探るような目でブリッキーを見た。

女は横へどいて、

「メアリー、ご紹介するわ。わたしの主人よ」

「メアリー・コールマンですの」

とブリッキーは義理のお役目をはたした。

二人は遠慮がちに目顔であいさつした。男は自分の上着とズボンを見てからベッドのほうへ目をやった。疲れているらしい。三人が三人とも黙りこんで、しばらく白けた状態がつづいたあと、男がくるりと背をむけて居間へもどり、

「おさきに失礼して食事をさせてもらうよ」

と無愛想にいった。

二人の女もあとを追った。

「じゃあ、ご主人がお帰りになったのだし、あたし、ぼつぼつ帰るわ」

「待ってよ、あたしもごいっしょするわ。ほら、例の型紙をいただいとかなくっちゃ」

男は腰をかけていた。紙ナプキンをシャツのボタンとボタンのあいだに挟みこむと、それを扇形に前へひろげた。

「こんな時間にかい？　夜中の三時だというのにドレスのことに憂き身をやつしているのかい？」

男はひくく唸るように息をもらした。

「五分でもどってくるわ。このかたの家は角を曲がったすぐそこなの」

「それまで起きて待ってろというのかい。くたびれてるんだぜ」

男は不満そうだった。

「さきにお寝《やす》みになっててよ。あっというまに帰ってくるわ。上着も着ないでいくんだから」

「上着はきたほうがよくってよ」と、ブリッキーがいった。「明けがたの今頃は冷えこむようよ」

女は奥へはいって上着をとってきた。ブリッキーも女も、顔色はすこし青ざめていた。男に気づかれはしなかったかしら、とブリッキーは思った。

男はサンドイッチを頬張ったまま席をたって二人を送りにきた。ずいぶん高くついたサンドイッチだった。

女はあらためて男に接吻した。

「それからね、ハリー、まちがえて内側から鍵を差したままにしないでよ。あたしが帰ってきたとき鍵がはまらないと困るから。せっかく寝んでらっしゃるときに、ベルを鳴らして起こすのはいやなのよ」

「あまり遅くなるんじゃないぜ。もしものことがあると心配だからな」

女は三度目の接吻をした。

「もうキッスは済んだじゃないか」

「したくなっても、余分のキッスをしちゃいけないの」

「したいのなら構わないさ」

と男は同意した。女ふたりを送りだしながらも、すでに男の手はネクタイの結び目にかかり、口はあくびの用意をしていた。

背後にドアが閉まるやいなや、女は声をあげて泣きだしそうになった。声にはならず、顔を

ゆがめて、

「わたし、外に出ないうちに、もう駄目になるかと思いましたわ。あのひと、疲れていますのよ、でなければ、わたしの目の色で気がついたはずですわ。それほどまでに、わたし、あのひとを愛していますの」

「平気よ」

ブリッキーは突き放すようにいった。ブリッキーが先にたって二人は階段を降りはじめた。そして荘厳な青みをたたえた街路に出た。

ヘレン・カーシュは後方の戸口をちらっとふり返って、くちびるを噛んだ。

「わたし、もう二度と帰ってこられないんだわね。ここでの生活は楽しかったわ――あのひとといっしょだったんだもの。たいした暮らしではなかったけど、あのひとが居てくれたんですもの」

「だったら、そのあいだだけでも、なぜここの生活にしがみついていなかったの?」とブリッキーは、石のように冷たくいった。「お涙ごかしはやめてちょうだい。あたしは自分の役目を果たしてあげたんだから、こんどはあんたの番よ」

彼女は思った。人生はシーソーに似ている。一人が高みへのぼれば、板の反対側にいる他のだれかが低く沈むように仕組んであるのだ。

二人は街角まで歩いた。

「タクシーを拾いましょうよ」と、ブリッキーは言った。「それが一番の早道よ」

連れの女は尻ごみをみせた。

この女はタクシーが見つからなければいいと思っているんだわ、とブリッキーは心の中でつぶやいた。行程を遅らせるためなら藁にもすがりたい気持でいるのだ。一台みつかったので高い声で呼ぶと、タクシーは近づいてきた。

ブリッキーは目的地を自発的に相手の口からいわせて、どんな言葉がとびだすか訊きたいとでもいうように、連れのほうを手でしゃくってみせた。

「家そのものまで――?」

「いいえ、近くの街角でけっこうよ」

「七十丁目とマディスン街の角までやって」

ヘレン・カーシュは拉《ひし》がれたような声でいった。

ブリッキーは満足に目をほそめてうなずき、車のドアをしめた。

タクシーは山の手へむかって走りだし、一丁また一丁と街は行程をとりもどしはじめた。両側の窓をとおして、街燈が浮かんでは消え浮かんでは消えしながら、後方へ飛び去っていった。

ヘレン・カーシュの両手は、絶望のために、口もとで蝶結びを形づくっていた。

「あのひとのシャツをだれが洗濯屋へ持っていくことになるのかしら。あれで全然かまわないひとですの、いつだって。わたしが世話を焼かないではすまなかったんですもの」

ブリッキーは返事をしなかった。

一丁一丁が走り去っていく。街燈が浮かびつ消えつしていた。

「わたしがいなくなると、あのひと、月曜日には独りでなにをするかしら。その日だけがお休みなのよ。これからは一日じゅうを持てあまして暮らすことになるでしょう」

ブリッキーは目をそらして乱暴にいった。

「なんだって、そんな泣き言ばかりくり返すのよ」

交通信号で車はとまったが、待っているあいだの静寂につつまれて、エンジンの響きがだれかの心臓の鼓動のように聞こえるのだった。

さらに街々が過ぎた。またもや煌《きら》めく街燈の光が車内へ滲《にじ》みこんでくるようだった。ニューヨークというのは、ことに縦の方向に走りぬける場合には——あらゆる希望のさいはてを目指して走るときは——それだけ長く感じられるものだ。

「あなたがた警察って、ずいぶん早いんですのね」と、ヘレン・カーシュは言った。「前からそんなふうに聞いてはいたけれど、今の今まで本気にしたことはありませんでしたわ」

あたしたちが警察だって、とブリッキーはわびしい気持になった。あたしたち警察は有能なのだ。もし相手が真相を知ったなら。

ヘレン・カーシュは、またしても泣きそうになった。

「わたし、とても信じられませんわ。あの男がほんとうに——そんなことはあり得ませんわ」

「死んでいるのよ」とブリッキーは火打ち石のような冷酷さでいった。「いかにもそれらしい死に様だわ。死っていうのは、あんなのをいうのね」

その言葉のひびきがヘレン・カーシュになにかの影響を及ぼしたようだった。身を折るほどの苦痛におそわれたか、いきなり自分の膝の上へ倒れふし、両手で顔をおおった。こんどは熱い涙があとからあとから溢れでた。そして、苦しそうに咽《むせ》び泣いた。

「そんなつもりじゃなかったんです！　わたしがやったんじゃないわ！　ああ、本当に、わたしじゃないんです！」

「あんたは、あの部屋で、あの男と二人きりでいたの？」

薄暗がりの中の頭がしぶしぶうなずくのが見えた。

「ピストルを握っていたの？」

今度はもっとゆっくりだったが、ともかく、もう一度うなずいた。

「あの男をねらって射ったの？」

「ひとりでに――」

「ふつうはそうなのよ。あんたみたいな若い女のひとの場合は、どういうわけだか、そうなってしまうのよ。たいがいは、ひとりでに弾丸が飛びだして、その狙いがまた一分と狂わないものなのよ。発射されたとき、あのひとは倒れたの？　嘘をつかないで。そうだったの？」

「ええ」

女は想いだして身震いした。

「あのひとは、わたしをいっしょに引き倒すようにしながら床に倒れました。わたしはしばらく折り重なったままでいてから、やっとのことで、立ちあがり、逃げてきましたの」

「しかし、あのひとは立ちあがらなかったのね。倒れたままでいたのね？　あそこにじっと倒れたきりだったのね、でなかったら起きあがって、あんたを追いかけたはずだものね」

「あのひと――あのひと、起きあがって、わたしの後を追ってはきませんでした」

「あんたはあの男をピストルで射ったのね。あの男は倒れた。そして、そのまま起きあがらなかったのね。いくらごまかそうとしても、事実は曲げられないのよ。気の毒だけど、あんたは殺人の罪を犯してしまったのよ」

ヘレン・カーシュは突き刺された豚のように悲鳴をあげた。でなければ、うっかり踏んづけられた小犬のように。車のすみの合わせ目に顔を押しつけ、そこを二つに割って外へ逃げだそうとでもするようだった。片手で反射的に車のシートをたたいて抗議を発した。

「わたし、そんなつもりじゃなかったんです！　聞いてください！　そんなつもりじゃなかったのに！　あんなパーティーに行きたくはなかったんです。それを同じ職場の女の子にむりやり誘われたんです！　わたしは行きたくなかったんです。いままでだって、ハリーに内証で、そんなことをしたことは一度もなかったのに。行ってみると、たった四人、つまり男女二組だけでした。なんだかいやな感じだったので、わたし、長居はしたくなかったんです。けど気がついてみると、ほかの二人はどこかへ消えてしまって、あたしとあの男と二人っきりになっていましたの」

ブリッキーは自分だけが承知している方法で女を励まそうとして、冷たい口調でいった。

「なにをそんなに心配しているのよ？　べつに懲役になるようなことじゃなし。完全な言いわけがたつんじゃないの。そうした場合には女のいいぶんが信用されることになっているのよ。

それに今度は、あんた以外に口のきけるひとはいないのよ」

女は頭を上げなかった。それどころか、ますます意気消沈して、うなだれるばかりだった。

「そうじゃないの——そうじゃないんです。こんなことになって、どうしてこの先ハリーといっしょに暮らせるでしょう。あのひとが厭がりますわ」

「でも、あなた自身、なんでもないパーティーのつもりで出かけたのなら、きっと許してくれてよ」

「だめですわ、絶対にだめよ——こんなことになってしまったからには」

突然、ブリッキーは一切のことを知って、みじめな気持になった。潰れたような声でいった。

「まあ、では、あんたが射ったのは——」

「そ、そのあとでしたの」

車は速度をゆるめて停まった。

ブリッキーが座席から手をのばして料金をはらい、二人は車をおりた。ブリッキーは女の手首をつかんで言った。

「ここで待っているのよ、タクシーが行ってしまうまで」

二人が身動きもせずに立っていると、タクシーは夜気のなかに青い排気ガスの亡霊をのこして走りさった。二人のスカートが揺すぶられた。そうして二人は歩道ぎわにとり残された。

「これからどうしますの?」

ヘレン・カーシュが蚊のなくように哀れな声でたずねた。

「ピストルを捨てた場所を教えてちょうだい。まずそれが知りたいの。あんたが案内するのよ」

人質はその横通りを東へむかって歩きだした。ブリッキーも影のようにぴったりと寄り添った。

ブリッキーは思った。

(この女は最初こっちのほうへ、反対側へ歩いていってピストルを捨てたんだわ。それから同じ道を折り返してきて、またマディスン街へ出て、そこでタクシーを拾ったのね。妙なやりかただわ)

だが口にだしては言わず、黙って女のあとにつづいた。

通りの幅が倍もあり、堂々として人っ子ひとり見えないパーク街、その中央の安全地帯を通りこして渡っていった。二十丁かそこら、目のとどくかぎり、まったく死に絶えて、灯りのついた窓は一つも見あたらない、もっとも、このへんの屋敷の寝室はみんな裏側にあるのだ。世界中でも一番買いかぶられている住宅街だった。

二人は歩きつづけた。道幅がせまく、もっと人間的で生気のあるレキシントン街へでた。二人はさらに歩いて三番街へむかった。三番街をすぎても、高架鉄道のガードをくぐると、二番街のほうへ歩きつづけた。

とうとうブリッキーが口をひらいた。

「なんだって、こんなに遠くまできたのよ?」

「道をまちがえたんです。最初は自分がどこにいるかわからなかったんです。外にでたときは、まるで夢でも見ているようでした」

そうだろうとも、とブリッキーは思った。だれだってそんな気持がするはずだ、人の命を奪った直後なら。

まもなく、ヘレン・カーシュがふたたび話しかけてきた。

「ここのビルディングにはさまれた露地ですわ。あそこにごみ捨て缶が口をあけて並《なら》んでいるでしょう。一番手前のには蓋がしてあったんです。その蓋をあけて底のほうへ押しこんだのですわ」

それから、こう言いたした。

「もう集めにきたあとかもしれないけど」

「明けがたにならなければ集めにはこないわよ」と、ブリッキーがいった。

「あれだと思いますわ、ほら、あそこの中ですわ。六つ一列にならんでいるのが見えるでしょう」

「いっしょに来るのよ」とブリッキーが駄目を押すようにいった。「あたしが調べるあいだ、ずっとそばにいるのよ」

「約束は破りませんわ。あなたもアパートにいるうちは約束を守ってくださったんだもの」

女はそう言ったきりだった。

二人は露地へはいった。露地の闇が二人の影を呑みこんでしまった。聞こえるものといっては、二人のひそひそ囁《ささや》きかわす声と、ごみ捨て缶の蓋をあけるかすかな物音ばかり。

「ありまして？」

咎めるような沈黙につづいて、ぞんざいなブリッキーの声がした。

「あんた、でたらめを言ってるんじゃないの？」

「だれかが見つけたんだわ！　だれかが持っていったんですわ！」

「場所はまちがいなくって？」

「たしかにこの露地でした。ここからふり返って通りのほうを見たときのようすを憶えていますわ。あの向かい側の窓ガラスは一面にひびがはいって白く見えるでしょう。この一番手前の缶にまちがいありませんわ。石炭がらが一杯つまってますもの」

ブリッキーは沈黙していた。

「ぜったいに嘘じゃありませんわ。こんな遠くまでひっぱりだして、いまさら尻込みしてもはじまりませんもの」

「まんざら嘘ではなさそうね。いいわ、そんな奥のほうまで腕をつっこまなくっても。あるとしたら上のほうにあるはずよ。きっと屑拾いがあんたのすぐあとに来て、見つけたんでしょう。それとも、あんたがここに出入りするのを、だれか見かけたひとでもいたのかしら」

二人の姿がだしぬけに歩道の薄明りのなかへ現われた。

「さあ、こんどは、あそこへいくのよ」

ブリッキーが声をひそめて言った。

女はぎくりと立ちどまって、哀願するようにブリッキーの顔を見た。

「行かなくてはだめですの？」

「だめよ。そのために、わざわざ、あんたを引っ張りだしてきたんだもの。ピストルを捜しだすよりも、そっちのほうが大事なのよ。ピストルなんかどうだっていいわ」

二人はもときた道をもどりはじめた。三番街をわたった。突然、女がまた足をとめた。ががた全身をふるわせている。闇の中でもブリッキーにはよくわかった。

「やめてよ」と、彼女は言いかけた。「なにを今更ぐずぐずして——」

女は無言のまま身をひるがえすと、二人が立っていたすぐ横手の饐《す》えたような匂いのする玄関へとびこんだ。瞬間、ブリッキーは、女が自分を置きざりにして逃げだす気なのだなと思った。手をのばして相手を引きもどそうとした。つづいて、その手をひっこめ、唇まで出かかった叫びをこらえた。なんともいいようのない、ぞっとするような感覚が身うちを走りぬけた。

ブリッキーは女のあとを追った。

「どうしたのよ？　あたしをからかうつもり？」

落ちつきのない声でたずねた。

この仄暗《ほのぐら》い通路のなかで、このどこへつづくとも知れぬトンネルのなかで、相手の女が、なぜそんなことを言われるのか、なぜそんなことをきかれるのか分らないというような表情で見かえした。

ブリッキーは手まねで自分の質問をとり消した。女は裏手の階段を登っていった。ブリッキーも後につづいた。もう二人のうち、どっちが余計におびえているのかわからなかった。ブリッキーのおびえは、一種のいやな予感をふくんだ狼狽《ろうばい》だった。

階段のとちゅうで女はまた足をとめた。

「だめですわ――なぜ行かなくてはいけませんの？」

ブリッキーは指を前方へ突きだすようにして、

「どこへ行くのだか知らないけど、とにかく登りつづけるのよ」

と、言葉すくなに促した。

二人の影もそばの薄汚れた壁をのぼっていった。

二人はあるドアの前で立ちどまった。

ハリー・カーシュの妻は、越えることのできない壁でもあるかのように、その四角なドアの隅々を眺めまわした。

「あけるのよ」

ブリッキーは厭な予感のうちに、ここが目的の場所であることを読みとった。

彼女はとげに刺されはしまいかと気づかうように、こわごわ手をのばしてドアの握りにさわった。すばやく回してから手をひっこめた。ドアが斜めにあいた。

「あんたがさきよ」

とブリッキーがいった。

先頭にたった女の顔は呪われたもののようだった。この女が自分のアパートでいった言葉が想いだされた。たしかに二度死ぬようなものだ。が、死につつあるのはこの女一人ではない。先刻この建物の前に立ちどまって以来、ブリッキーのなかでもなにかが死に絶えつつあったのだ。

電燈がひとつ点《つ》いていた。はいったところは独房のような狭いホールだった。二人はさきへすすんだ。開けっぱなしの戸口をぬけると、そのむこうの部屋は暗かった。白く塗った板壁がほのかに見えた。台所らしい。二つ目の開けっぱなしになった暗い戸口を抜けた。つづいてホールの正面に燈りのついた部屋があった。二人はそこへはいって立ちどまった。なんとも名状しがたい部屋だった。パーティーのために、今夜だけ、指定の場所として借りたのに相違なかった。家具もそのままで借り受けたのだ。始終ここで暮らしていた人があったとは思えない。暮らすための部屋ではなさそうだ。まあ、そういった感じの部屋だった。

部屋にはだれもいなかった。前にはだれかがいたのだ。大勢の人間が騒ぎたてていたのだ、が、それも前のことだった。グラスがあちこちに林立している。最初は四つだけだったのが、その四倍も、六倍もに増え、その周辺には何度もグラスを上げ下ろしたためにまだ濡れている痕がどっさりあった。椅子の一つに割れたレコード盤がのっていた。ブリッキーはラベルのある真ん中のかけらを拾いあげて読んでみた。『ピストルもったお母さん』。意地わるくもぴったり符合したその題名に、彼女は顔をしかめ、ぽいとわきへ放りなげた。

ヘレン・カーシュが立ちどまって指さした。むこうのドアのない戸口を指したのだ。彼女は根が生えたように棒立ちになっていた。そこからさきは押しても動かなかったろう。ブリッキーは一人で歩いていった。

敷居ぎわで立ちどまって中をのぞいてみた。そこで行きどまりだった。行く必要もなかった。窓が一つあったが、ずっと一番下まで隙間なく日覆いがおりていた。ここにもグラスが二つあった。一つは中身がいっぱい入ったままだった。だれかに無理やり押しつけられたものだが、そのだれかはもっと大きな危機に直面して、口もつけずにそこへ置きでもしたようだった。

部屋の向こうはしに、ぶさいくな格好で男がころがっていた。ぐったりと動きもしなかった。ブリッキーは男のそばへいって膝をついた。それから、あわてて頭をそらした。顔をそむけて、片手を一、二度、顔の前で扇のようにふった。立ちあがると足の爪さきで、たいした興味もなさそうに、男のからだをあちこち小突きまわした。

そしてもとの戸口へもどると外をのぞいた。ヘレン・カーシュは両手で顔をおおい、底知れぬ悲劇の渦中にある人物のように、凍りついたまま立ちすくんでいた。ブリッキーはただじっと見つめていた。

しばし沈黙がつづいた。

相手の女は見つめられているのを感じて、だらんと両手をおろし、問いかえすような視線をむけた。

やはり沈黙がつづいた。

まもなく女は、ブリッキーの表情のうちになにかを発見した。

「なぜそんな目でわたしをごらんになるの？　なぜそんなふうに、じっとわたしを見てらっしやるの？」

「ちょっと来てごらんなさい。見せるものがあるのよ」

女はたじろいで頭をふった。

ブリッキーは無理じいに女をひっぱっていくと隣の部屋をのぞかせた。

向うはしで呻《うめ》き声がきこえた。丸太ん棒のようなものが溶けて動きだした。二人が見まもっているうちに、そのものは、ながいあいだ昏睡状態にあった酔っぱらいに特有の頼りない動作で、けんめいに起きあがろうとしていた。

「死ななかったのよ」とブリッキーは言った。「死んだように酔っぱらっていただけなのよ。死んでいたとしても、酒に殺されたんだわ。壁の上のほうに弾丸の射ちこまれた孔があるでしょう」

ヘレン・カーシュの押しころしたような悲鳴が、男のあやふやな注意力を二人のほうへ惹きつけた。朦朧《もうろう》とした瞳が女の上へすわった。漠然とながら女のことを想い出したようすだった。

「この友達はどなただね？　あんたとおれと友達の人と、もう一ぺん三人で飲みなおそうじゃねえか」

女ふたりが凝然と立ちすくんでいると、やがて男は熊が後足で立つみたいに完全に立ちあがった。つづいて活人画は崩れた。ブリッキーがてきぱきした口調でいった。

「ここを出ましょう。もう一度おなじことを繰りかえさないうちに」

ヘレン・カーシュは一晩中でもそこに立ちつくしていそうな形勢だった。全身が麻痺しきって、動く力をすっかり奪われたみたいだった。ブリッキーは力ずくで追いたて押したてていかねばならなかった。女を先頭にたてながら、あいだの部屋をぬけホールを過ぎて、ようやく階段の降り口まで出た。

背後では、なにか重いものがもと通りの位置に倒れる音がして、それっきり静かになった。ブリッキーは念のために後ろ手でがっしりドアを閉めた。

それから、狐につままれたような顔をしている連れの女をうながした。

「さあ、行くのよ。そんなところに立ってなんかいないで」

二人は腕をからみ合わせて階段をいっきに下まで駈けおりた。一人は安心感にすすり泣きながら、一人は無情の挫折感を嚙みしめて。

二人はころがるように外へでた。階段を駈けおりた勢いが歩道まで出てやっと停まった。ブリッキーはちょっと立ちどまると女のほうへ向いた。

「あんたは、あのジョージだかハリーだかって男のひとを愛しているんでしょ」

ヘレン・カーシュはものも言えずに首をふるばかりだった。ふたたび目になみだが滲んできらきら光った。

「お馬鹿さんね。だったら、なにをもたもたしているの」

ブリッキーは通りかかったタクシーへ手をふった。

「あそこへ帰んなさい。さあ、すぐ帰るのよ」

タクシーが方向を転換してとまった。

「お乗んなさい」

ブリッキーは女と自分をへだてたタクシーのドアを閉めた。青白い顔がしばし無言でこっちを見つめた。ブリッキーは親指を動かして運転手に合図した。

「さあ、これでめでたしめでたしよ。せっかくの幸運をだいなしにしないようにね。いつまでもハリーと暮らすのよ。そして、口をぴったり閉じて、自分のすることによく気をつけて、二度とピストルの引き金なんかに指をかけないのよ」

まったく突然におとずれた幸運だった。彼は負け犬よろしく尻尾《しっぽ》を巻いて、両手をポケットに押しこみ、帽子をまぶかに引きおろして、病院からのもどり道をたどっていた。こんどは酒場を虱《しらみ》つぶしに歩いているのだった。酒場は見つけやすく、二、三丁手前からでもすぐわかった。こんな時刻に灯りがついて店を開けているのは酒場だけだったから、地図に刺した色つきの留め針のように目立っていた。病院と例の屋敷とのあいだを南北に走っている六区画ほどの地帯に限界をきめると、極端なジグザグ模様をえがいて歩きつづけた。大通りとの交差点にく

るたびに、上手へむかって三丁だけ、酒場をいちいち覗いてまわり、それから引っ返して、もとの出発点を通りこし、反対に下手へ三丁ばかり捜しあるく。それからまた回れ右をして、原点へもどると、一丁だけ西へ進み、つぎの交差点へたどりつくと、同じように三丁ずつ上下の往復を繰りかえすのだ。酒場という酒場は、みんな大通りに面していて、大通りと大通りをつなぐ横通りにはなかった。

ある店では、ずかずか入りこんで、いっとき店内をじろっと見まわした。戸口から首だけつっこみ、あっさり立ち去る店もあった。自分では酒を飲まなかった。酒を飲むなどもってのほかだった。時間も潰れるし、知覚の鋭さも失うことになるからだ。

あきらかな根拠というか、一つの象形文字というか、なんと呼ぼうと同じことだが、さがす目当てがあればこそ、そんなふうに省略法を使って捜すこともできるのだった。

彼は胸のうちでこう呟いた。こんなに遅くまで酒場にいるとすれば、その男はだれからも離れて、一人ぽつんといるだろう。人を殺したあと、話し相手をもとめて酒場へはいるような人間はいやしない。あんなことをしたあとで酒場へ入るとすれば、神経を鎮めるためだ。とすると、位置の点でも態度の点でも、一人ぽつんと離れて、談笑の外にいる人物をさがせばよい。

それは一つの近道だった。一番の首位をしめる便法だった。

この店へ行きついたときも、最初は店へははいらないで、外からざっと一わたり見当をつけた。小さな店なので、こまかな細部を見逃すような危険はなかった。店は店でも、間口がふつうの商店の半分しかない、いわば一種の包領《ほうりよう》だった（訳注――大部分が自国のなかへ包含されている他国の領土をいう）。カウンターは店の片側へ寄っていることが多いものだが、ここでは正確に中央から二つに割っている。カウンターの外側に客のために設けられた場所は、内側のバーテンダーのいる場所より広くはない。それにまた、外から見通しのきかないボックス席とか仕切り席とかいう余計なものもない。表の窓からずっとカウンターの奥までを見渡すことができた。彼の見たのはこんな情景だった。

カウンターにそって八人の客がばら撒《ま》かれていた。それが三つのグループにわかれ、おのおのが独立して他のグループには目もくれず飲み交わしているが、その境い目はよくよく見ないとわからなかった。物理的な距離は関係がなく、彼のいるところからでは、八人がひとつながりの線となって見えている。見わける方法はめいめいの肩の向きだった。各グループの境界線では、一人の客の肩が、そのむこうのグループの客の肩にたいして斜めになっている。それらの肩が、各グループをつつむ括弧《かっこ》のような役目を果たしていた。言いかえれば、各グループの両はしの人たちは正面を向いているのではなく、ななめに仲間のほうへ、内側へ向いているのだ。グループ別はこんなふうだった。最初に二人、つぎに斜めをむいた肩、それからまた二人、そのつぎにまた斜めをむいた肩、そして最後の二人は差しむかいで立っていた。

一人の客、独りぼっちで飲んでいる客はいなかった。彼はそのまま通りすぎようとして、ふともう一度見なおした。あるものが彼の目をとらえ、足をそこに釘づけにした。目がカウンターの上に走って、グラスの数と客の数とを機械的に照らし合わせ、なにか奇妙な喰いちがいを発見したのだ。

グラスは九個、お客は八人だった。飲む人間よりもグラスのほうが一つ多かった。

彼はもういっぺん両方を考えなおして確かめた。客のほうは容易に算《かぞ》えることができたが、グラスのほうは、ひっきりなしに手が出たり引っこんだりして視界を妨げるので、それほど楽ではなかった。

水のグラスがある場合には、一人の客がグラス二つを独占することになるので、そんな条件も考慮にいれて算えなおしてみたが、やっぱりグラスは九つだった。水のグラスは一つも見あたらなかった。そのとき店にいた客は全部申しあわせたようにビールを飲んでいたのだ。

一つあまったグラスも無意味に残してあるわけではなかった。だれの前に置かれているというのではないが、いちばん奥のたったひとつ空席になった場所、そのグラスを使った人間がいたはずの場所に、ぽつんと一つだけ置かれているのだった。

それこそ彼の捜し求めているものだった。ほかから絶縁された孤独の象徴、ただそれが人間ではなく、非情なグラスなのだった。

第一の象形文字。

彼は店へはいった。

ほかの客のうしろを通りぬけて、いちばん奥の、例のグラスのあるところ、この上なく雄弁な空席まで歩いていった。一番はしの客と壁とのあいだに広い空間があった。彼はグラスの真ん前ではないが、ごく近くに席をしめた。

グラスをながめてみると二倍の報償があった。なんの変哲もないビールのジョッキだが、よく検《あらた》めてみると、それだけの収穫はあった。

その種の器は概してそうだが、ジョッキには取っ手がついている。八角形で、どっしりと分厚く、売り方の儲けになるようにおそろしく上げ底になって、それに取っ手がついていた。ほかのジョッキの取っ手は揃って一つの方向を、戸口とは反対の奥のほうを向いていた。ところが、この取っ手だけは、これだけは逆に外の通りのほうを向いている。

第二の象形文字。

彼は自分もビールを注文して、バーテンダーの関心を惹きつけ、これから始めようとする質問の潤滑油の役目をつとめさせた。ふいにまた追跡の機会がめぐってきたのだ。ちょうど、煩《うるさ》い虻《あぶ》がぶんぶん羽音をたてて飛びまわっていたのが、ほんのつかのまながら、一個所にとまったのに似ていた。

彼はバーテンダーに話しかけた。

「このグラスはだれかのかい?」

「ええ、ちょっと奥のほうへいらしたお客さんのでね」

と、バーテンは答えた。

すると、まだこの店にいるのだ。ジョッキの中身が残っていることや、ジョッキそのものが引っこめられずに置いてある事実から、すでに彼には見当がついていたことだったが。

あまり時間はない。むこうが好む好まないは相手にまかせて、ただちに次の質問をきりだした。

「どんな色の服を着ているんだい?」

「茶色ですよ」

バーテンダーはよそよそしく答えた。そして妙な目つきで彼をみた。質問が気にくわなかったようだが、しかし――『茶色』といったのは確かだった。

第三の象形文字。

たった一度に、たった一つの場所で、たった一個の分厚なビールのジョッキから、大勢いる客のなかで独りはなれて飲む、茶色の服をきた、左利きの男が選びだせたのだ。

彼は三つ目の質問をした。

「いつごろからここにいるのか、気がつかなかったかい?」

十セント玉がもう失くなりかけていた。返事が貰えるまでには相当な暇がかかった。やっと出てきた答は、しかし、これが最後とでもいうように、ゆっくりと現われた。あるいは泉かなにかが涸《か》れつくして、もうこれ以上の水は残っていませんというような調子だった。

「二、三時間になりますな」

それで時間もぴったり符合する。

第四の象形文字。

「これ一杯でずっとねばっていたのかね?」

こんどは逆火をくらった。もっと答えてもらおうと思えば、ライ・ウィスキーでも飲まなくてはならなかった。

「お若いの、こんなところへきて国勢調査でもやるつもりですかい?」

バーテンダーは怒鳴るようにいうと、もっと儲けが多くて質問のすくない客のほうへ移っていった。

それ以上たずねる必要はなかった。どっちみち返事はもらえまい。どこか背後の見えない場所でドアがあいて、グラスの持ち主がもどってきた。

クィンはふり向かなかった。前方にカウンターの長さにあわせた細長い鏡が張ってある。

(あそこに映るのを見てやるぞ)

彼は心の中でつぶやいて、目を正面にずっと据えていた。

鏡のなかの隣の席はしばらく空白のままだった。やがて鏡の空白がみたされ、一つのかたちを取ってきた。後方から、つまり鏡の表面でいえばクィン自身の顔の下のほうから、ひとつの顔がせりあがってきて、自分なりの高さに落ちつくと、そのまま動かなくなった。傷めつけられ、草臥《くたび》れきった帽子が顔を深くおおっていたけれども、顔をすっぽり隠すほど深くはなかった。四十五歳前後の男の顔だったが、たぶんこの一晩だけで二十年もさきへとびこし、こんな老年の顔になってしまったのだろう。髪の毛の色や、首筋の線や、そういったものが、わずかにその持ち主の年がもっと若いことを、そしてまた、顔のほうも若くあるべきはずのことを物語っていた。顔はやつれて、緊張に青ざめ、その青白さがまた帽子のふちから忍びこんだ電燈の光にとらえられて、銀色かとも思えるくらいだった。

その男にはなにか妙なふしがあった。クィンには一目みただけでわかった。だれだって気がつくはずのものだ。

男はカウンターにむかって直立していなかった。カウンターのはしが壁とでくわす一番はずれのところに、人目をさえぎって身をかくし、からだの右側ぜんたいを護るようにぴったり押しつけて寄りかかっていた。酒に酔ってぐったりと寄りかかるのではなく、見られたくないのを無理に隠しているような秘かな寄りかかりかただった。きわめて微妙な表われだったが、それでも身体の線のすみずみにそれが露呈されていた。いまみたいに手を出してビールを飲むときでさえ、すこし身体を壁のほうへ向けていた。実際のからだつきからと言うよりも、むしろごくかすかな、あるかないかの態度のようなものだったが、頭のなかで隠そうとするように、ほんのすこし身体をそむけるのだった。

摑まえたぞ、とクィンは胸中に思った。そして今度のは、赤ん坊がうまれるのに怯えている父親などとはちがって、もっと忌《いま》わしい影があった。

男はまたビールを飲み、また怖気づいて壁のほうにすこし身を寄せた。左手だけがいつも出てきた。右手はいっこうに見せなかった。右手は庇うように押しつけた身体と壁とのあいだの秘密なのだった。

ピストルだろうか、とクィンは考えた。夢見るような目をビールに注いで、いったいなにを見ているのだろう？　死人の亡霊なのだろうか？　それがために、憑かれたようにすえた目を、ジョッキから離せないでいるのだろうか。

ひとつ男の反応を試してみよう、とクィンは心にきめた。すでにわかっていることだが、それを第五の象形文字に仕立てあげるのだ。

彼はジョッキを手にして、ぶらぶらと歩きだし、そこに据えてある煙草の自動販売機をいじるようなふりをした。そうすることで、お客の全員を一列に見渡すことができた。販売機のてっぺんの不安定な場所にジョッキをのせると、気づかれないように、そっと突き落とした。ジョッキは床におちてぽかっと割れた。恐ろしいほどの物音ではなく、せいぜいが、ちょっと驚く程度の音だった。八つの頭がいっせいにふり返り、なにげなく一瞥《いちべつ》しただけでまたもとにもどり、自分たちの話に没頭した。

が、九人目だ。その男は肩胛骨《けんこうこつ》をぎゅっと摑まれたみたいに背中ぜんたいが縮まった。首筋にくらった一撃を避けようとするように、頭をがくっと垂れた。うしろを向かなかった。向けなかったのだ。その衝撃がしばし彼に狂人用の拘束服を着せたようなかたちだった。その緊張がしだいに解けてくれるにつれて、両の脇腹が烈しい息づかいで起伏するのがクィンにも見てとれた。一瞬後に片手を上げたが、その輪廓はクィンの落ちついた視線でみても定かでないほどぶるぶる戦《おのの》いていた。

反応は陽性《プラス》だ。罪にたいして陽性《プラス》なのだ。罪の意識以外のなにものが、今のこの男がしてみせたほど、人をひるませ、震えあがらせ、おびえさせることができるだろう。そういえば、あるいは、彼の目には見えなかったが、もっと明々白々な徴候が表われていたのではないだろうか。たとえば、ポケットにつっこんだ右手がピストルを握ったまま出そうになり、あわてて思いとどまったとしても、それは奥の壁だけにしか見えなかったわけだ。クィンはそれを見逃した。見ようとしたときは時すでに遅く、右手はもう動いていなかったのだ。

クィンは、ジョッキのかけらを一つ二つ蹴とばしながら、ぶらぶらともとの場所へもどってきた。

だが、もう二人のあいだには、たがいに意識しあう感情が火と燃えていた。一見無関心のようだが、その実は、相手のどんな細かな動静も見逃すまいとする微妙な決闘が開始されていたのだ。帽子のつばが引きおろされた。ぐっと深くおろされた。が、その下で病的にぎらぎら輝いている、隈どりのある目だって、カウンターの表面に向けているように見えても、けっしてそうではない。それが証拠に、まっすぐ鏡を見ているクィン自身の目だって、非情なガラスの面だけに興味があるわけではないのだ。めいめいが目にみえないアンテナを立てて、敏感に相手の波長を捕捉しようと鎬《しのぎ》をけずっているのだった。

なにか感じられるものがあるぞ、とクィンは思った。こっちがなにかしたからというのではない。こっちが身動き一つしないでいること、無関心を装っていることそれ自体が、相手に警戒心をおこさせたのだ。あまりにも長いあいだ身動きしないでいる、あまりにも真正面の一つところを見つめつづけている。それに相手は気づいたのだ。うまくいった。相手は気にしはじめたのだ。

目にみえない電流が一方から他方へながれ、またもどってくると、ふたたび充電されて流れていき、そんなことが繰り返される。緊張のやりとりだ。

帽子のつばは、身を護ろうとするように、ますます深くひきさげられる。それ以外にはなんの動きもない。ひたと鏡にすえたクィンの視線も刻一刻とうつろさを増し、べつに左右にうごいて悪いわけはないのだが、ぜんぜん微動もしなかった。最後には二人の息づかいさえ聞かれなくなってしまった。

二人の周囲では、そんな一幕を知らぬげに、ほかの客たちが飲みかつしゃべり、笑いさざめき、ときには唾を吐きちらしていた。そんな二人のすがたは、かまびすしく喋々《ちょうちょう》しあう現実の酒場風景の中におかれた一幅の静物画さながら、いかにも懸けはなれた感じをあたえた。距離にして、ほんの三歩か四歩にすぎないのだが、二人はまるでカウンターに立てかけられた人間のかたちをした標識のようだった。

なんの前触れもなかった。まったく突然に鏡のなかのクィンのとなりが空っぽになった。『ファウスト』の消えかたにそっくりで、ただ一条の煙が立ちのぼらない点だけがちがっていた。それがために、クィンは最初、まったく違った方向、相手の男が立っていた方向へぐるっと頭をむけ、それから泡をくって完全な半円を描きながら自分の背後を見まわし、そのまま身体もいっしょに回しながら、やっとのことで視線がおもての入口へたどりついた。

相手の男は小走りにドアを抜けだそうとするところだった。濡らしたスポンジで鏡の表面についた汚れを吸いとるような、おどろくべき早業で男は外へでてしまった。

こんなに露骨な臆面もない逃げかたをするとは夢にも思わなかった。逃げるとすれば、なにげないふうに空とぼけた横這いで、じりじりと戸口のほうへ近づいていく、そんなやりかただろうと予想していたのだ。これでは呼びとめる暇もあたえない公然の逃走だ。顔いっぱいに有罪の象形文字を書きなぐったようなものだ。おれは犯人だ。自分でもちゃんと承知しているんだ。だから、お前に見つかるまで、なんでおめおめ待っている必要があろう。こっちは自分の勝手で逃げだすんだ、と。

クィンは驚きのさけびを喉で嚙みころして、あたふたと男のあとを追った。手足よりも胴体のほうがさきにとびだそうとした。

バーテンダーのひくい怒声を背後にきいて、彼はポケットから、なんだか知らないが、なんでもいい、硬貨のたぐいを一個つまみだし、肩ごしにうしろへ放りなげた。それが床に落ちるよりも早く彼はそとへ跳びだしていた。

相手の男はすでに死にもの狂いで通りを走っていた。気でも狂ったとより形容のしかたがなかった。恐怖のあまり正気を失くしたのででもなければ、こうもめちゃくちゃに走れるものではない。そのくせ、ピストルを握ったほうの手はポケットに入れたままで、脇腹にぴったり押しつけている。それで身体の均衡がすこし崩れ、一直線に走りながらも少々よこに傾《かし》いでいる。男はよろめくように角を曲がって姿を消した。クィンも足を滑らせながら男につづいて曲がると、あいかわらずの間隔をおいて、相手のすがたが目にはいった。相手は通りのむかいの暗い側へわたり、影に包まれてふたたび見えなくなった。クィンも相手の足型がまだ冷えきらないうちに自分の燃える足を押しこみながら、つづいて通りを渡ると、また男のすがたが見えてきた。

こうして二人は闇を縫うようにして鬼ごっこをつづけたが、この遊戯は笑いごとでもなければ情容赦もなかった。射ってくるぞ、とクィンは思った。警戒したほうがいい、きっと射ってくる。だが彼は追跡をやめなかった。勇気とか度胸とかの問題ではない。他のあらゆる恐怖心を溶かしてしまう追跡の情熱が彼を駆りたてたのだ。

行く手の影はまたひとつ角を曲がった。クィンもひと足おくれて曲がり、ふたたび相手を視野のなかへ捉えこんだ。こんどは間隔がつまり、まもなく追いつきそうになってきた。走るためには脚だけでなく、空気の波をかきわける両腕の自由が必要なのだった。

追われる者はしだいに冷静を失いはじめた。またひとつ角を曲がって見えなくなった。が、クィンもつづいて曲がると、こんどは相手の姿が見あたらなかった。しかし、見失ったなと思ったとたん、相手は恐怖のあまり自分から姿をあらわした。ある家の戸口からひょっこり出てきたのだ。安心して任せていれば匿《かくま》ってくれたかもしれないその戸口を、あと一息というところで信用できなくなったみたいだった。また追跡がはじまった。クィンのほうが相手を追い抜いていたので、こんどは反対方向へ追いかけることになった。恐怖はいろんな機能を腐らせるものだ。

こうしている間も、止めるものはいなかった。邪魔するものはいなかった。もし無罪なのだったら、どうしてこの男は大声で救《たす》けをよばないのだろう、とクィンは内心ほくそ笑みながら考えた。どうして救けをもとめないのだろう。

相手の男はただもう押し黙ったまま、必死によろめきながら逃げつづける。

いよいよ大詰が近づいた。クィンは若かった。目的があった。一晩じゅうでも、街のはしからはしまででも駈け通すことができた。ゆくての人影はもう完全にくっきりと見えていた。街角も男を救うことができなかった。家々の戸口も同じことだった。そう早くは男のほうへ近づいてきてくれないのだった。

速度がおち、足音も乱れてきて、とうとうエンジンが焼け焦げたように停止すると、男はそこに寄りかかって息を喘《あえ》がせた。壁際に追いつめられたような格好だった。一瞬おくれてクィンも追いついたが、ポケットにつっこまれたままの物言いたげな右腕を警戒して、ぐるっと円をえがくと反対側へまわり、真正面からでなく外側から詰めよっていった。この位置ならば、相手がどっちへ跳びだそうと、クィンもいっしょに跳びだせるわけだ。

男は跳びださなかった、跳びだせなかった。相手は息切れがしていて、砂を篩《ふるい》でこしたような、かすれた囁《ささや》き声でいった。

「なんだ？　どうしようというんだ？　そばへ寄らないでくれ」

クィン自身も息切れのせいで声はかすれていたが、なにものにも挫《くじ》けない、たとえ六発の弾丸がつづけざまに発射されようとも屈しない断固とした目的を抱いていた。

（そばへ寄らないでおくものか。すぐそばまで行ってやるぞ）

クィンが詰めよっていくと、顔と顔とが触れあわんばかりとなり、おたがいの息が熱く感じられた。どちらも怯えていたが、一人のほうがもう一人よりも恐怖の度がつよかった。度の弱いほうがクィンだった。だしぬけに射たれはしないかという恐怖だけだった。しかし、相手の男はまるで恐怖に圧倒されていた。恐怖にがたがた慄《ふる》えていた。自分のもたれかかっている建物の上方から、タールだか濃い塗料だか、なにか重いものがどっと落ちてきはしまいかとでも恐れているようだ。あんぐり口をあけ、その隅からなにか水っぽいものが妙にながい糸をひいて垂れていた。それがまもなく、鋏《はさみ》ででもちょん切ったみたいに、ぷっつりと断《き》れた。クィンが止めるまもなく左手が動いた。右手でなく左手がだ。もしピストルだったら手遅れになっていたところだ。しかし、ピストルではなかった。

「さあ、これが欲しいんじゃないのか？　これを持っていっていいから、もうおれに構わんでくれ」

男はそのものをクィンに押しつけた。

「さあ、受けとれよ、遠慮しないでいい。おれは大声でわめいたりしないから――」

紙入れが下におち、クィンは靴のさきでそれを押しのけた。

「なぜ逃げたりしたんだ？」

「きさまこそ、どうして追いかけてきたんだ？　おれをどうしようというんだ？　もう我慢がならない。まだ脅かし足りないというのか。おれは暗闇がこわいんだ、明るみがこわいんだ、音がこわい、静けさがこわいんだ。まわりの空気までもがこわいんだ。おれを一人にしといてくれ――」

男はクィンにむかって喚《わめ》きたてた。というよりも、クィンの肩ごしに、無情な夜へむかって喚きたてた。

「落ちつきたまえ。君はなにをそんなに恐れているんだ。人を殺したからじゃないのか。ちがうかい？　返事をしたまえ。君は人殺しをしたんだ、そうだろう」

男の頭は、だれかに二つに折られたマッチ棒のように、がくんと下に垂れた。

「ごまんと殺したよ。二十人。何人殺したか自分でもわからない——算《かぞ》えてみようとしたが、どうしても駄目なんだ——」

「そして。今夜も一人——」

男は赤ん坊のように泣きじゃくっていた。クィンはこんな情景を見たことがなかった。

「もう行かせてくれ。こんなところにつっ立って。幽霊と顔つきあわすのはごめんだ。頼むから行かせてくれ——」

「そこに持っているのはなんだ、ピストルか?」

クィンは男の動かない右腕をぎゅっと力まかせにつかんだ。

指がふかく喰いこみすぎて、中心の骨までとどいたかと思えるくらいだった。まるで途中にさえぎるものが無いような感じだった。腕ぜんたいがぐんなりとポケットから出てきたが、男がみずから進んで出したのではなく、クィンが摑んだからだった。からっぽの袖から巻いた新聞紙が抜けおちた。袖はずっと肩まで板のように平たくつぶれて垂れさがった。

「ああ、おれは銃をもっていたんだ」と、男は妙に子供っぽい声でいった。「そいつは取りあげられたよ。用が済んだあとでな。ところが、そいつを返すときに、おれは自分の手を放すのを忘れていた。それっきりなくなっちまったよ。いくら眺めてみても、おれの腕はもうないんだ。ここの付け根のところまで——」

その衝撃はクィンの心臓を針のようにぐっさり貫いた。若かったからこそ傷口はすぐに塞がった。しかし、一瞬のあいだは、その場でへなへなと崩折れそうな痛手《いたで》だった。

「すまなかったね。まったくなんといっていいか――」

そこまで声を絞りだすのがやっとで、あとは同情に堪えぬように首をふった。

「さあ、もう行かせてくれよ」

まったく理解できない、闘いようもない力に直面して、思案にくれている子供のように、男は素直な悲しみをこめて言った。

「君は人を殺したといったけど」とクィンがいった。「いつのことだい？ いったい、いつのできごとなんだい？」

「二年前、スペインでのことさ。いや、それとも二、三分前、あそこの街角でだったかな？ 自分でもはっきりわからない。ああ、砲弾があんなにきらきら光って飛んでいく。気が遠くなりそうだ」

クィンは路上におちた男のへしゃげた帽子を拾ってやり、憐れむように、愛《いと》おしむように、ゆっくりと埃をはらってやった。何度も何度も、ゆっくりと拭いてやった。そうする以外に自分の気持をしめす方法がなかったのだ。

ヘレン・カーシュが苦境から解放されたことは、局所麻酔剤《ノヴォカイン》の注射のような効き目をブリッキーにもたらしたが、それもつかのまに薄れて、ふたたび彼女自身の懊悩《おうのう》の鈍いうずきが、前に倍する痛みをともなって蘇《よみがえ》ってきた。罪人《つみびと》を送りかえすタクシーの赤い尾燈が消えさると、彼女はまた一人になった。あとにもさきにも独りぼっちなのだった。四十分か五十分をむだに費やして、しかも成功へは一歩すら近づいていないのだ。

すでに東七十丁目へ来ていた。たった一夜のうちに、一つは無害だが一つは人を殺《あや》めたピストル発射事件が、二件までもおこなわれた勇壮華麗な東七十丁目だった。だから、この通りにそって西へゆっくり歩いていけば、あのグレーヴズの屋敷へもどれるのだ。今となっては、そこへもどるよりほかに手はなかった。最初から新規蒔《ま》きなおしでいかなくてはならない、どこかから出直さなくてはならない。となると、どんな新しい探検行がはじまるにしろ、あの屋敷が踏切り地点になることは論理的帰結だった。

彼女は二本目の鍵、グレーヴズのポケットにあった鍵を持っていたから、あらためて屋敷へ入るにしても苦労がいらないことはわかっていた。もう一度はいってみて、どんな手がかりが得られるか確信はなかった。ただ一か八かの危険性を秘めていることだけは確実だった。だが、こんなぐあいに最後の手がかりが跡かたもなく蒸発してしまった今となっては、ほかに打つ手もなかった。そんなことよりなにより、犯人を自分の凶行現場へ惹きよせるといわれる、あの抵抗しがたい一種の魔力が、執拗にずるずると彼女を引き寄せているのだった。この引き寄せられかたからすると、まるで彼女自身が犯人でもあるみたいだった。

その正体はわかっていた。あれがもう発見されたかどうか、警察が動きだした気配があるかどうか、灯《つ》りが点いているかどうか、あの屋敷にひそむ秘密が二人だけのものでなくなったことを示す証跡があるかどうか、それを確かめたかった、いや確かめねばならなかったのだ。

そこで彼女は、ゆっくりと、用心しながら、時間の枠に縛られてことを運んでいる人間に似つかぬ慎重さで、レキシントン街をわたりパーク街をわたった。一足一足ちかづいていった。パーク街とマディスン街にはさまれた区画のなかほどまでくると、そこから前方の区画をのぞき見ることができた。あいかわらず人気《ひとけ》がなく森閑と静まりかえって、すくなくとも外見上は、なんらの異常もなさそうだと見定めがついた。あの屋敷の近辺には一台の車もとまっていず、玄関さきに不動の姿勢で張り番している警官のかげもなく、出入りする人影も見あたらなかった。なによりもまず、正面の窓のどれからも灯りは洩れていない。殊《こと》にこうした暗闇にとざされた地域では、夜分、窓に灯りがついていれば、かなりの遠方からでも見えるものだ。

それとも、これは罠なのだろうか。あそこになにかの罠が張られて、跳びかかろうと待機しているのだろうか。いや、警察のしかけた、人間のしかけた罠じゃない。このあたしが、しかじかかくかくの時刻にもどってくることを知っている人間はいないはずだ。時刻はおろか、もどってくることさえ知らないはずだ。ほんとうの敵がしかけた全然べつの種類の罠なのだ。都会という宿敵が。

もうマディスン街に達していた。彼女はさっき出発した反対側の角をななめに見やった。完全に一まわりしてもどってきたわけだ。それも手ぶらでだった。彼女をヘレン・カーシュのところまで案内し、いたずらに無駄足を踏ませた例のタクシーもすがたが見えなかった。

かっちりした小型アルミニューム車体の牛乳配達車がタイヤを軋《きし》らせて行きすぎた。ここ一年ほど前から使われだした新型車の一つだ。初期の電気自動車みたいに、騒音をたてず、動きが軽快だった。もう牛乳配達の時刻か。夜明けも間ぢかになった。

彼女はマディスン街をわたって歩きつづけた。

それは一段と近づいてきた。

その屋敷の顔は二度と忘れることがないだろう。もはや彼女はそれにとり憑《つ》かれていた。どんなに時が経《た》っても、どんなに遠くへ離れても、この先ずっと見つづけるだろう。屋敷が取りこわされ、敷地が空っぽになり、いずれ失くなってしまったあとでも、やっぱり彼女は見つづけるだろう。ある夜の夢のなかで、こんなふうに屋敷の外に立っていることもあるだろう。ちょうど今夜と同じように、それは頭の中でしゃんと立ちあがって、また完全な姿を見せることになるだろう。そして——もし運がよければ——いよいよ屋敷の中へはいろうとする段になって目が覚めることだろう。

彼がお金を返しに中にはいっているあいだ屋敷の前の向かい側をゆっくりと行きつもどりつしたのも、ずいぶん昔のことのように思われた。この同じ晩のことだったとは考えられない。一晩がそんなに長くつづくはずはないのだ。だけど、ああ、今が今でなく、あのときにもどることができたら、どんなに素敵だろう。あのときといっても、ことが運んでいるあいだは苦痛でたまらなかったし、こわくてこわくて、彼が捕まりゃしないかと心配でならなかったけれど、すくなくとも二人は、まだあのことを知らなかったし、あの屋敷のなかで待ちかまえているものの存在を知らずにいたのだった。

彼女は溜息をついた。ダンスホールでお気にいりだった金言が思いだされた。願ってみてなんになろう?

あのひとはどこにいるのだろう。首尾はどうなのだろう。さっきの自分より幸運に恵まれているのだといいが。彼が無事でいればいい、難渋《なんじゅう》していなければいい、とブリッキーは祈った。でも難渋がなんだというのだ。彼が、彼と彼女がすでに現在たたされている窮境にくらべれば、これ以上の難渋なんてあろうはずがない。

彼女はほとほと自分に厭気がさした。ああ、望んだって願ったって、なんになるというのだ。いっそ七面鳥の暢思骨《ちょうしこつ》（訳注――鳥の胸の骨で、これを二人でひっぱって長いほうをとれば願い事がかなうといわれる）を手にいれて、手あたりしだいのお巡りに引いてもらえば、それで結着のつくことではないか。

彼女は足をとめた。ちょうど屋敷のまん前だった。ふしぎなものだ。狂暴な殺されかたをした死骸のある家だというのに、外から見ただけでは、他の家とぜんぜん変わったところがない。それを知っているということだけが区別の鍵になるのだ。

彼女は入っていこうとした。まだ最初の動きを起こさないうちに、自分がその気になったのを感じた。なぜそんなに気になったのか、そんなことをして何の利益になるのか、さっぱり見当がつかなかったが、だからといって、外の路上で思案に暮れながら、屋敷を睨《にら》みつけていたからとて、どうにもなりはしないのだ。

せめてのことに堂々と接近していった。足音を忍ばせてにじり寄るような真似はしなかった。剃刀《かみそり》の刃のようにまっすぐ歩いていって石段をのぼった。逆にこそこそ近づいたほうが、だれか通行人の目にとまった場合、それだけ疑惑を招きやすいのだ。

外側にある風除けのスイング・ドアが背後に揺れながらしまると――なににもまして縦になった棺桶にそっくりな――息苦しい次の間が、ふたたび彼女のまわりを取りかこんだ。勇気とか推進力と呼べるものがあったとすれば、その大半を、ふいに外へ置き去りにしてきたように思われた。

この前は彼といっしょだった。一人ぼっちで入っていくのは遙かに恐ろしいことだ。もしもだれかが待ち伏せしていたら？　警察とか当局側の人間でなく、外からはその存在が想像もできないようなだれか、灯りを点けることを好まない、わたしたちと同様に屋敷に入りこんでいることを知られたくないだれかが潜んでいるとしたら、どうだろう。相手の正体を知ったが最後、もう手遅れだというようなだれかが忍んでいやしないだろうか。

彼女はさきへすすんだ。ほかにどうすればいいのだ？　いまさら尻込みしたところで、なんの解決にもなりはしない。

鍵をドアに挿しこんだ。それも死人のもっていた鍵だった。クィンがいまと同じことをしたとき、どれほど手がふるえたかを彼女は想いだした。いまの彼女の手つきをクィンに見せてやりたかった。ほんものの手のふるえがどんなものか、彼にもわかるだろう。実のところ、彼女の前腕は、肘の関節を軸にして跳ねまわるようだった。なんという騒々しさだ！　ともかく、自分の耳には、ブリキ缶がけたたましい音でぶつかり合っているように聞こえた。いっそ電報で到着をしらせるようなぐあいに、ドアのベルを鳴らして、それで済ませてしまったほうが得策だったかもしれない。

どうせ中にはだれもいないのだとしたら、同じことではないか。

いや、希望を捨てちゃいけない、と彼女はひくい声で言いなおした。

ドアが開いた。

静寂。

二度目なので、すこしは勝手がわかっていた。まっすぐ進むと階段に行きあたるのだ。まずなによりも背後にドアを閉めてから歩きだした。綱渡りをするような、ちょっと頼りない感じだった。かなり方向感覚が確かなときでも、真っ暗闇のなかを歩くときは、そんな感じがするものだ。

またあの革や木材のにおいがした。

なんと静かなことだろう。こんなに静かな家ってあるものだろうか。この家がなにか悪いことを企んでいて、わざと静かにしているような気がするほどだった。

彼女はさっき壁際にもたせておいたスーツケースが、まだあるかどうか確かめてみようと思った。ここにだれかが入ってきたかどうかを知る手がかりにもなることだ。

どちら側に置いたかは憶えていたけれども、玄関からどれくらい離れた場所だったかは、当然のことながら記憶になかった。彼女はそっちの方向へ横切っていった。壁が見つかると手のひらで撫でおろした。ずっと一番下の幅木まで撫でおろしたけれども、とちゅうを遮《さえぎ》るものはなかった。

いや、ここじゃない。もうすこしさきだ。

壁際からすこし離れてまた前進した。四歩ほど歩いたところで、また壁際に寄り、そこでも手探りをくり返した。このへんにあるにちがいない。これより奥であろうはずがない。もうそろそろ階段の下まで来ているはずだから。

また両手をのばすと、手のひらを向うへむけて壁に触れ、スーツケースのあるとおぼしいあたりまで撫でおろしていく——

壁がちがっていた。

もはや冷たい滑らかな漆喰《しっくい》でもなければ、平らでもなかった。彼女の手はなにか柔らかなものに触った。ある程度までは押せば凹んでいくけれども、最後にはその奥のなにか嵩《かさ》ばったものに行きあたった。なにか目が粗くて、しかも柔らかなもの。ざらざらした剛毛のようなもの。

けばだ。上着地のけばだ。そのなかにだれかを包んだ上着。だれかのきている上着だ。

ぴったり壁に背をつけて、だれかがそこに立っている。見つからないように壁際に背を押しつけているのだ。彼女はそのだれかの、その男のまん前にたち、ぶきみな目隠し鬼あそびのように——ただし、この遊びは永久につづくものだが——探るようにそっちへ両手を差しだした。

接触した瞬間、はっと鋭く息をのむ気配がした。彼女のではなかった。彼女の呼吸はまったく停止していたのだから。

彼女の真正面にだれかがいる。生きてはいるが、彼女に見つかって壁にピンで留められたようなぐあいに、死人さながら、じっと身動きもせずに立っているのだ。

彼女のまわりで闇がはげしく渦巻いた。彼女の上に押しよせて跡かたもなく砕け散ろうとする波濤《はとう》のように、ぐっと高く盛りあがる。それは波頭だった。正気のうちの恐怖という悪質な波がしらだった。うしろざまに倒れそうになった。波に呑まれて意識を失いかけた。自分でも知らないうちに、かすかな呻《うめ》き声が口からもれた。

「クィン、たすけて——」

一本の腕が彼女の胴にからみついた。意識は朦朧《もうろう》としていて、それが救助の手なのか、それとも捕獲の手なのか、すぐには判断できなかった。それは彼女を失神の淵から救いあげ、沈まぬように支えてくれた。

クィンの声だった。

「ブリッキー！　しっかりするんだ、ブリッキー！」

彼女はまた前にのめり、頭をぐったりと男の肩にあずけた。そうやって男にもたれたまま、とっさには口が利けなかった。

「なんだ、よかった。きみだったのか。ぼくは痺れたようになって立っていたんだよ。もしかすると──」

彼女はまだすこしのあいだ喘《あえ》ぐばかりだった。

「ああ、こんなに死にそうな思いをしたのは初めてだわ」

彼は両手で樽でも運ぶように彼女を抱きかかえて、暗闇のなかを、壁ぎわから連れだした。

「この階段にしばらく坐っているといい。ここのところだ」

「いいえ、もう大丈夫よ。二階へいって灯りをつけて、このいまいましい暗闇を追っぱらいましょうよ。だいたい暗闇がいけなかったんだわ」

二人は階段をのぼった。二人いっしょなら、もう安心だった。もうこわいものはなかった。

「二人ともこんなふうに同時に帰ってくるなんて、ほんとに不思議ね。あんたも運がわるかったんでしょう、ね？」と彼女は想像を口にだした。

「さっぱり駄目さ。スタートを切りなおしにもどってきたんだ」

「あたしもだめだったわ」

二人ともおたがいの経験をたずねはしなかった。なんの収穫もなかったのだから、くり返してみたところで得にはならない。それに時間がないというのが主な理由だった。

電燈が点《つ》けられたが、どちらも、床に転がっているものへはほとんど目をくれなかった。そんなものはもう遠い昔の出来ごとでしかなかった。白いシャツのほかは黒装束《くろしょうぞく》のものを、目のすみからちらっと見て、それがまだそこにあることを確かめれば充分だった。彼女は思った。人間というものは、部屋のなかに死骸のあることに、なんと早く馴れてしまうのだろう。だからこそ、死体と一晩中いっしょにいて平気な連中もいるのだ。今の今まで、そんなことができる人達がいるなんて、どうしても理解できなかったのだが。

はじめて見る死体なのに、もう畏怖の念は消えてしまっていた。部屋のなかを動きまわって、その特定の場所へ近づくたびに、無意識のうちにそっと避けて通る、もうそれだけのことでしかなくなっていた。眠っている犬か猫を踏みつけまいとするような所作《しぐさ》だった。

二人は思案に尽きていた。岩盤にぶつかったのだ。ゆくては塞《ふさ》がれているのだ。たがいに見合わせる目の表情で、相手がそれを承知していることは読みとれたが、口にだしては認めまいと努力していた。男のほうは、なにかする仕事でもあるみたいに休みなく歩きまわる動作で、それを表現した。なにもする仕事なんかないことは二人ともわかっていた。寝室の戸口までいって灯《つ》りを点けると、中をのぞきこんで、見るべきものなどあるはずがないのに、必死になって目を凝らした。それから出てくると、こんどは浴室の入口へいって灯りをつけ、おなじ動作をくり返した。

無益なことだった。望みはなかった。百も承知していた。ここにあるかぎりの物言わぬ証拠は底の底まで絞りつくした。からからになるまで絞りつくした。からからになるまで絞りとった。

女のほうの挫折感はもっと消極的なかたちをとった。彼女は静かに立っていた。椅子の背にかけた手の指だけが気持を表わしていた。その指は、目にみえないタイプライターをたたくタイピストの指のように、小きざみなふるえを帯びていた。

だしぬけに静寂がくずれた。なにかが起こったのだが、二人の仕業ではなかった。

「なにかしら?」

水道のパイプだか本管だかが破裂して、氷のように冷たい洪水が溢れだしたように、恐怖が二人の上に襲いかかってきた。逃れる手段のない狭苦しい場所に押しこめられて、足もとから、凍えた潮が急速に湧きあがってくるようでもあった。二人はさながら、水びたしの穴蔵に生きたまま閉じこめられて、やがては溺れ死ぬ運命にありながら、渦巻く水面を頼りなくぐるぐるまわっている二つの小さなもの——二ひきの二十日鼠《はつかねずみ》だった。

恐怖の種は低く鳴っているベルの音だった。かすかに、やわらかに、リリリリン、リリリリンと何度も何度も鳴りつづける。どこか近くの見えないところに隠れているのだが、かれら二人に、二人のいまいる屋敷に関係があるものだった。

針で刺されたような最初の衝撃がすぎると、二人はからだを全然うごかさず、なにかが怯えて飛びまわるみたいに、目だけをあっちへ、またこっちへと走らせたが、そのつど手遅れだった。二人がその正体をつきとめよう、方向を見きわめよう、ふんづかまえてやろうと懸命になっているうちにも、それは雀蜂《すずめばち》のように頭のまわりをぶんぶん逃げまわった。いたるところのような気もするし、どこでもないような気もした。リリリリン、リリリリンと天鵞絨《ビロード》のように、やわらかく、だが涯しもなかった。

「なんでしょう、盗難報知器かしら?」と彼女がささやくように言った。「あたしたち、なにかいけないものに触《さわ》ったのかしら?」

「こっちの寝室のほうだよ。きっと目覚まし時計があるにちがいない」

二人は恐怖の潮にのって流れる二十日鼠のように一散に戸口へむかった。化粧だんすの上に小さな折り畳み式の置時計があった。男がそれをとりあげ、蓋をたたいて、耳のそばへ持っていった。

リリリリン、リリリリン——いっこうに近くはならず、あたり一帯で同時に鳴りわたる、まぼろしの顫音《せんおん》。

男は時計をおいて、またもとの場所へひっかえした。彼女もあとを追った。

「玄関のベルかもしれなくてよ。ああ、どうしたらいいのかしら」

彼女はからだを震わせた。

男は階段は二、三段駈けおりたが、とちゅうで止まって耳を澄ませた。

「いや、いちどきに二個所から聞こえてくる。下のほうからも聞こえるけど、上のぼくたちのうしろのほうからも——」

彼女がおしとどめて、

「だめよ。下はまっくらだから、わかりっこないわ。こっちへもどってらっしゃい、もう一ぺん上を捜してみましょうよ」

二人は溺れかかった鼠さながらに寝室へ駈けもどった。

「ドアを閉めてみないこと。そうすれば、どの部屋だかわかるかもしれないわ」

彼女がドアを閉めた。二人で耳をかたむけた。ドアを閉めきってみても、音は小さくもならず、なんの影響もなしに鳴りつづけている。

「ここだ、この寝室のなかだ。そこまでは突きとめたんだが——ああ、ちょっとでもいいからとまってくれたら、二人でありったけの智恵をしぼって考えることもできるのに」

彼は獣のように四つん這いになって、あちらこちら叩きまわっていた。

「待てよ、あそこに箱があるぞ！　ベッドの下の壁ぎわに、白くぬった箱がみえている。内線電話だな。それにしても受話器そのものはどこにあるんだろう？」

男はとびあがってベッドの頭のほうへ駆けより、ベッドを壁からすこし離した。それから手をのばすと、マットレスの深さまで腕をつっこんで電話機をひっぱりだした。

「あんなところに掛けてあったよ。枕に頭をのせたまま、起きないでも手がとどくようにしてあるんだな」

が、音の正体はいぜんとして判らない。

「あまりやかましく鳴らないように、消音ベルがつけてあるんだ。きっと階下にもう一つあって、こっちが内線なんだろう。だから屋敷じゅうで鳴っているみたいに聞こえて、ぼくたちが迷わされたんだ」

彼が手にもって喋りつづけているあいだも、それはさかんに鳴りつづけた。

訴えるように、疲れもみせず、リリリリン、リリリリンと。

男はとまどったように彼女を見た。

「どうしよう」

リリリリン、リリリリン——家畜を追いたてる突き棒のように、しばしも休もうとしない。

「だれか事情を知らないひとが、あの男に電話をかけてきたんだな。思いきって返事をしてみよう」

彼女の手がさっと男の手首へのびて、氷のように冷たく、しっかりとつかんだ。

「気をつけて！　警察を呼ぶことになるかもしれなくてよ。あの男の声でないことがわかるもの」

「なんとかごまかせるだろう。低い声であいまいに話せば、別人とは気がつかないさ。あの男のふりぐらいできるよ。ほかに手はないし、それがチャンスでもあるんだ。なにか探り出せるかもしれない——ほんの一つか二つの言葉のきれっぱしでもいい、ぼくたちが今まで知っている以上のことがわかれば、それだけの値打はあるさ。ぼくにくっついててくれ。精魂《せいこん》こめて祈っててくれ。さあ、いくぜ」

彼がフックを押さえていた指をはなし、これで電話が通じた。

まるで高圧電流でもながれているみたいに、おそるおそる受話器を耳にあてた。

「もしもし」

彼は喉のおくから曖昧な声をだした。彼女の耳にさえ聞こえないほど呑みこんだ声だった。

彼女も心臓が高鳴った。二人は頭を寄せ、耳をくっつけて、この深夜の電話に聴きいった。

「あなた」と女の声だった。「あたし、バーバラよ」

彼女はたんすの上の写真にちらっと目をやった。バーバラ、あの銀枠におさまっている女性だ。どうしよう、彼女は慄えあがった。ほかのだれかはだませても、最愛の恋人の耳をごまかすことはできない。なにからなにまで知りつくしている人間なのだ。ああ、万事休す――

男の顔は緊張に青ざめ、その顳顬《こめかみ》で波うっている動悸が彼女のよせている顳顬に伝わってくるようだった。

「ねえ、スティーヴ、あたし、金のコンパクトを忘れてこなかったかしら？ 帰ってきたら見あたらないのよ。心配だわ。あなたが持ってらっしゃらないか調べてみて？ もしかすると、あなたがポケットにいれて持ってきてくださったかもしれないから」

「きみのコンパクト？」と、彼はぼやけた声をだした。「待ってくれよ」

ちょっとのあいだ、送話口を手でおさえて、

「どうしよう？ なんて言ったらいいだろう？」

ブリッキーは急に男から身をもぎはなすとむこうの部屋へ駈けこんでいった。それからまたもどってきた。男に見せるようにして、なにかを手にかざしていた。そのなにかは電燈の光をうけて艶やかに輝いていた。

「あったっておっしゃい。それからさきをつづけるのよ。声を低くしてね。低くするのよ。これまでのところは大丈夫。ほんとうは、こんなものが欲しくて電話をよこしたんじゃないのよ。

用心ぶかく受け答えしていれば、なにか探りだせるかもしれないわ」

ふたたび彼女はクィンのそばへ寄りかかり、受話器に耳をあてた。彼は送話口を覆っていた手をはなして、囁《ささや》くような声でいった。

「あったよ。ここにある」

「あたし、眠れなくって。ほんとは、それだからお電話したの。コンパクトはどうだっていいのよ」

(きみのいうとおりだ)

と言うように、彼はちらっとブリッキーへ目をやった。

相手の声は待っている。こんどは彼がなにかいう番なのだ。ブリッキーが肘で彼の脇腹をついて促した。

「ぼくも眠れなかったよ」

「あたしたち、これで結婚したら、もっと便利になるわね、そうじゃない？ そうなればあなたはコンパクトをポケットからひっぱりだして、あたしたちの寝室の、あたしたちの化粧テーブルにのせてくだされぱいいんですものね」

ブリッキーは目を伏せるようにして渋面をつくった。死骸にむかって求婚しているのだ。

「あたしたち、今夜みたいに喧嘩わかれになったこと、一度もなかったわね」

「すまなかった」と彼はうんと声を落としていった。

「『ペロケ』なんて店に行かなかったら、あんなことにならずにすんだのでしょうに」

「ああ」と彼は素直に肯定した。

「あの女のひと、だれなの？」

こんどは彼も黙っていた。

相手はそれを頑強に沈黙していると受けとったらしく、感情を抑えるような口調で、

「あの女はだれなの、スティーヴ？　あの革色のドレスを着た、背のたかい赤毛のひとよ」

「知らないな」

彼にはそうとしか答えようがなかったのだが、それがうまく図星を射た結果になった。

「前にもそうおっしゃったわね。ことの起こりはそこだったのよ。あなたが知らないのだったら、どうしてあの女は、コンガを踊っていたとき、あたしたちのあいだへ図々しく割りこんできたりしたのよ？」

彼は返事をしなかった、しようがなかった。

「それからまた、なんだって、あなたの手に紙切れをすべりこませたのよ」

彼が黙っているのを、相手は強情に否定しつづけていると考えたらしい。

「あたしは現場を見たのよ。この目ではっきり見とどけたのよ」

二人はひたすら耳を澄ませていた。

「それに、あたしたちがテーブルにもどったとき、なぜあなたは部屋の向こうはしにいる彼女にうなずいて見せたりしたのよ。ええ、それだって見たわ。見ていないふりをしながら、コンパクトの鏡に映して見たのよ。まるで『お手紙は読みました。おっしゃる通りにします』とで

も言ってるみたいだったわよ」

こっちに返答の機会をあたえるために、相手はすこし間《ま》をおいた。が、彼はそれを利用できなかった。

「スティーヴ、あたしは自尊心を捨ててまで、こうしてあなたにお電話してるのよ。あなたのほうも半分ぐらい譲歩してくださらない？」

相手は彼がなにか言うのを待っていた。彼はなにも言わなかった。

「まったく、あれを境にして、あなたはすっかり人が変わったみたいね。まるで、あたしを送ってきた玄関先で、お別れするひまも惜しいように、急いで帰ってしまったわね。あたし、泣いたのよ、スティーブ。あなたが帰っていったあと、声をあげて泣いたわ。あれから今までずっと泣きどおしだったのよ。スティーヴ、スティーヴ、あたしの話を聴いてらっしゃるの？そこにいらっしゃるの？」

「いるよ」

「お声がひどく遠いみたいね。電話のせいなの、それともあなたのせいなの？」

「接続がわるいんだろうよ」

彼は口をとじたままで言った。

「でも、スティーヴ――なにかあたしと話すのがこわいみたいに、とても用心ぶかい声だわね。あたしが馬鹿なのかもしれないけど、どうも、あなたがそこに一人でいるんじゃないような気がするのよ。なにかおっしゃるたびに、ひどく時間がかかるわね。そばにだれかがいて、あなたに演出をあたえているみたいに」

「ちがうよ」

彼はささやき声で反対を唱えた。

「スティーヴ、あなた、もっと大きな声がだせないの？　だれかの目を覚まさせないように、声をころして話しているのね。あなたが目を覚ましているのだったら、そっちにいる、目を覚まさせてはいけないひとは、いったいだれなのよ？」

死人だわ、とブリッキーは内心で顔をしかめながら思った。

彼は送話口を手でふせて、

「むこうは癇癪《かんしゃく》をおこしそうだぜ。どうしたらいいだろう？」

クィンが自棄《やけ》をおこして、手ばやく電話を切ってしまおうとしているのを彼女は感じとった。

「だめよ。なんだか知らないけど、そんなことはしないほうがいいわ。かえってこっちの正体を気どられることになるわよ」

彼はまた受話器に心をもどした。

「スティーヴ、あたし、あなたの口ぶりが気にいらないわ。一体そっちで、なにごとが持ちあがっているの？　あなたは確かにスティーヴでしょうね」

彼はまた送話口に蓋をした。

「感づきかけているよ。よわったな」

「待って、取り乱してはだめよ。あたしが助けてあげるわ。ちょっと受話器をこっちへむけてよ」

いきなり彼女は声を張りあげた。泣き上戸《じょうご》のくりごとを、まっすぐ送話口めがけて叩きつけた。

「ようったら、こっちへおいでよう。あたい待ちくたびれちゃったわ。もっと飲みたいのよう。いつまで、そんなとこにつったって、おしゃべりしてるつもりなのさあ」

分子が爆発でもしたみたいな一種の衝撃が電話線のむこう側でひらめいた。音もしなければ実体もないものだったが、それでいて、その激変は電話線をつたわって彼のほうへ突進するような感じがした。それほど衝撃は強烈だった。つづいて声が遠のいていった。物理的な距離が遠くなったわけではなく、苦しみの層が厚くなったのだった。もう二度と橋をかけ渡せないほど遠くへ去ってしまった。

こんど聞こえてきた声には憤怒の響きはなかった。なんの特徴もなかった。とどのつまりは熱情の裏返しにすぎないような、あの鋭い冷たさすらなかった。古めかしい中庸をえた丁重さがあるばかりだった。

声は二つのことをつけ加えただけで終わった。

「失礼しましたわ、スティーヴンさん」といい、それから苦悩をあいだに挟んで一息二息つくと、「お許しくださいませね、わたくし、ぞんじませんでしたの」

かちりと音がして静寂にもどった。

「淑女だったのね」とブリッキーは、彼が受話器をかけてしまうと、憐れむように相手の女性を讃美した。「徹頭徹尾、りっぱな淑女なんだわ」

彼は悔恨にかられるように手の甲で口のはたを拭った。

「残酷なことをしちまったな。こんなことをやらなきゃならないなんて、厭な気分だよ。だれだか知らないが、ともかくあの男と婚約していた女にちがいない」

それから、ふと詮索《せんさく》めいた視線を彼女にむけて、

「あんな手が功を奏するなんて、どうしてわかっていたんだい?」

「結局のところ、あたし自身が女だからよ」と暗い声でいった。「あたしたち女は、みんな同じ紐でつながっているんだわ」

二人は銀枠におさまった女性の写真をふり返って、しばらくのあいだ、その女の身の上を思いやった。彼がつぶやいた。

「彼女、今夜は眠れっこないぜ。ぼくたちが彼女の心臓を破裂させちまったんだ」

「いずれにしても、こういう目にあう運命だったのよ。もっとも、変な話だけど、男の死んだことを知ったときよりも、今のほうが苦しみは大きいでしょうね。わけはきかなくてもわかるでしょ」

二人はその女の話題をはなれて、自分たちの関心事に立ちかえった。

「さて、今までより少し余計なことがわかったわけだ。ほんのちょいとだが、欠けていた時間を埋めることができたんだ。あの二人はまず最初に、ウィンター・ガーデンで『ヘルザポッピン』というショウを見物した。それから例の悶着のもちあがった店へ行ったんだ。『ピロ』だ

ったかな、彼女はなんと言ったっけ？」

「『ペロケ』よ」

ブリッキーは指先で触るのも汚らわしいほど憎らしい、この都会の夜の生活を知りつくしていた。

「場所もわかっているわ。五十四丁目よ」

「しかし、まだそれだけでは、男がここへ帰ってきて、あの事件がおこるまでには間があるな。まだ空白な時間があるはずだ。あの女の家の門口でわかれを告げたあと――」

彼女はそのことを考えていた。

「あそこになにかあるんだわ。それも重大なことがね。あたしたちが一晩かかって手にいれた全部よりも、もっと遙かに重大なことが。あの男は紙切れを受けとったにちがいないわ、それがどこかに残っているはずよ」

彼女は写真のほうへ近づいていった。

「このひとは、自分の嫉妬心から、そんな小細工を企みそうな顔をしていないわね。見てごらんなさい。可愛くて、自信に溢れていて、とても深刻な悩みごとをでっち上げたりしそうにないわ。このひとが見たといったのなら確かに見たんだわ。賭けてもいいくらいよ。その紙切れはほんとうにあったんだわ。問題は、それがどうなったかということよ。あの男がそれをどう始末したかがわかりさえすればね」

「こまかく引き裂いてしまったんじゃないかな」

「そうじゃなくてよ。だって、この女性とまだいっしょだったときに、そんなことをすれば、それこそ紙切れを受けとったことを実際に認めることになるでしょう。しかも彼は、この女性には紙切れのことを知られたくなかったんだもの。また女といったん別れてしまえば、せっつかれる心配はなくなるはずだから、もう破ったりする理由がないわけよ。そのまま取っておいたっていいのよ。多分そうしたんだと思うわ。あたしの知りたいのは、まだナイトクラブで彼女と同席していたあいだ、それをどこに隠し持っていたかってことよ。どこか身のまわりに持っていたんだわ」

「ポケットはのこらず裏返してみたけど、どこにも見当たらなかったぜ――」

彼女はゆがめた下唇を撫でながら考えこんだ。

「こんな方法はどうかしら。クィン、あなたは男だわね。だから、あんたなら同じ情況におかれた場合、ほとんど似たような行動をとるだろうと思うの。いいわね、あんたはあるナイトクラブで婚約中の女性のお相手をつとめているとする。そこへ、ある見もしらぬ相手から紙切れを渡される、婚約中の女性に知られてはこまるような紙切れをね。あんただったらどうするかしら？　どこへしまうかしら？　あまり長く考えこまないで即座に答えてみて。考えはじめたら、わざとらしくなるでしょうから」

「ちいさな玉に丸めて捨てるだろうね」

「だめよ。初めて紙切れを手渡されたとき、あんたはコンガ・ダンスの列にくわわって踊っていたんだから、そんなことをする機会はないわ。パートナーの腰から手をはずしたら、ステップは乱れるし、列が崩れてしまうわ」

「だとすると、手をほとんど動かさずに、それを足もとの床にぽとんと落とすことならできるね。落ちるままに任せとくのさ」

「やっぱりだめよ。そんなことをすれば、紙切れはコンガ・ダンスの列の下に落ちたままで、あんたの許嫁《いいなずけ》はつぎにそこを通りかかったさいに、手をのばしさえすれば拾えるのよ。あんたがそんな真似をするのを、女のひとに見つからないのが肝心なのよ。しかも女のひとは、一組はなれたむこうから見ているのよ——絶対まちがいないわ。それを受け取ったのに見えなくなってしまったのよ。投げ捨てもしなければポケットにいれもしない、なんの動きもみせなかったのにね」

「じゃ、きっと、平たくたたんだまま手のひらに持っていたんだ」

「そのとおり。あたしがあんたを試して答えさせようと思ったのは、そのことなのよ。曲がおわって踊りの列がくずれ、男は女を連れてテーブルにもどる。そのときよ。二人のあいだがテーブルで隠されるとすぐ、男は紙切れをどこかへ始末したのよ。さあ、もう一ぺん考えてみて。あんたは女のひとと一つテーブルに坐っていて、女のひとは早くも一件をもちだして、あんたを責めたてにかかっているのよ。あんただって、いつまでも受身いっぽうで、相手のいいたい放題に言わせておくわけにはいかないわ。あんたの身体はこのへんまで隠れているのよ——」

と、男のベルトのあたりに手で横に線をひいてみせて、

「コンガ・ダンスいらい、紙切れはずっとあんたの手のなかにあって、あんたは、急いでどこ

かへ処分しなきゃならないわけよ。上のほうのポケットへは入れられないわね。紙入れも、シガレット・ケースもだめだわ。吃水線《きっすいせん》から上はみんな女のひとに見えてしまうんだから」

「僕ならテーブルの下に捨てるね――」

「だめだめ。一度読んだぐらいじゃわかりっこないわ。ことにコンガを踊りながら、両足をあっちこっちへ蹴っていたさいちゅうなんだから。もう一度よく読んで書いてあることをたしかめ、一人で安全に行動できるようになったら、どうするかを決めなきゃならないのよ。そのころから男はそわそわしはじめる、さっきも女のひとがそんなこと言ってたじゃないの。その紙切れが、右か左か、男がこころを決めなきゃならない問題をあたえた証拠よ。それだったら、ちらっと見ただけで捨てるようなぐあいにはいかないわ。まだ用済みじゃなかったのよ。取っておいたのよ。それにしても、どこでしょう？」

「自分の側のテーブル掛けの下にすべりこませたのかもしれない」

彼女はぎくっとしたように瞬間、口をつぐんだ。が、やがて言った。

「いやいや、だめよ。そんなことをしたとは思えないわ。それだとやっぱり、帰りがけに残しておくことになるじゃないの。そこらへんに捨てたほうがましなくらいだわ。それに、テーブル掛けをいじれば波が立ったようになるから、女のひとに感づかれずに済むはずがない。いいこと、女のひとはかんかんに怒っているし、また当然、怒っていい権利はあるわけよ。それを男はなだめようとしているのね。わかった？　そんな状態の女性が自分の真正面にいるのよ。そういうときの女って、目は六つもあるようだし、ほかの感覚だって倍以上の働きをするものなのよ」

男は頭をはたらかせてみたが、さして閃きもうかばなかった。

「えらいことになってきたな――そろそろ種切れになりそうだ。椅子に腰かけているあいだは、尻の下に敷いているという手もあるが、立ちあがったが最後、前よりももっと惨《みじ》めな結果になるからね」

「だいじょうぶよ、クィン」と、彼女は失望したように頭をふった。「結婚したら、きっとあんたはいい旦那さまになるわよ。悪巧みの不得手なひとだから」

「そうかな、ぼくはナイトクラブで連れがいるときに、ほかの人間からそっと紙切れをもらったことなんか一度もないからな」

男は弁解まじりに呟いた。

「その言葉、よろこんで信用するわ」

女はそっけなく答えた。

二人はまたもとの部屋へもどった。彼女は立ったままそのものを見おろした。一晩中ずっと、そこに立ったまま、その死体を見おろしていたような気がした。

「そこの小さな、時計ポケットっていうのかしら、前のベルトのすぐ下にあるポケットはどう？　さっき裏返してみたかしら。憶えがないんだけど」

彼はしゃがんで、親指をつっこむと、またひっこぬいた。

「からっぽだよ」

「そんなポケット、なんのためにあるのかしら?」

彼女はぼんやりたずねた。そして、返事もきかないうちに、

「いいのよ。いまは男の服の仕立てかたなんか研究している場合じゃないわ」

彼はしゃがみこんだ姿勢のまま、なすすべもなく、自分の膝がしらを五本の指でつまんでいた。

「クィン、いやな仕事を頼むようだけど、その男をちょっと転がしてみてくれない?」

彼女はためらいがちに言った。

「ひっくりかえすのかい? あんまり触らないほうがいいんじゃないかな」

「ポケットを探ったり、もういい加減いじくりまわしたんだから、いまさらどうってことはないと思うわ」

彼はなるべく静かに死体をうつぶせに転がした。ほんのわずか、厭悪《えんお》の情が二人の胸をかすめたが、それもほどなく鎮まった。

「どうしようっていうんだい?」

彼は額《ひたい》にしわを寄せて彼女をうかがった。

「あたし自身だってわからないのよ」

彼女はたどたどしく答えた。

彼はまた立ちあがった。二人とも途方に暮れて、このさきどうしたらいいだろうというように、頼りない顔を見あわせた。

「きっと身につけてはいないんだぜ。帰ってきてから、どこかこの近辺に置いたんだろう。机のなかは——あそこはまだ調べてなかったね」

「それこそ一晩がかりの仕事になるわよ」

彼女は机のほうへ近づいて、

「こんなにいっぱい、がらくたが押しこんであるんだもの。ではね、あんたは寝室へ行って、たんすの引出しを調べてちょうだい。あたしはここをざっと捜してみるから」

チクタク、チクタク、チクタク——

二人がおのおのべつべつの仕事に熱中している沈黙のなかを、時計の音は、二倍の高さで響きわたった。

「クィン！」と突然、彼女がさけんだ。

彼は飛んでいった。

「あったのかい？　ずいぶん早く見つかったね」

しかし、女は机に背をむけて立っていた。

「ちがうのよ、クィン。このひとは一分のすきもない身なりをしていたでしょう。ふとそっちへ目がいったひょうしに、あたし、妙なことに気がついたの。片っぽうの靴下のかかとに穴があいているのよ。靴の真上のところに見えているわ。他のところにくらべて、そこだけが変にちぐはぐなの。左のかかとよ」

彼はもうそこに達していた。

かるい音をたてて靴が脱げおちた。それと同時に『穴』もなくなっていた。

「あったぞ！」

彼女がそばへ行ったときはもう、男はくしゃくしゃになった小さな紙切れをのばして読みはじめていた。あとは二人いっしょに読みつづけた。

あり合わせのものの上で、あわてて書きなぐったものらしく、強さの平均しない字だった。手近に筆記用具がない場所でしたためた一種の走り書きだった。

『グレーヴズさんですわね？　おつれのご婦人をお送りになったあと、お宅で、二人きりでお話ししたいことがありますの。それもほかの日ではなく、今晩なんです。あなたはわたくしをごぞんじないでしょうけど、わたくしのほうでは、もう家族の一員みたいな気持でおりますのよ。わたくしを失望させないように、ちゃんと居てくださいませよ』

署名はなかった。

彼女は熱病やみのように興奮していた。

「ね、この女よ。この女だわ。この女がここへきたんだわ。マッチの女——あの考えは正しかったのよ。あたしたちのどっちが言いだしたのか忘れたけど——」

どういうわけか、彼のほうはさほど積極的ではなかった。

「だけど、あの男が紙切れを受けとって靴のなかへ押しこんだという事実だけでは、その女が実際にここへ現われたって証拠にはならないぜ」

「来たのよ、まちがいないわ」

「どうしてわかる?」

「いいこと? ここまでやった女なら、最後までやり通すにきまってるわよ。萎《しお》れかかった菫《すみれ》の花とはわけがちがうわ。若い娘だか一人前の女だか知らないけど、こんな厚かましいことを書いた上に、コンガ・ダンスの列へ強引《ごういん》に割ってはいり、一面識もないスティーヴン・グレーヴズという立派な家柄のいい男に、あろうことか許嫁《いいなずけ》の見ている鼻のさきで、こんな紙切れを手渡すような女だったら、いったんこうと思いさだめたからには、どんなことがあろうと訪ねてくるはずよ! ごらんなさい。『ほかの日ではなく、今晩なんです』って書いてあるでしょ。その女は確かにここへきたんだわ、最後の一ドルまではたいて、賭けてもいいことよ」

そして言いたした。

「こんな性格判断みたいな方法じゃ不満足だっていうのなら、目隠しテストのやりかたでもいいわよ」

「どういう意味だい?」

「この女の感じは、あの紙マッチの発散させていた香水のにおい、最初あたしがこの部屋にはいってきたときに空気から嗅ぎとった匂いとくらべて、ぴったり合致するのよ。こんなことを書きなぐるような女は、えてしてハンドバッグをあんな匂いでぷんぷんさせているような種類の女だわ。まちがいなく、ここへきたのはこの女よ」

「だからといって、この女が射ち殺したとはかぎらないぜ。そりゃ確かにこの女が来たのかもしれないが、帰ってしまったあとで、あの葉巻を嚙みつぶした男が現われたとも考えられるじゃないか」

「男のほうのことはなにもわからないわ。ただ、あたしの知っているのは、たとえこの女と死んだ男とのあいだに二人きりの接触がなかったとしても、この紙切れにはピストル騒ぎの材料になりそうな文句がどっさりあるっていうことよ」

「たしかに脅迫がましい感じはあるな」と、彼もみとめた。

「脅迫がましいですって? 初めから終わりまで、ぜんぶが脅迫で埋まっているじゃないの。『グレーヴズさんですわね?』だの『わたくしを失望させないように、ちゃんと居てくださいませよ』だのっていいかたは、脅迫でなくってなにかしら?」

　彼はあらためて読み返していた。

「一種のゆすりみたいだな、どうだい?」

「ゆすりにきまってるわよ、脅迫ってのは、たいがいの場合、お金を絞りとるのが目的ね。女が男を脅迫するときはことにそうよ」

「『わたくしのほうでは、もう家族の一員みたいな気持でおりますのよ』ってのは、どういう意味かしらん。彼はバーバラと婚約していたはずだ。とすると、婚約以前に彼とかかわりのあっただれかが、彼が婚約したことを聞きつけて——ただ一つだけ腑に落ちない点があるな」

「そうなのよ。最初に読んだとき、あたしもそう思ったわ。あんたのいうように、一つだけ気になる個所があるわね」

「『わたくしをごぞんじないでしょうけど』か。その女と関係があって、しかも知らないでいるなんてことがあるだろうか？　その女がだれかほかの女の代理になって接近しようとしたのなら話はべつだがね。つまり、なんというか、仲介者の立場だな。姉だか妹だか、そんな関係の女なのかもしれない」

　彼女がぴしりと男の言葉を刈りとった。

「いいえ、断然ちがうわ。あんたには女ってものが、まだよくわかってないのよ。恋愛問題が芯になった脅迫戦術のばあい、ほかの女に橋わたしをたのむ女って絶対にいるもんじゃないわ。なぜってきかれると困るけど、なにがなんでも動かせない事実なのよ。男なら、仕事上のことかなにかほかの悪事で、第三者をたのむことがあるかもしれないけど、女が、そういう問題で、人をたのむことはあり得なくってよ。自分で手をよごしてやってのけるか、あるいは初めから手をくださないか、どっちか一つよ」

「じゃ、その女とのあいだに関係はなかったんだ。しかもなお、女はゆすりの種をなにか握っていたわけだな」

「そして男のほうでも、なにか握られていることを知っていたか、うすうす感づいていたかしたのね。紙切れを受けとったあとの男の振舞いでわかるわ。むしろ男のほうから、手紙を書いた人間のほうへ、その女の領分へすすんで踏みこんでいったかたちなのよ。ねえ、あたしのいう意味はわかって？　バーバラは、その紙切れがもっとべつの意味のものだと取りちがえて、焼餅をやいたのよ。男の知っている女、自分にかくれて浮気をしている相手からの、普通以上の親しみのこもった手紙だと思ったのね。バーバラをなだめるためには、その紙切れをみせて、実はこういうことなんだと話してやりさえすればよかったのに。彼女に腹を立てさせ喧嘩わかれをするという高い代償をはらってまで、男は自分だけの隠しごとにしておこうと考えたのね。なぜ見せたくなかったのかしら？　いや、それよりも、なぜその場で席を立って、紙切れをよこした女の前へいき、『これはどういう意味だ？　きみはいったい何者なんだ？　なにが目当てでこんなことをするんだ？』って問いただささなかったのかしら？　そうすれば嫌でもことが明るみにでたはずなのに」

ブリッキーは頭をふって、

「この奥にはキッドの手袋をはめてそっと扱わなきゃならないものが、なにかあるにちがいないっていう、かすかな疑念以上の気持が男にあったのね。それにちがいないわ。両脚で踏まえることは無理でも、片脚でなら立てるだけの地盤みたいなものがある、この煙のむこうには火があるにちがいないという、一種の確信があったからよ。だから相手のいうなりに秘かにことを運ぼうとしたのよ。どうして、そんな必要に迫られたのかしら？　普通なら、そうはしないものよ。あんたならどうする——？」

といってから、あわてて打ち消した。

「あら、気にしないで。そんなことは不得手なひとだったわね。うっかり忘れていたの」

彼は得意げな表情をしてみせかけたが、急いでまた引っこめた。

彼女は言葉をつづけた。

「べつのいいかたをすると、その紙切れを渡された瞬間、男の胸のおくで、なにかベルのようなものが鳴ったのね。なんの根拠もない作りごとじゃなかったわけよ」

彼女はまた出かける気持になったように身づくろいをしながら、

「こんなところで気を揉んでいてもしようがないわ。その女をつかまえることが肝心な仕事よ。おおよそ見当はついたから、これから捜しに行ってみるわ」

「だけど、その女の名前も、顔かたちも、いどころも、なにもわかってないんだぜ」

「こうした場合には、全身大の写真なんか期待したってだめよ。今までだって、ほんのわずかな手がかりから出発して、かなりの線までたどれているじゃないの。うまくいくと思うわ。すくなくとも、いままでは狐火みたいにあるのかないのかわからないようなものだったのが、ちゃんと血の通った人間になったんだもの。今まで、その女は、もう消えてしまったけど、この部屋に漂う香水のなごりでしかなかったのよ。彼女が真夜中ごろ『ペロケ』にいたことはわかっている。そこでだれかに見られているはずよ。許嫁《いいなずけ》の女のひとがなんとか言ってたわね。なんだったかしら？　背のたかい赤毛女で、草色のドレスを着ているんだったわね。コンガのダンスの列の三番目。今夜あの店にいた女が、ぜんぶ、背のたかい赤毛女で草色のドレスを着ていたってことはありえないわ」

彼女は激励する意味で両手を大きくひろげた。

「こんなにたくさんわかっているんじゃないの！」

「もう店は閉まりかけている頃だぜ」

「だいじな人たち、ほんとに役に立つ人たちは、まだ残っているはずよ。ボーイ、クロークの女の子、化粧室係のボーイ、そんな連中はね。あたし、たとえ更衣室の頭髪ブラシを一本一本しらべて、赤毛の脱け毛を捜さなくちゃならないことになっても、きっと女の足跡をたどってみせるわ」

「ぼくもいっしょに行くよ」

クィンは寝室の戸口へいって電燈を消した。それから浴室へ足をむけた。

「ちょっと待ってくれ。でかける前に水を一ぱい飲んでいきたいんだ」

彼女は待たずに階段のほうへ出ていった。男がすぐ後からくると思ったのだ。ところが来ないので、階段を二、三段降りたあたりで立ちどまって待った。それでも現われないので、また二、三段のぼって、もう一度、灯りのついている部屋へもどった。

彼は浴室の戸口をはいってすぐのところに身動きもせず立っていた。そばへ行くまでもなく、その一心に息をこらしている様子からして、彼がなにかを発見したこと、なにかを見たことが察しられた。

「なんなのよ?」

「きみを呼んだんだが聞こえなかったんだね。これが浴槽のなかに落ちていたんだ。今までシャワー・カーテンのせいで見えなかったのにちがいない。水を飲もうとしたときに、ぼくの肘がカーテンに触って、ずっと奥のほうへ捲《まく》れた。すると、これが水のない浴槽のなかに落ちているのが見えたんだ」

空色をしたものだった。彼はそれを両手でぴんと拡げていた。

「小切手ね。だれか個人の振りだした小切手だわ。ちょっと見せて――」

名宛人はスティーヴン・グレーヴズ、額は一万二千五百ドルちょうどだった。署名はアーサー・ホームズとなっていた。表には不吉な文字がななめに走っていた。返却――不渡り。

二人は片手ずつだして小切手を支えながら、めんくらったように顔を見あわせた。

「こんなものが、どうして浴槽の底に落ちこんだのかしら？」

彼女がたまげた声をだした。

「そんなことはどうだっていいんだ。想像はつくよ。この小切手は、まず最初、例の現金箱にあったのにちがいない。ぼくが壁にあけた穴はちょうど浴槽の真上にあたっている。前に金庫箱を取りだして開けたさい、こっちが気づかずにいるうちに、小切手が空中滑走してひらひら浴槽のなかへ舞いおちたんだよ。それからシャワー・カーテンを片寄せたもので、いままで見えなかったわけさ。だが、そんなことはどうでもいい。きみには、これの持つ意味がわかるかい？」

「わかるつもりよ。このホームズってひとが、葉巻をいらだたしく嚙みつぶしたひとと同一人物って見込みが大いにあるわね」

「きっとそうにちがいない。人殺しをするだけの値打はある代物だぜ――一万二千五百か――すげえな！――」

「だとすると、そのホームズが今夜ここへ訪ねてきて、その場で小切手の金額を支払ったか、あるいは近々にお金の工面がつくまで強制手続きをとらないでくれと頼んだのかもしれないわね。そしてグレーヴズが小切手を取りにいったけれども見つからなかった。で、ホームズは相手が自分をおとしいれようとしていると思ったわけよ。二人はそのことで喧嘩をはじめて、ホームズがピストルで射ち殺したんだわ」

「それじゃ、ぼくもあの男の死に責任があることになるな」

「くよくよしちゃだめよ。ホームズは、かりに相手が小切手をおさえていると考えたとしても、殺すまでのことはなかったはずよ」

そう言うと、曲げた指を口にあてがって思案にふけった。

「ホームズね……その名前は、今夜、どこかで聞いたか見たかしたわね。待ってよ、あの男の紙入れの中に名刺がなかったかしら？　そのうちの一枚だったように思うわ」

彼女はむこうの部屋へ行くと、また床の上にひざまずいた。紙入れを抜きだすと、その中にあったはずの名刺二、三枚を繰ってみた。それから顔をあげ、彼のほうへ頷いてみせた。

「やっぱりそうだわ。ホームズは株式の仲買人だったのよ。ちゃんと、ここにあってよ」

彼は小切手を持ったまま彼女のそばへ歩いてきた。

「変だなあ。こうした方面はあまり詳しくないけど、普通はお客のほうから株屋に小切手を支払うもので、その逆はあまり聞かないんじゃないかな。それも不渡りのやつをね」

「なにか理由があったんでしょうよ。たぶんホームズは、グレーヴズから預かっているか、売買を頼まれたかした株券を、勝手に処分してしまったところへ、意外にはやくグレーヴズから勘定の催促があったもので、無効の小切手を押しつけて時を稼ごうとしたのじゃないかしら。それが銀行からつっかえされて、グレーヴズから告訴すると嚇《おど》かされたものだから――」

「名刺に住所はあるかい？」

「ないわ、すみっこに証券屋の住所があるだけよ」

「それがわかれば捕まえられるぞ」

彼はズボンのベルトをぐっと引き締めて、きっぱりと断言した。

「ぼくはでかけるよ。さあ、きみはバスの乗り場へいって待っていてくれたまえ」

そこまで言って、彼女がすぐに動きだしそうもないのを見てとると、

「きみはホームズが犯人だというぼくの説に賛成なんだろう？」

「賛成じゃないわ」と彼女は思いがけないことをいった。「その説には賛成できないわ。じつをいうと、あたし、なにがどうでも、犯人はあのコンガ・ダンスの女だという意見なのよ」

彼は小切手をひらつかせて見せると、

「だって、こいつが出てきたからには――」

「あんたがそう重く見ていない小さなことがらが、いくつかあるのよ。まず第一に、ホームズがグレーヴズを殺したのだとしたら、目的は小切手のいんちきを隠すことにあるのよ。ね？　そうだとしたら、小切手を取りもどさずに、ここを立ち去るような真似はしないはずだわ。小切手がもとで相手を殺すまでに踏みきったのなら、見つかるまで捜したろうと思うわ。なぜか

といって、あとで発見されたりしたら、たちまち自分が目をつけられることぐらい承知していたはずだもの、ちょうど今のあたしたちみたいにね」

「捜しても見つからなかったとしたら？」

「あんただって見つけたじゃないの」と、それが彼女の返事だった。「それからもう一つ、最後にここにいたのが女性だと考えられる根拠があるのよ。こんなことを言うと笑われるでしょうけど――グレーヴズは死に際にもちゃんと上着をきていたわね」

「だって、ブリッキー――」と彼は抗弁しようとした。

「まじめに受けとってもらえないのは覚悟の上だけど、どういうわけだか、たとえ相手が脅迫者であろうと、このひとは上着なしで女性を迎えたりしない型の男だって、あたしはそんな印象を受けるのよ。もう夜も更《ふ》けていたし、宵からずっと普通だったんだけどね。もし最後に居あわせたのがホームズだったら、チョッキ姿で、あるいはチョッキも脱いでワイシャツ一枚で寝ころがっていたとしても、いっこうに不思議はないわ。けれど、これはあたしだけの感じなの、他人に押しつける気はないのよ。第六感以上のものではないの。とにかく、そんなしだいで、あたしは女性説なのよ」

しばらく経《た》ってから、彼は暗い声で笑った。

「初めのうちはなんの手がかりもなかったね。それが今では、あり過ぎて困るほどなんだからなあ」

「あたしが前にいったことは今でも有効だわ。前よりもっと確実だといってもいいわ。時間がそれだけ縮まっているんだものね。やはり二人のうちのどちらかが偽物で、どちらかが本物なのよ。でも、あたしたち、最初から本物のほうを追いかける余裕しかないんだわ。どちらか一人をいっしょに追いかけるわけにはいかないのよ。五分五分の成功率だって、あたしたちには冒険すぎるくらいなんだもの。万が一はずれでもしようものなら、もう一方は放ったらかすより仕様がないわ。もしホームズが偽物だとしたら？　そうだとわかったときには、女のほうを追跡にでかけるだけの余裕は残っていないのよ」

「しかし、男のほうとより考えようはないさ。ここにある一切のものが、全力をあげて、ホームズを指さしているじゃないか」

「ホームズが射ち殺したって証拠は十二分に揃っているわね」と、彼女も賛成した。「たくさんどころか、ありあまるほどだわ。だけど、そのひとが今晩ここに来たって点では確証さえないのよ。小切手だってなんだって、どういうのかしら——」

「情況証拠さ」と、彼はいやいやながら補ってやった。

彼女はうなずいた。

「女のほうだって情況証拠だけよ。いっさいがっさいが情況証拠ね。ここへ訪ねてくるという文句の紙切れを、男はナイトクラブで一人の女から渡された。そして、ここに一人の女がきたことは確かよ。だからといって、それが同一の女だって意味にはならないわ。まったく異なった二人の女だったかもしれないのよ。ホームズという名の男が彼宛てに不渡りの小切手を振りだしている。そして今夜、一人の男がここで彼と口論し、葉巻を噛みつぶしたわね。だけど、その二人だって、二人のまるっきり別の人間だったかもしれないわよ」

「やれやれ、こんどは四人にしてしまったね」

「やっぱり二人かもしれないわ。あんたの側《がわ》が一人、あたしのが一人。あたしは女のほう、あんたは男のほうを受け持ってよ。以前と同じように、六時十五分前まではここへもどってくるのよ」

灯りが消えて、死人のすがたは暗闇のなかに消えた。二人は階下へおりた。

こんどは接吻もぬきで別れた。いったん堅められた貞節の契りを、あらためて繰り返すまでもなかったのだ。

「また会えるわね、クィン」

彼女は棺桶に似た玄関口に立ったまま、そう呟いただけだった。

彼女は男の出発を邪魔しないようにしばらく待っていた。自分の番がきて外へでたときは、もう男のすがたは見えなかった。まるで今まで一度も会ったことがない人のようだった。いや、むしろ、二度と相見《まみ》えることのない人といったほうがいいだろうか。

そこには物憂げに舌なめずりする都会があるだけだった。

前よりはもっと簡単なはずだったが、そういいきれない一抹の不安があった。こんどの場合は、名前——それも姓と名の両方とも——と職業がわかっている。それを現在の居場所と結びつけさえすればよいのだった。この前のときは、ボタンのかけらが一つと左利きという特徴がわかっていただけで、それも確実性のあるものではなかった。それでもなんとかやってのけようとした満々たる客気を思えば——まったく、結果が五里霧中におわったのもふしぎはない。だが今度の場合も、持時間のいかに乏しいかを思うと、おなじような徒労におわりそうな気がしてならなかった。

電話帳には同姓同名が三つのっていた。まずそんな方法からとりかかったのだ。が、かくべつ意味があるわけではなかった。電話帳はマンハッタン区だけのものだった。これではブルックリン区もクィーンズ区もブロンクス区もスタテン島も抜かすことになる。奥地はクロートンか、あるいはもっとさきまで手付かずになってしまう。また海辺部はロング・アイランドからずっとポート・ワシントンにいたる地帯を除くことになるのだ。そして株屋などという人種は

——よくは知らないが、どういうわけだか、たいがい郊外に住んでいるように思えるのだ。

三つのうちの一つは十九丁目、一つは十六丁目、一つは聞いたこともないような名の町だった。彼は電話帳の上から順番にあたってみた。

交換嬢はベルを何度も鳴らしつづけ、クィンもそうしてくれるように促した。神様にさえ見放された真夜中のこんな時刻には、だれだってさっそく電話口に出てこようとはしないものだ。ようやく受話器をもぎとるような音がして、女の声が聞こえてきた。ねぼけて朦朧《もうろう》とした響きだった。十九丁目のぶんだ。

「なぁんですぅ？」と、機嫌のわるそうな声だった。

「ホームズさんにお話があるんです、アーサー・ホームズさんに」

「へえ、そうなの」と剣もほろろな応答だ。「そりゃ、あんた、ちっとばかり遅すぎたね。もう二十分も早けりゃ間に合ったんだがね」

女は今にもがちゃんと切りそうだ。返事の声音でそれがわかった。がちゃんと容赦もなく切ってしまいそうなのだ。

「どこへ連絡したらいいか教えてもらえませんか」

切られちゃこまると早口にしゃべったので、舌が縺《もつ》れそうになった。

「警察へいったよ。そっちへ連絡すればわかるさね。いったいあんた、なんの用で電話しなさったんだね？」

自首したんだな。みずから観念して警察へ出頭したのだ。もう一切は落着しているかもしれない。自分たちのこうした努力はぜんぶ空しかったのではあるまいか。一晩のなかば以上をついやして、われとわが身を責めさいなんできたのも、所詮は無駄骨折りだったのではなかろうか。

だが、確かめてみなければならない。どうしてそう断言できるのだ。この女だって知らないことかもしれない。知っていそうな口吻ではない。使用人だか家政婦だか、そんなふうな口のききかたなのだ。

「ホームズさんは——その、株屋さんでしょう？　市場なんかで株の売り買いをなさる証券業のかたなんでしょう？」

「へえ、あのひとがねえ！」

その声には十五年のあいだ抑圧されてきた不満の響きがあった。生涯にわたって燻《くすぶ》りつづけていた恨みつらみが、その短い言葉にこめられていた。彼のがわの受話器までもが、その熱気に焦がされて柔らかくなり、しだいに溶けてぐにゃぐにゃの鍾乳石になってしまいそうだった。

「せめて、そうであってくれたらねえ。あのひとは二十丁目にある第十分署の内勤巡査部長なのよ。これから死ぬまで、ずっとそうでしょうし、それ以上の能はないんだよ。なんなら、あたしがそう言ってたと、あのひとにいってくれても結構ですよ。いっそついでに、行くさきざきの安酒場で、ありもしない嘘八百をならべたてて、振舞い酒にありつこうなどという料簡はやめたほうがいいって、そういっておくんなさい。前からも知事の用心棒だったり、情報部の人間だったりしたことはあったけど、こんどは株屋かねえ。とにかく一晩中、いろんな飲んだくれどもが電話をかけてよこすんで、こっちはうんざりだよ、まったく――」

クィンは手荒くたたきつけるように電話を切った。

警察のやつか。警察の連中には、電話づたいに二マイルほど近づいているだけでも不愉快なのだから、もうこれ以上近づきたくはなかった。あの連中から離れたいばかりに、こんな苦労をしているのだ。

そうした感情を抑えるのに一分ばかりかかった。とにかく前進しなくてはならない。解決したあとは、野となれ山となれだが、今はそうもいかないのだ。

十六丁目だ。

こんどは待つ間もなかった。こんな時刻だというのに。相手は電話のすぐそばか、ほんの二、三歩のところに腰かけて待っていたにちがいない。

若い声だった。二十歳ぐらいの感じだった。罪のなさがそんな印象をあたえるのかもしれない。けっして成長しない声があるものだ。こらえにこらえた不安の念が堰《せき》をきって溢れだしたようだった。その不安が恐怖にと変わっていた。そのために息切れがしていた。待ちくたびれて、いやがおうでも吐き出さずにはいられなかったのだ。

待っていたのは男の声らしいが、ただし相手がちがっていた。こんな時刻にかけて寄こす相手は一人しかいないはずだ、だからこれがそうに違いないと思いこんでいるふうだった。こっちから話しだすきっかけなど与えてくれなかった。こっちの言葉には半分しか耳をかさず、男の声であることを確かめただけで結構、それでたくさんという感じだった。

その声の流れには息の接《つ》ぎ穂というものが全然なかった。

「まあ、ビクシー、もうお電話がないのかと思っていたわ！　どうしてそんなに手間どったの？　もうこうして何時間も、しょげかえって、すっかり荷造りをすませて、その上に腰をおろして待っていたのよ！　二、三度あなたにお電話しようと思ったんだけど、妙なのね、なんだか混線したみたいで、こっちの話がちっとも通じないのよ。ビクシー、あたし、一、二分のあいだは、ものすごく心配になって、どうしようもなかったのよ」

相手は自嘲的な笑いを響かせようとしたが、中途はんぱにおわった。

「あたしの宝石類なんかは——どうしようかしら？　あとになって気がついたのよ。あのひとには、あなたとお別れしてすぐ電報を打っておいたわ。あなたは止めたほうがいいとおっしゃったけど、それぐらいが、せめてもの公明正大なやりかただと思ったのよ。もうこうなった以上、あとへは退《ひ》けないわ——」

声の流れがとまった。感づいたのだ。どうしてだかわからない、彼は一言も声をだしはしなかったのだが、相手はふいに感づいたのだ。

「あなたは——」

声は死にかけていた。肉体的に死にかけていたわけではないが、しぼんだような調子になった。

「お邪魔して申しわけありません。じつは——アーサー・ホームズさんとお話ししたいのです」

もう声は死んでしまった。その死んだ声がいった。

「主人は魚釣り旅行でカナダへまいりましたわ。先週の火曜日にでかけましたの。連絡先は――」

「先週の火曜日ですね。いや、もう結構です」

「どうか切ってくださいません。待っている電話がありますの」

クィンは電話をきった。

次は何丁目でなく町名のある街に住むホームズだった。

やがて交換嬢の声が「お出になりません」と、つげた。

「もっと鳴らしてみてくれ」

交換嬢は鳴らしつづけた。

とうとうベルの音がやんだ。交換嬢があきらめたのかと思った。事情がわかるまでに一分ほどかかった。交換嬢が諦めたのではなく、相手がたが受話器を取ったのだった。これで電話は通じたはずなのに、声も物音もきこえない。交換嬢が諦めたのだったら五セント玉がもどってくるはずなのだ。先方が無言で耳をすませているのだろうか？　なにか恐れることでもあるのだろうか？

この徴候だけでも幸先《さいさき》はよさそうだ。

両方とも口をひらかなかった。クィンは様子をうかがっていた。どちらかが降参しなければならない。クィンがさきに折れてでた。

「もしもし」

と、そっと言ってみた。

向こうがわで咳ばらいがきこえ、

「はい？」

と、控えめな返事があった。

好調な滑りだしだ、どうやら本物らしい。クィンは希望をもつのがこわかった。あまり幾度も失望させられたからだった。

声は男のものだった。たいそう低く、用心ぶかい。『はい？』という返事そのものにも隙がなかった。

「アーサー・ホームズさんですか？」

まず相手を摑まえておかねばならない。相手を確認した上で、逃さないように引きとめておくのだ。それさえ済めば――だから、皮切りはさりげなく始めなくてはならなかった。

「きみはだれだね？」

自分がホームズであることは認めなかった。クィンはまず相手が当の本人であると決めてかかることにした。

「あの、ホームズさん、ぼくはあなたのご存じないものですが――」

相手は罠にかからなかった。

「ホームズ氏と話したいというきみはだれだね？」

彼はもう一度ためしてみた。

「名前をいってもご存じないでしょう、ホームズさん」

相手はまたもや体をかわした。

「私がホームズだとは言ってないよ。こっちはきみの名前をきいているんだ。きみからさきに名乗ってくれないことには、ホームズがいるともいないとも申しあげられん。もっとも時間が時間だから、名乗りたくないのも無理はないがね。名前と、それからホームズ氏への用件をいいたくないなら、これ以上よけいな手間はとらせんでほしいな」

その『用件』こそクィンが待ちかまえていたものだった。裂け目をひろげる楔《くさび》だった。彼は従順をよそおって言った。

「わかりました。両方ともお答えしましょう。名前はクィンです。ホームズさんはご存じないはずです。用件のほうですが——ホームズさんの小切手をお返ししたいと思うんです」

「なに？」と相手は口早にいった。「なんだって？」

「つまり、ぼくはホームズさんの小切手を持っているんです。しかし、お返しするについては、ご本人かどうかを確かめる権利はあるはずでしょう。そちらはウェザビー&ドッド証券会社に関係しておられるアーサー・ホームズさんのお宅ですか？」

「そうだ」と男は口早にいった。「そうだよ」

「では、ホームズさんをお呼びいただけませんか？」

声はほんのわずか逡巡《しゅんじゅん》を見せた。それから、思いきって、

「わたしがホームズだが」と静かにいった。

第一ラウンドは勝った。まんまとひっかかった。もう逃げられる気づかいはない。あとは、もっと手もとに引き寄せるだけだ。

クィンは前にも二度いったことを、もう一度さらにくり返した。

「ぼくはあなたの振りだした小切手を持っているんです」

そのままで相手が餌に喰いついてくるのを待った。

相手の声はこわごわ手探りするように、

「合点がいかないな。わたしの知らない人間が、どうしてそんなものを持っているんだね？」

声が急調子になって、

「なにか勘ちがいをしているんじゃないかな？」

「だって、ホームズさん、こうして現に手に持っているんですよ」

声はよろめいて、また速度をゆるめた。

「名宛人はだれになっている？」

「ちょっと待ってくださいよ」

効果を増すため、小切手を見なおしでもしているように、すこし間をおいて、

「スティーヴン・グレーヴズ、ですね」

と、立て板に水というふうでなく、声をあげて字を読むときにつきものの、いささか誇張した抑揚でいった。わざと意識しての言いかただった。この段階で彼が伝えたかった効果は、こ

っちが険呑な底意を秘めているのでなく、ごく無邪気に、偶然それが手にはいったのだという感じだった。二人のあいだにはまだまだ距離がありすぎた。

相手の声は、急に喉にこぶができて、そこにひっかかりでもしたようだった。なにも言いはしなかったが、なんとかして喉のつかえを通そうと努力している感じが電話線ごしに伝わってきた。

こいつだぞ、犯人は、とクィンは思いつづけた。こいつが犯人なんだ。見えないところにいてさえ、こんなに尻尾を出すのなら、もし面と向かいあったとしたら――

喉のこぶは消えた。ふいに言葉がとびだした。

「馬鹿をいいたまえ。そんな人間に小切手を振りだした覚えはないぞ。おい、きみ、なにを企んでいるのか知らないが、つまらぬ真似はよしたほうが――」

クィンは声の調子を平坦で無色なものに保っていた。

「小切手帳の切りのこしをごらんになれば、ぼくの話が嘘でないことがお分かりになるはずです。

右隅の番号は二十です。その小切手帳の二十枚目ってわけですね。取引銀行はケイス・ナショナル。日附は八月二十四日。額面は一万二千――」

電話線の向こうはしで相手が一挙に崩れさるような気配が感じられた。なにか空《うつ》ろな音をたてた。受話器が手からすべり落ちたのを急いで拾いあげたような音だった。

つかまえたぞ、とクィンは雀躍《こおど》りした。ああ、こんどこそは間違いなくつかまえたのだ。

あわてることはない。これからさきは臨機応変、情況のうごくのに従って調子を合わせてゆけばよいのだ。

「ところできみは——どうしてそんな小切手を手にいれたんだね？」

「拾ったんですよ」と、クィンはごく事務的な口調でいった。

「差し支えなかったら——その場所を教えてもらえないかね」

効き目があらわれてきた。相手は一度だけ素早く呼吸をした。つづいて、当然欠かせないはずの呼吸を二、三度とばしてしまった。それからまた、一度だけ、すばやく呼吸をした。その全過程が、まるで受話器のかわりに聴診器を耳にあててでもいるみたいに、手にとるように聞きとれた。

「タクシーの座席で拾ったんです。前に乗っていた客が、暗がりのなかで紙入れを開けたさいに、うっかりすべり落ちでもしたようなぐあいでしたよ」

その先客がグレーヴズだったと思わせるのだ。

「それを拾ったとき、だれかといっしょだったかね？」

「いや、だれもいません。ぼく一人でした」

相手は猜疑心《さいぎしん》を一種の消息子《ゾンデ》につかって、表面の一枚下にひそんでいると信じこんでいる企みの内容を抽《ひ》きだそうとした。

「それは通じないよ。こうした場合には、たいがい二人が頭を揃えているものだ。さあ、いいたまえ、だれがいっしょだったんだ？」

「だれも居やしませんよ。だれだって、ときたまは、独りぼっちでいるもんじゃありませんか。そのときのぼくは一人っきりでしたよ」

相手はそれが聞きたかったのだ。そうと知って喜んだのだ。よくわかっている。

「あとでだれかに見せたかね？　それを拾ってから現在までのあいだに、だれかに話したのかね？」

「だれにも話しはしませんよ」

「いまだれといっしょに居るんだね？」

「だれともいっしょじゃありませんよ」

「そんな用件で、明けがたの四時半に、わたしを電話で叩きおこしたというのは、いったいどういう料簡なんだ？」

「お返ししたら喜んでいただけるんじゃないかと思ったんです」

クィンは邪気のない調子でいった。

相手は考えこんだ。なにも瞞着《まんちゃく》しようというのではなく、慎重に、問題の重要さを計量しているという印象をあたえようとしていたのだ。クィンの提案に一つ以上の返答のしかたがあり得るとでも言いたげだった。

「まず最初にたずねたいことがあるんだ——これはただの仮定としてだが——もしわたしが、そんな小切手は返してほしくない、なんの価値もないものだからと言ったとしたら、きみはどうするね、捨ててしまうかね？」

「いや」とクィンは平板な調子で答えた。「そうなったら取っておいて、受取人のスティーヴン・グレーヴズという人を捜しますよ。居場所がわかるかどうか当たってみますよ」

これまでの弾丸がみんな外れていたとしても、その一言は命中した。しかも、これまでにだって、ずいぶん効き目はあったのだ。相手の心臓がでんぐり返って錐揉み状態にあることが、喉もとを通りぬけ電話線をつたわって、クィンの耳に聞きとれるほどだった。

そこで水がはいった。ほかの人間が割りこんできたのだ。交換嬢の声がした。

「五分間経《た》ちましたわ。もう五セントお入れくださいな」

クィンに宛てて言ったのだ。

彼は念のために手のひらに握っていた五セント玉へ目を落とした。会話がうまく効を奏しない場合を思って用意していたものだ。

彼は試しにそれを持ったまま待っていた。

相手はやけくそに叫んだ。

「待ってくれ！　どうするつもりにしても、電話を切らないでくれ！」

クィンは五セント玉を落としこんだ。かちりと音がして、電話は前とおなじように通じた。

相手を失うのを恐れたのはこっちだろうか、とクィンは思った。いや、相手がこっちを失うことを恐れたのだ。

声はひどく怯えていた。もう恍《とぼ》けるのは止めにしたらしい。

「よし、話はきまった。その——きみの持っている小切手を見せてもらおうじゃないか」

相手は下手にでてきた。

「そいつはだれにとっても無価値なものなんだ。ちょっと手違いがあってね――」

クィンは斧を打ちこんだ。

「銀行から突っかえされてますね」

声はクィンの言葉を鵜呑みにした。比喩的にと同様に文字どおり呑みこんだ。

「もう一度たずねるがきみの名前はフリンだったかな」

「クィンです、だが、そんなことは、本当はどうだっていいことですよ」

「きみについてもう少し知りたいな。きみは何者なんだね？　なにをやっているんだい？」

「そんなことは今度の件に関係ないと思いますがね」

声はもう一度こころみた。

「きみは結婚しているのかい？　養う家族があるのかい？」

クィンは一足しりぞいて、もう一度あらためて考えた。相手はなにを狙っているのだろう。こっちの口を封じるために、どれだけ巨額の金が必要か見当をつけようというのか。いや、その奥になにか陰険な企みがかくされているのだ。もしこのぼくに万が一のことが起こった場合、騒ぎたてるような人間がいるかどうか、探りだそうとしているのかもしれない。

彼は首筋の毛が逆立つのを覚えた。

「ぼくは独り者ですよ。たった一人で住んでいるんです」

「部屋友達《ルームメイト》もいないのかね？」と声はくるんだような調子でいった。

「ありません。まったくの一匹狼ですよ」

　相手はその点を思いめぐらした。罠のにおいを嗅いでみた。餌のほうへ手をのばしてきた。狙っている餌はもはや小切手ではない、彼の生命そのものなのだ、とクィンは思った。

「よし、わかった、クィン君。わたしは小切手を見せてほしい——その上で相応のお礼をさせてもらおう」

「結構ですね」

「今どこにいるんだね」

　クィンは事実を話したものかどうか迷ったあげくに、こういった。

「五十九丁目です。五十九丁目にボルティモアという料理店があるでしょう。そこからお電話しているんです」

「では、こうすることにしよう。とりあえず着替えの暇をもらいたいね。電話があったとき、わたしは眠っていたんだ。着替えをしてから出かけるよ。場所は——どこがいいかな——」

　相手はあたまを捻っていた。しかし、二人の会合場所を決めるだけのことではないようだ。クィンは相手の気ままにさせておいた。

「よし、きまった。コランバス・サークルまで行ってくれたまえ。ブロードウェイが中央公《セントラル・》園西《パークウエスト》から岐《わか》れるところが小さな細ながい三角形の区画になっているだろう。そこに一軒の簡易食堂《カフェテリア》がある。入口が二つあって終夜営業だ。そこへはいって——ところで、きみは金がないんだろうな？」

「ええ」

「じゃ、とにかく入っていたまえ。かまわんだろう。人を待っているんだといえばいい。窓際に、ブロードウェイ側の窓際にすわっていてくれ。十五分以内に連絡をとる」

クィンは考えた。なぜほかの店へ行けというのだろう。なぜこのいま自分がいる店へこないのだろう。たぶん網が張ってあると思って警戒しているんだな。見えないところに伏兵を張りこませてあると考えているんだ。クィンはまた相手の言葉づかいを想いだしてみた。『会いにいく』とはいわずに『連絡をとる』といった。顔を合わせる前に、まずぼくのことを充分に偵察しておこうというわけだな。万事ぬかりなくやろうというわけだ。が、そうはいくものか。いくら利口に立ちまわったって、実際に小切手を握っているのはこっちだ。向こうはこいつを取り返さなくてはならない。たとえ一晩中かかっても、ニューヨークじゅう駈けずりまわらなくてはならないとしても。

彼のほうは頓馬《とんま》なふりをすることに決めた。間抜けをよそおって、相手に警戒心を抱かせないことだ。

「いいですよ」

「十五分以内だよ」

と、相手は言った。

話はついた。

クィンは電話を離れた。手洗い所へはいると、足を壁におしつけ、靴をぬいだ。それから小切手を取りだして、べつの紙につつみ、ひらたく靴の底に敷いた。そのうえで靴をはいた。ナイトクラブで紙切れを受けとったグレーヴズのひそみに倣《なら》ったのだった。

彼はまた外へでたが、その途中、盆やナイフ、フォークの類をおいてある棚のそばでちょっと立ちどまった。

ほかにはだれもいず、カウンターのむこうの店員もこっちを見ていなかった。彼はクローム・メッキをしたナイフを一本とりあげて、そっと刃に触ってみた。たいした代物ではなく、刃は鈍い。だが、実際に使うかどうかよりも、精神的な効果として、なにか身につけてないと心細い。彼は紙ナプキンでそれを包んで上着の内ポケットへななめに差しこんだ。

公園の幅だけ歩いてコランバス・サークルまでいき、指定された十五分のうち十二分ばかりをかけて約束の店へついた。そして、ブロードウェイに面した窓際のテーブルに腰をおろして待った。

店のなかは表から見通しだった。

たとえば中央公園《セントラル・パーク》西《ウエスト》の通りからだと、外の歩道からであれ歩道に寄せた車のなかからであれ、闇にまぎれてのぞきこめば、煌々と灯のかがやく店の内部は、クィンが窓ぎわから外を見ている反対側のはしっこまで、ずっと丸見えなのだった。

それを知って、クィンは相手がなぜこの店を選んだかがわかった。

彼は一、二度、ぐるっと反対側へ目をやった。一度はぼんやりと黒っぽい車のすがたを見たように思った。彼が目をむけたとたんに、とまっていたその車は静かにすべりだして闇のなかへ消えてしまった。だが、それはなんの意味もない通行中の車が、コランバス・サークルの手前の停止信号で一時停車していただけなのかもしれなかった。

十五分がすぎ、十八分、二十分が過ぎた。

クィンはいらいらしてきた。こっちの勘違いだったのかもしれない、相手は逃走の時間をかせぐ心算だったのじゃなかろうか。小切手のほうは諦めてもいいくらい、こっちに近づくのを恐れていたのかもしれない。

たしかにこいつだ、こいつが犯人なのだ。が、捕まえそこねて逃げられてしまったようだ。クィンの額に汗がにじみだし、拭いたあとから、またすぐ滲《にじ》んできた。

突然、レジスターの机のそばで電話が鳴った。

クィンはさっと振りむいたが、また視線をそらした。

だれかがグラスをこつこついわせた。ふたたび目をむけると、勘定係が彼を手招きしていた。

レジスターのところまで近づくと、勘定係が文句をいった。

「窓際に一人ですわっているお客さんを呼んでくれってことですがね。困りますね、ここを電話の待ち合わせ場所に使ったりされちゃ――」

それでも受話器を渡してくれた。

あの男だった。

「もしもし、クィン君だね?」

「ええ、どうかしたんですか?」

「『オーエン』という酒場で待っているよ。そこのカウンターだ。場所は五十一丁目だがね」

「どういうわけなんです？　最初はここで待てとのことだった。ぼくをひっぱりまわして、いったい、どうしようというんです？」

「わかっているさ——とにかく、こっちへ来てくれ。タクシーを捉まえてくれれば、料金は払うから」

「こんどこそ冗談じゃないでしょうね」

「冗談なんかいってやしない。ちゃんとさきにきて、きみを待っているんだから」

「よろしい。とにかく行ってみましょう」

彼女はいっぽうの手のひらへ握り拳を叩きつけるようにしながら店の前を往きつもどりつしていた。もう入れてはもらえまい。正面の上のネオンは消えている。屑ものでいっぱいのごみすて缶も外にならべてある。最後の酔っぱらいも撮《つま》みだされたあとだ。店は死んでいた。死んではいたが、もう冷たくなりきったわけではなく、死の過程をたどりつつあるところだった。

ときたま思いだしたように、一人ぼっちの影が、この店内で稼ぎおわった人影が出てきては、歩きさっていく。ナイトクラブで働く人達にとっては今が午後の五時なのだ。かれらの時計は他の人びとの時計と反対の方向へまわっているのだ。

なにか手がかりでも摑めないかと店を見張って歩きながら、彼女は考えつづけた。自分が今こうして歩哨番をつとめている店のなかで、今晩、草色のドレスを着た赤毛女がグレーヴズに紙切れを手わたしたのだ。店もわかったし紙切れも手にいれた。そこまでは首尾よく運んだ。さて次はどういうことになるのかしら。あのメモを書くにはまず鉛筆と紙がいる。そうした莫連女《あばずれ》は筆記用具なんか持ちあるかないのが普通だ。たいがいは目つきと腰つきにものをいわせて用を済ませる。ひょっとすると、その女にかぎって鉛筆と紙を持っていたかもしれない。そうだとしたら、こっちの運が悪いのだ。が、ともかく、持っていなかったと仮定しよう。その場合には、店のなかでだれかから借りなければならなかったはずだ。まさかフロアで踊っているダンサーの一人をつかまえて、『鉛筆と紙を貸してくれない？』と頼んだとも考えられない。二人連れかそれ以上でテーブルを囲んでいる客に、そんなことを頼んだとみるのも変だ。すると残るのは？　テーブルに坐っていたとすれば、そのテーブル付きのボーイ。カウンターの止り木にいたのならバーテンダー。クローク係の女の子。化粧室の雑用係。

この店で働いているだれかということに範囲は狭まってくる。

それが目的で自分はこんなところに張り番しているのだ。

一人ずつ出てくるようすを見れば、たとえ普段着に着かえていようとも、多かれ少なかれ見当はつけられるはずだった。たとえば、今そこに出てきた身ぎれいで、おつに澄ましこんだ小がらな別嬪《べっぴん》さんは、お客におとらず流行の衣裳をたくみに着こなしているが、こういう店のクローク係の女の子にきまっている。

ブリッキーに袖をつかまれたのを知ると、その女はぎくっとして立ちどまり、つづいて自分を引きとめた手が女性のものであることを発見したせつな、心から驚いたような表情が顔いっぱいに拡がった。ブリッキーの質問を受けるまでは、報復を恐れでもするみたいに、一瞬、おびえたような、うしろめたいような顔色さえ浮かべた。

「いいえ、あたしの持ち場では反対だわ」と女は笛のように細い、甘ったれた声で答えた。「あたしんとこでは、みんなお客さんは、自分の鉛筆をだしてお書きになるのよ」

そういうと、ハンドバッグを開けて、一つかみほどの名刺や、名前、住所、電話番号などを記した紙切れを出してみせた。

そのなかの一枚がひらっと舞いおちたのを、足で蹴とばすようにして、

「こんなにいっぱいあるんだから、一枚ぐらいなくしたって平気だわ」

というと、残った紙切れをしまいこんだ。

「あたしに鉛筆を借りにきた女のひとなんかいなかったわよ。第一、貸そうにも持ってないんだもの」

通りを去っていく小きざみな靴音がだんだん遠くなった。

つぎに出てきた黒人の姐《ねえ》さんは、これもこれなりに流行にそった身なりだが、どうみたって

化粧室の雑用係としか思えない。

「どんな鉛筆？」と黒人むすめは空っとぼけた返事をした。「眉毛をひく鉛筆かね？」

「ちがうのよ。ふつうの字を書く鉛筆なんだけど」

「お門ちがいだねえ、あんなとこに字を書きにくるひとが居るもんかね」

「でも、今晩じゅうずっと、そんなものを借りにきたひとはなかった？」とブリッキーは喰いさがった。

「なかったねえ。いろんな用事を頼まれるけど、そればっかりはなかったよ。そういえば、あそこにゃ、そいつは置いてなかったっけ。いいことを教わったよ。あしたの晩から一本買ってきて、備えつけとくかな。欲しいってひともいるだろうからねえ」

男が一人でてきた。

その男も立ちどまったが、首をよこに振った。

「カウンターでも、おれの受けもちの側にゃいなかったな。フランクにきいてみるといい。あの野郎は反対側の受けもちだから」

すぐ後につづいて、また一人の男があらわれた。

「あんたがフランク？」

男は立ちどまると、笑顔をみせ、熱っぽい目つきをした。

「いいや、あっしはジェリーだが、からだなら空いてるぜ。名前なんかどっちだっていいだろう」

こんどはブリッキーのほうが逃げだした。十ヤードかそこら離れて男が行ってしまうのを待った。

だが、そのあいだにもう一人が現われて、ずんずん歩きだした。彼女はあわてて駆けだしてようやくその男に追いついた。

「ああ、フランクはおれだ」

「今晩、あんたの受けもちの側で、鉛筆を借りた女のひとはいなかった？ 背がたかくて、赤毛で、草色のドレスをきた女のひとなんだけど。今晩といったって、もっとずっと早い時間のことよ。だれか憶えがないかしら——だれか、どう?」

男はうなずいた。命中したのだ。

「ああ、そんなのがいたっけな。思いだしたよ。まだ十二時近辺だったが、そんなお客があったよ」

「でも、その女のひとの名前は知らないでしょうね」

「ああ、知らないな。どこか近所のクラブへ勤めているんじゃないかと思うんだが」

「だけど、なんというクラブかはわからないのね」

「わからんな。おれがそう思うわけは、だれかがその女にむかって、『どうして、こんなところにいるんだい。おたくの店のほうはもう看板なのかい?』って話しかけているのを聞いたからだがね」

「でも——」

「その女についちゃあ、名前も、店も、そのほかになにひとつ知らないよ。ただ、その女はおれから鉛筆を借りると、カウンターの上にかがみこんで、肘でかくすようにしながら、なにかもそもそ書きつけると、顔を上げて鉛筆を返してよこしただけさ」

男はまだしばらく立ちどまっていた。双方ともに話す種はなくなった。

「お役に立てるといいんだが」

「ほんとにね」

と、彼女は力ない声でいった。

男は背をむけて歩きだした。ブリッキーは思案につきたように歩道を見おろしていた。所詮はこれぐらいしか近づけないのだろう。すぐ近くまできていながら、まだまだ遠いのだった。

彼女は顔をあげた。男はまた立ちどまると引っ返してきた。

「悩みごとがあるようだね」

「ありあまるほどなのよ」

わびしい語調でみとめた。

「こんなのはどうかな。きみ自身クラブ勤めをしているかどうかは知らないが、あの連中には風変わりな癖があるんだ。クラブがはねたあと、連中のたむろする派手なドラッグストアが一軒あるんだ。あまり詳しくないお客は、ああした連中は楽屋口で待っている常連とつれだってシャンペン・パーティーに出かけるものと決めこんでいるがね。そりゃあ、なかには、ときたまそんなことをする女もいるだろうが、たいがいはそうじゃないな。きみだって信用できないだろうが、十中八、九までは、学校をひけた子供たちみたいに、その店にどっと押しかけるんだよ。そうした店のほうが気安いんだね。わっと押しかけて麦芽いりのミルクを飲み、くつろいだ気分になるらしい。きみもそこへ行って小当たりにあたってみたらどうかな。どっちみち、行ってみるだけの値打はあるぜ」

それだ！　いっさんに駈けだしたもので、あとに残された男はきょとんとした表情で見送っていた。彼女はずっと走りとおした。そこからほんの一、二丁下手へ行ったところだった。

男の話から想像したほど、カウンターに目白押しに列《なら》んでいるわけではなかった。時刻が遅いので大部分は引き揚げてしまったせいかもしれなかった。しかし、三人組の一団がカウンターの奥のはしにまだ居すわっていた。そのなかの一人の女はロシア産のウルフ・ハウンドを連れていた。朝になって寝かせつける前に軽い運動の意味で連れだしたのにちがいない。連中はその犬のまわりに集まり、めいめいの皿のパン屑をやったりして騒いでいた。持ち主の女はしどけないとでも言えそうなくだけた身なりだった。肩の上にらくだの毛皮の外套《がいとう》をふわっと羽織り、その下からパジャマの裾と、ストッキングなしの足首と、室内用のスリッパがのぞいていた。三人のうち赤毛は一人もいなかった。

三人とも顔をあげた。彼女らの注意はボリショイ犬をはなれて、瞬間、ブリッキーの上に集まった。

「きっとジョーニイのことだと思うわ」

なかの一人が直接ブリッキーのほうへ、むしろ漠然とした様子でたずねた。

「そうじゃなくって?」

ブリッキー自身が知らないのに、どう答えようがあろう。

だれもその女の苗字は知らないらしかった。

「あたしはここで知っているだけなのよ」と最初の女がいった。

「あたしもよ」と二人目が相槌をうった。

「今晩はこなかったわね」と三人目が補っていった。「あんた、じかにあの女のホテルへいって捜してみたらどう? この通りのちょっと下手よ。コンコードだかコンプトンだか、そんな名前のホテルだったと思うわ」

そして、自分のいったことばを裏付けるように、

「今でもそこにいるかどうか知らないけど、二晩ほど前には確かにいたのよ。このスターリンを運動させがてら、あたしはホテルの玄関までいっしょに歩いたんだから」

三人は肩をすくめて話をうち切った。二つの競争相手であるブリッキーとボリショイ犬のうち、より有力な犬のほうが駄々をこねはじめたので、蚋《ぶよ》のように移り気な女たちの関心はまたそっちへ集まったのだった。

そのホテルは、いかさま賭博師だとかぺてん師だとか、その他のいかがわしい職業をもった連中が出入りする常宿のあらゆる特徴を備えていた。が、彼女はすこしもこわくなかった。過去何年間というもの、そうした種類の動物にはダンスホールで毎晩のようにお目にかかってい

たのだ。彼女は追いかえされることなど予期もしないような毅然とした足取りでフロントへ近づいていった。一週間も取り替えていなそうな汚いカラーをつけ、アルコールのくさい息を吐きちらしながら、斜視気味の、人相のよくない夜勤の帳場係が、ブリッキーを迎えた。

彼女は苦もなげにフロントへ片肘ついて寄りかかり、

「今晩は」

と元気よく挨拶した。

帳場係は大きく口をあけて乱杭歯《らんぐいば》をむきだした。それが愛想笑いのつもりらしかった。

彼女はあいたほうの片手で、右に左に、ハンドバッグをぶらぶら振りながら、

「あたしのお友達の部屋、どこだったかしら?」

と無頓着にたずねて、黴《かび》くさいロビーのほうへ目をやった。

「言いわすれたことがあるので、ちょっと寄っていきたいのよ。ほら、ジョーニイってひとよ。草色のドレスを着ていてさ。ついさっきドラッグストアで別れたばかりなんだけど——」

くすっと笑ってみせて、

「とってもいい話なんで、今晩じゅうに教えてあげたいのよ」

うきうきした身振りで、自分の腿をぴしゃっと叩いてから、

「きっと彼女、死ぬほど喜ぶわよ!」

と大きな声をだした。

「だれのこってす、ジョーン・ブリストルさんですかい?」

帳場係はまぬけ面でききかえした。なんだか知らないが、その『いい話』とやらを自分にも内緒で教えてほしいといった表情だった。

「そう、そう、そのひとよ」

もちろんわかっている、といった調子で彼女は早口に答えた。そして、くすくす笑いながら男の脇腹を指でつついた。

「ねえ、その愉快な話ってのを、あんたも聞きたいんでしょう？」

なにか内緒ごとを囁《ささや》こうとでもするように男の耳もとへ顔をよせた。男もつられて気さくに頭をかしげた。

彼女は突然に自分の演じている蓮《はす》っ葉《ぱ》娘にありがちの軽薄さをみせて、ふいっと気を変えてしまった。

「ちょっと待って。やっぱりあのひとにさきに話すわ。降りてきてから教えたげるからね」

フロントから一足さがったが、その前に男の顎の下をちょいとくすぐるのは忘れなかった。

「待ってらっしゃいね、おじさん。どこへも行かないのよ」

それから、おなじ括弧《かっこ》のひとくくり、おなじ冗談のつづきだが、肝心のことを忘れていたというようにたずねた。

「おっと、お部屋はどこだったかしら？」

男はみごとにひっかかった。ささやかな演技だったが苦労を重ねてきただけの甲斐はあった。

「四〇九号だよ、おねえちゃん」

帳場係は愛想よく答えた。ブリッキーの盛りあげてきた気分に浸りきったままに、草臥《くたび》れたネクタイのよじれを直してみさえした。訪問時間さえ顧みない馴れなれしさ、親密さ。悪気のない、うわっついた軽薄さのとりこになってしまったのだ。

男はおんぼろな交換台のほうへ一足ちかづいた。訪問客を部屋へしらせるのも帳場係としての役目の一つなのだ。

「あら、いいのよ」と彼女は手をふって見せながら下卑《げび》た口調でよびかけた。「あのひととあたしの仲は、そんな他人行儀はいらないのよ。かえって面喰らうわよ。わかってるわ、あのひと、二週間もお部屋代をためてるんでしょ」

帳場係はあたりさわりなく大声で笑ってみせて、電話で報《しら》せるのは止めにした。

彼女がクリーヴランド大統領時代の製品とおぼしい古びたエレベーターへ大げさに腰をふりながら乗りこむと、その神々しい機械は軋《きし》みをたてながら徐々に動きはじめた。ドアは金属の一枚板ではなくて鉄格子だった。一階の天井が降りていって、帳場係の視野の外にでると、それとおなじ速さで、彼女の顔の上に謹厳という名のカーテンがゆっくりと下ろされていくように、浮わついたにたにた笑いの仮面が削ぎとられ、ふたたび、ぴんと張りつめた真面目な表情が取ってかわった。

ブリッキーと黒人の運転係をのせたエレベーターは蝸牛《かたつむり》のようにのろのろと昇りつづけ、ようやくの思いで四階にたどりついた。黒人はエレベーターをとめて彼女を降ろしたが、そのまま帰りを待つつもりらしいので、彼女はつっけんどんに追っぱらった。

「もういいわ。すこし時間がかかると思うから」

運転係がエレベーターのドアをがたぴしいわせて閉めると、だれかがゆっくりと吸いとりでもしたみたいに、ガラスのむこうを一条の光線が降りていき、あとにがらんとした薄闇がのこった。

彼女は向きをかえて、黴《かび》くさい、照明のとぼしい廊下を、敷物のきれっぱしを踏みながら歩いていった。織り目というものの残骸が強情に存在を主張しているおかげで、やっと離散をまぬがれているような惨《みじ》めな敷物だった。ドアがいくつもいくつも、薄暗く、なんの特徴もなく、ぶきみに謎めいて過ぎていく。ひとめ見ただけで背筋が凍りつくようなドアだった。そのドアの一つ一つから、そのドアを出入りする人達から、ありとあらゆる希望が失せていったのだ。ここも都会という巨大な蜂の巣にうがたれた、行きどまりの穴の一列にすぎないのだ。

人間ともあろうものが、こんなところに出入りし、こんなところに住まねばならぬ道理はない。ここには月の光や星影はおろか、ほかのどんなものだって一度も入りこんだことはないのだ。墓穴よりもなお悪い、墓穴にはともかく意識というものが存在しない。それに墓穴は、神様が人間みんなのために用意してくださったものだ。しかし、このニューヨークの三流ホテルにならんだ穴倉は、神様が用意してくださったものではないのだ。

ずいぶん長い廊下のように感じられるが、あるいは彼女の頭がせっかちに働きすぎるせいかもしれない。もうすぐ先の曲がり角までちかづいている大詰めの、対決の場へ一足一足進んでいくにつれて、彼女の思いは物狂おしく沸きたった。

どうやって部屋へはいろう？　また部屋へはいったら、どうやってきさだそう？　その女があの男を殺したのだということを、どうやって探りだそう？　そんなことを自分からすすんで白状する人間がいるものではない。大ニューヨーク州全部をもってしても泥を吐かせることはできないのが普通なのに、このあたしが、だれの助太刀もなしに独りぼっちで、どうしてそんな大役がつとめられるだろう。たとえできたとしても、あまり騒ぎを起こさずに、東七十丁目までの長い道のりを、あの屋敷までどうやって女をひっぱってゆけばいいのだろう。大騒ぎでも起こそうものなら、警察沙汰になり、クィンを巻きこんで今までよりももっと悪い事態に追いやって、あたしたち二人は、殺人の容疑者として幾日も幾週間も留置されることになってしまう。

ブリッキーにはわからなかった。どうしていいものか、まったく見当がつかなかった。ただ、もうあとへはひけない、前進あるのみだ、ということしかわからなかった。一歩一歩と目的地へ近づきながら、この街じゅうでたった一つの、あの優しい守護神に祈りつづけるよりほかはなかった。

ああ、パラマウント塔の大時計さん、ここからは見えないけれど——もう夜明けもまぢかで、バスの発車時刻も迫ってきているのよ。どうか、あたしを、夜の明けないうちに故郷へ帰らせてちょうだいな。

ドアに書かれた部屋番号がだんだん大きくなってくる。こっち側が六、むこう側が七、またこっちへもどって八。そのさきはどんづまり、廊下のつきあたりにドアが一つ、最後の最後のドアが廊下と直角についている。四〇九、これだ。なんの変哲もない普通のドアにみえているが――しかし、その背後にこそ、彼女の未来を支配する運命のすべてが、予測もできないすがたで潜んでいるのだ。

ああ、この一枚の厚板に、この大きな古ぼけた黒いざらざらの四角い板に、彼女が人間として生まれかわれるか、それとも一生、ダンスホールの壁の花でおわることになるか、その運命がかかっているのだ。こんな一枚のドアが、どうしてまた、そんな大きな力を持っているのだろう。

彼女は、まあ、おまえさんだったの、というように自分の手の甲を見おろした。おまえさん、すごい度胸のもちぬしだったのね？　この手の甲こそが、彼女のほかの部分の同意も待たずに、たった今、ドアをノックしてのけたのだった。

彼女がなんの仕度を整えるひまもなく、ドアが開いたらどうしようと考える余地もあたえずに、突然、ドアが大きくあいた。二人は――その見知らぬ女とブリッキーとは――目と目をつき合わせて立つことになった。エナメルを塗ったみたいな堅い顔が目の前にあった。毛孔の一つ一つがこまかな網の目のようにみえるほどの近さだった。敵意と警戒心にみちた目が、その血走った血管の一本一本がみえるほど近くにあった。

グレーヴズ邸の二階の廊下が、あそこの暗がりをクィンといっしょに忍んでいったときのことが、彼女の頭にうかび、そして自分でも気づかぬうちに同じ香水のにおいを嗅いでいるにちがいないことを知った。その匂いこそが二つの経験を結びつけるものだった。

すでに相手の目の色がかわっていた。あっというまに変わっていた。敵意にみちた警戒が、もはや露骨な挑戦になっていた。それに調子を合わせるように、どこか喉のおくのほうから、しゃがれた声がとびだした。うかつに返事のできない声の調子だった。

「なによ、どうしたってのよ？　お砂糖をカップ一杯貸してくれっての？　それともドアを間違えてノックしたとでもいうの？　うちになにか用でもあるのかい？」

「ええ、用があるのよ」と、ブリッキーはひくく答えた。

相手の女はドアを開ける前に、ちょうど煙草を吸いこんでいて、そのまま喋りつづけていたにちがいない。だしぬけに鼻の孔から二本の太い柱が吹きだされた。女は悪魔のように見えた。なにか近づかぬほうがいいもののように見えた。まだ今のところ女は強気でいるのだ。腕を曲げると、ブリッキーの鼻先でがしんとドアを閉めかけた。

ブリッキーは背を向けてすばやく逃げだしたかった。ああ、このまま、こんな忌《いま》わしいところから逃げだせれば、どんなに嬉しいことだろう。だが、その気はなかった。たとえ身の破滅を招く結果になろうとも、そこへ入っていかねばならないことは承知していた。このドアはどうあっても閉めさせてはならないのだ。

彼女は足と肘をつかってドアを閉めさせまいとした。

女のくちびるが白くぶきみな瘢痕《はんこん》となって、

「それをお退《ど》けよ」

と、喉のおくでごろごろ鳴るような声で警告を発した。

ブリッキーはダンスホールでよく使う声のなかでも、いちばん凄味をきかせたかすれ声を借用して、

「あたしたち同士は知らない仲だけど、おたがいに共通の友達がいるんだから、知り合いもおんなじじゃないの」

といった。

ブリストルとかいう女は、頭をぐっとそらせるようにして言った。

「お待ち、あんたはいったいだれなのよ。一度もお目にかかったことのない顔だねえ。共通の友達ってだれのことさ」

「スティーヴン・グレーヴズさんのことよ」

白んだ狼狽《ろうばい》のいろが女の顔を閃光のようにかすめた。しかし、かりにこの女がグレーヴズを脅迫にいっただけで、ほかにはなにもせずに出てきたとしても、やっぱり同じ反応をみせたかもしれない、とブリッキーは考えた。

つい今までは、ドアと脇柱とでくぎられた女の背後の壁に、なにか輪郭のぼんやりした影が見えるともなく見えていた。鑿《のみ》で彫ったようにくっきりした影ではなく、部屋のいっぽうから射す光を、なにかが途中でさえぎっているためにできた、ほんの朧《おぼろ》な影にすぎなかった。それが今、ひそかに横へうごいて見えなくなった――まるで、その影を投げていた実体が位置をかえ、そっと見られないように隠れてしまったみたいだった。

女の目の中心の姫茴香《ひめういきょう》の種子ほどの部分が、その同じ方向へちらっと動き、またすぐさっと

もとへもどった。まるで、その女だけに波長をあわせた目にみえない信号を受けとったようだった。そして、女は底に薄気味のわるいものを秘めた、ぴんと張りつめた声音で、

「ともかく、ちょっとおはいりよ。どういうつもりか聞かせてもらおうじゃないの」

というと、大きくドアをあけた。どうぞお入りという歓待の意味ではなく、居丈高に命令するような手つきでぐいと引きあけたのだ。さっさとはいらないと、首根っ子をつかんで引きずりこむよ、とでもいいたげに。

まだこの瞬間は、ブリッキーの進退は自由だった。背後には廊下がさえぎるものもなく伸びている。さあ、はいるんだ、生きて出られるといいけど、そう思いながら彼女は足を踏みだした。

相手の女の前をゆっくりと通りすぎ、わきへ折れると、煙草のけむりでむっと息苦しい安手な部屋へはいった。うしろで不吉な響きをたてて、もう永久に開かないぞとでもいうように、ドアがしまった。鍵がかちっ、かちっと二度鳴った。一度は鍵穴のなかで鍵をまわす音、二度目は鍵穴から鍵をひきぬく音。

あたしはこの部屋に閉じこめられてしまった。じっくり腰をすえて勝利をつかまなくてはならない。さもないと再び外へ出ることはできないのだ。

戦いの火蓋がきられた。この戦いでのブリッキーの武器といえば、機智のはたらきと、鋭敏な神経と、それにしがない職業ダンサーといえどもご多分にもれず持ちあわせている女としての第六感、それだけだった。ただいまの瞬間から、どんなに秘めやかな視線を投げるにしても、

どんなにかすかな身動きをするにしても、一つ一つが大きな意味を帯びてくる。大目には見てもらえない、二度とやりなおしは利かないのだ。

部屋は一見したところだれもいないようだった。浴室へ通じるらしいドアも、彼女がそっちへ目をやったときはすでに堅く閉まっていた、が、ドアの取っ手はちょうど回りおわったところで、まだ完全に落ちついてはいなかった。もしブリッキーが余計なことを知っていないとわかれば、そのドアは閉まったままで開くことはないだろう。しかし、余計なことを知りすぎているとわかれば——それが判断のめやすとなるわけだ。ここに知りたいことがあるとすれば、どうやって探りだすか、またどの程度まで探りをいれていいのか見当がつけられる。そのドアが教えてくれるのだ。さしあたって話の進行上の物差しが手にはいったわけだ。

そのほかでは、みすぼらしい箪笥《たんす》の引出しが、つい今しがた中身をからにしたらしく、少しずつ不均等な長さに引っこ抜いたままだった。ベッドの足もとの床にはグラッドストーン型の旅行鞄が一つ置いてあった。鞄はいっぱい荷物がつまり、すぐにでも持ち出せる用意ができている。箪笥の上には雑多なものが散らばっていた。部屋の住人が大あわてで帰ってきて、部屋にはいるなりあたりに放りだしたというようだった。女のハンドバッグが一つ、手袋が一対、皺《しわ》だらけのハンカチが一枚。ハンドバッグは欠伸《あくび》をしたみたいに開けっぱなしで、そのなかに手をつっこんでなにかを捜そうとした人間が、気の急《せ》くあまり、口をしめ忘れたといった感じだった。

ブリストルという女は、ぶらぶら彼女のあとから入ってきて、なにかをこっそり爪先で踏みつぶしたが、一瞬の後にブリッキーのほうへ顔を向けたときには、半分のみかけの煙草をいぜんとして指のあいだに挟んでいた。ブリッキーはつい今まで、テーブルの端で、持ち主のない煙草が燻っていたのには気がつかなかったふりをした。男性はよくテーブルの縁とか、その他むきだしのものの上に喫《の》みかけの煙草を宙ぶらりんに置きっぱなしたりするものだが、女性は断じてそんな真似をしないものだ。

そんなものは余分のつけたりだった。今しがた見かけたドアの取っ手のまわりかた、その前の壁にうつった光の調子の変化、それらの事実で知りたいことは充分に知りつくしていた。この部屋には自分もふくめて三人の人間がいるのだ。

ジョーン・ブリストルは椅子をひとつ引きよせて位置をただし、その背が浴室のしまったドアへむくように調整した。

そして、

「さあ、おかけよ」

とブリッキーにすすめた。

自分はたった一つのこった椅子を占領してブリッキーがほかの椅子を選ぼうにも選びようのないように仕向けたのだ。ブリッキーはその椅子に腰をおろした。いまにも跳ねあがりそうに押しちぢめたスプリングの上に乗っているような感じだった。

女は口紅をぼってり塗った唇をしめして、

「あんた、名前はなんてったかしらね？」

とたずねた。

「まだいってないわよ。でも、キャロライン・ミラーあたりで結構だわ」

相手はとても信用できないというように苦笑してみせたが、あまりこだわらずにさきへ進んだ。

「じゃ、あんたはグレーヴズとかって男を知っているんだね。ところで、その男とあたしが知り合いだなんて、どうしてそんなことを考えついたのさ。その男があたしのことを話しでもしたのかい？」

「ちがうわ。あのひとはだれのことも口にしやしなかったわ」

「それだったら、なぜあたしが、その男と知り合いだって思いついたのさ——」

これではいつまでたっても堂々めぐりだ。なんとかこの地点を通りこしたかった。

「でも、知っているんでしょう？」

ジョーン・ブリストルは考えこむように、また口紅をなめた。

「おっしゃいよ、あんたは最近、その男に会いにいったんだね？」

「ごく最近よ」

「いつ？」

ブリッキーは巧妙な無頓着をよそおった。

「いま、そこからやってきたところよ」

ブリストルの内面がさっと緊張の度をくわえた。もっとも、それは表面からみて容易にわかるものだった。彼女の視線はブリッキーの肩ごしに定かでないあたりを彷徨《ほうこう》した。そのさきの道案内を死にもの狂いで求めているようだった。ブリッキーは慎重にやった。その視線を追って自分のあたまを振りむけることを控えたのだ。いずれにしろ、そっちにはドアしかないと分っていたからだ。

「その男はどうしていて?」

「死んでいたわ」とブリッキーはおだやかな声でいった。

ブリストルは普通の驚きかたを見せなかった。たしかに驚きにはちがいなかったが、ぎくっと跳びあがるような種類のものではなく、執念のこもった悪意にみちた驚きかただった。いいかえれば、驚きの種はニュースそのものではなく、そのニュースの出所なのだった。

即座には返事がでなかった。さっき壁にうつっていた影と『相談』したいようすが明らかだった。あるいは相談したがっているのは影のほうかもしれなかった。閉まったドアのおくのどこかから、蛇口の水がつかのま迸《ほとばし》り、すぐまた止まったのが合図だった。

「ちょっと失礼」と相手の女はいって腰をあげた。「浴室の水栓をしっかり締めるのをわすれたらしいわ」

戦略上そこに据えたブリッキーの椅子をまわると、なかにあるものを見られたくないように細目にあけた戸口を抜けて、浴室の内部へすべりこんだ。客がふり返って覗きこめないように、すばやくそのドアを閉めた。

それがブリッキーにチャンスを与えたかたちになった。なにか捜すものがあるとすれば、今こそがその絶好の機会だ。有効期間はせいぜい三十秒。あの浴室で今後の成行きについて指図を受けるとすれば三十秒はかかるだろう。こんな機会は二度と訪れそうもない。ブリッキーは背後でドアの取っ手が落ちつくか落ちつかないうちに椅子から立ちあがっていた。一つのことをやりおおせる時間しかない。彼女は箪笥《たんす》の上に口をあけたハンドバッグに目をつけた。そこだけが目立っていたのだ。それよりなにより、許された時間と空間内では、そこだけが手のとどく範囲なのだった。箪笥の引出しは中途はんぱな位置からすると空っぽらしかった。グラッドストーン型の旅行鞄にしても、いっぱいに詰まっている様子からして、すでに鍵がかかっているようだ。

彼女は矢のように部屋をよこぎって、口をあけているハンドバッグを狙って、さっと片手をつっこんだ。公然の証拠品が期待できないことはわかっていた。それは高望みというものだ。でも、なにかあるだろう、なんでもいい。しかし、なにもなかった。棒口紅、コンパクト。その他ありふれたがらくた類。ハンドバッグの内ポケットに差しこんだ指に紙片がふれて意地わるくがさがさ音をたてた。彼女はすばやく引っぱりだして、それをひろげ、ざっと目を通してみた。やはりなんでもない。ホテル代の未払い請求書で十七ドル八十九セントとある。この部屋の部屋代だ。男ならそのままもとへもどしてしまうところだろう。なんの値打があるというのだ。彼女が追求しているものとはなんの関係もない。

しかるになお、説明のできないなにかの本能が大声で呼びかけた。

(それを手放しちゃいけない。役に立つかもしれないよ)

彼女がもとの椅子へ駈けもどって、片方の靴下をちょっといじったと思うと、その紙切れは見えなくなった。

一瞬後に浴室のドアがあき、ブリストルという女が指示を受けおわってもどってきた。ふたたび椅子に腰をおろすと、ブリッキーの注意をほかへ逸《そ》らさぬように、じっと彼女の目を見すえた。

「あんた、グレーヴズの屋敷へ、一人でなにしにいったのさ？　それともだれかといっしょだったのかい？」

ブリッキーは十七歳以上の女ならだれでも持ちあわせている心得顔をしてみせた。

「あたりまえよ。そんな場合に、お婆さんに付き添ってってもらうとでもいうの？」

相手はうまく話にのってきた。

「まあ、そんな場合にだって？」

「そうよ」

「それじゃあ――」と女はまた口紅を舐めながら、「だれかに玄関で止められたんじゃないの、それで知ったんじゃないの？　外に警官が張りこんでいて、弥次馬がたかっていて、大騒ぎになっていたので、それで、あんた、そのことを知ったのじゃないの？」

こうした質問にたいして、ブリッキーは本能だけを頼りに答えていた。口から出てくるまでは自分でもどんなふうにして返事が出てくるのかわからなかった。平均をとる棒も、下に張った網もなしに、綱渡りをしているような気分だった。

「いいえ、だれもいなかったわ。まだだれも知っちゃいなかったわよ。みんなが騒いでいるところへ、あたしが割りこんでいったりすると思って？　あたしが一番に見つけたのだと思うわ。あたし、あの家の鍵をもってたのよ、あのひとから渡されてたの。はいってみると家中の灯りが消えていたわ。で、まだ帰ってないんだろうと思って、待つつもりにしたのよ。二階へ上がってみると、あのひとがいたってわけよ。ピストルで孔をあけられてね」

ジョーン・ブリストルは教わった台詞の暗唱に熱をこめて、両手を捻じり合わせるようにしながら、

「それで、あんたはどうしたのさ？　きっと雲をかすみと逃げだして、大きな声で人殺しとわめきたて、おおぜいの人間を呼び集めたんだろうね」

ブリッキーの椅子にすわっている辻君《つじぎみ》が、またもや世慣れた顔をしてみせた。

「あたしのことを、そんな馬鹿だと思ってるの？　そりゃ大急ぎで飛びだしたけど、騒ぎたてたりはしなかったわ。あかりを消し、玄関の鍵もかけて、ちゃんと見つけたままにして出てきたわ。だれにだってひと言もしゃべりゃしないよ。こっちだって巻きぞえを食うのはごめんだからね。それだけのことよ」

「その家へ行ったのは、いつのこと？」

「たった今よ」

「じゃ、まだあんたしか知らないわけだね――」

「あんたとあたしだけよ」

背後でかすかな気配が感じられた。ほんのわずか空気が動揺したのかもしれない。あるいはなにかが軋《きし》んだのかもしれない。

「ここへは、あんた一人できたのかい？」

「そうよ。なにをやるときだって、あたしは一人よ。だれがいるもんですか」

箪笥《たんす》の上で斜めにこっちを向いている鏡のなかに、背後のドアの蝶番《ちょうつがい》がゆっくりと外へひらくのが映った。鏡の面があまり広くないので、ドアの反対はしの積極的に動いている部分までは映りきらなかった。

ふり返るひまはなかった。頭を使って考えるひましかなかった。うしろのドアが開いた。だれかが出てこようとしているのだ——やっぱり、この連中がやったんだわ。あたしのほうが当たり籤《くじ》だったんだ。あたしのほうが当たりで、クィンのほうが外れだったんだ。

今更わかっても別にどうということはなかった。みずから求めて虎穴にとびこんだのだ。そして今、その虎の児が手にはいろうとしているのだ。

ブリストルはもう一つ質問した。答えてもらいたいというよりも、もうほんのしばらく、ブリッキーを油断させておくためだった。

「それで、なぜあたしがそれに関係あると思ったのよ。あんたがここへやって来たのは、どういう意味なのよ」

返事に苦労する必要はなかった。だれも返事なぞ期待してはいない。もうこれ以上、彼女が協力しなくても、二と二を足して答はちゃんと出ているのだ。

小さなぶつぶつのいっぱいある厚手のものが、突然、背後から彼女の顔をつつんだ。湯上りタオルを包帯のように巻きつけられたらしいのだが、もっとも、その正体を確かめている余裕はなかった。からだは電池にふれたみたいに弓なりに反《そ》りかえり、片手は強い力で手首をつかまれて後ろ手に押さえられた。ブリストルも同時に激しくとびついてきて、もう一方の手をつかんだ。両手は後ろにまわして重ねられ、なにか細ながい紐のようなもの、取りはずした枕カバーだか顔拭きタオルだかで潰れそうなほどきつく結えられた。

荒織りのタオルで顔ぜんたいを蔽《おお》われて、しばらくは自由に呼吸ができなかった。現在この場で窒息死させられるのかと思うと身の毛がよだった——しかし、それが目的なら、よけいな手数をかけて両手を縛りあげることもあるまい、と漠然とながら気がついた。そのおかげで、今までに算《かぞ》えきれないほど例のおおいことだが、発作的なあがきの衝動に襲われて、かえって逆に死を招いたりするような結果にならずに済んだ。

女の手よりも大きくてごつい乱暴な手がのびてきて、すこしタオルを弄《いじ》っていたかと思うと、タオルが顔の半分までずり下げられ、おかげで目と鼻孔が自由になった。のこりの個所は後頭部で前よりもはるかに緊《きつ》く締めつけられ、頭蓋骨ぜんたいが割れてしまうのではないかと思うほどの圧力だった。だが、すくなくとも肺いっぱいに空気を吸いこめるようになったので、すでにこみ上げていた烈しい咳が鎮まった。

視野がはっきりしてくると、ブリストルがいぜん目の前にいて、うしろの見えないだれかに話しかけているのがわかった。

「この女の口に気をつけるのよ、グリッフ。ここは壁が薄いんだからね」

男の唸るような声がそれに答えた。

「足を縛れよ――こっちの向こう脛《ずね》を蹴とばされちゃこまる」

女がしゃがみこんで見えなくなった。雪白のタオルが鼻の下に急角度で棚のようにつきだして、下むきの視野を妨《さまた》げているのだった。両のくるぶしがちんと合わされ、そのあいだや周囲を細長い布きれが巧みに出入りして、きっちり縛りあわせるのが感じられた。ブリッキーは両手両足を結えられて身動きのならない一本の藁束になってしまった。

ジョーン・ブリストルがまた視界にあらわれて、

「どうするのよ?」

と、たずねた。

「わかってるじゃないか。この女を――」

男は最後まで言わなかった。ブリッキーはそれにつづく言葉の意味を、間接的に、さっと女の顔が緊張したようすから読みとった。血の凍る思いがした。まるで窓掛けをおろそうとか、電燈を消そうとかいうときと同じに、男は冷静そのものの口調でそのことを言ったのだ。

女はおびえていた。ブリッキーのためを思ってではなく、自分たちの身の上を案じてだった。男がなにものであるにしろ、この女はほかのだれよりもこの男の気質を知っているのにちがいない。いま目顔でいったことを実行に移すだけの力があることを知っているのだ。

「この部屋じゃだめよ、グリッフ」と、女は陰気な声でいった。「この部屋にあたしたちのいたことは知られているわ。こっちから捕まりにいくようなものよ！」

「勘ちがいしちゃいけない」と男は事務的な口ぶりでいった。「なにもこの部屋んなかで料理しようというのじゃないんだ」

男は窓ぎわへ行って用心ぶかく窓枠を押しあげた。ちょうど雑役夫が家のなかを見まわって修理の個所を捜しあるくようだった。向かい側ののっぺらぼうな煉瓦壁が一部分、こっちから射す電燈の光のかたちだけ明るくなった。男はすこし頭を突きだすと下のほうを入念にながめていた。そして、こっちへ向きなおると、片手を曰くありげに振ってみせながら、静かな調子で女に話しかけた。

「四階のたかさがあれば充分さ。おれたち三人がここで酒盛りをやっていて、この女が窓際へいき、窓をあけて外の空気を吸おうとした。ところが窓があきにくくて——ってなことは、しじゅう、そこいらで起こってることじゃないか」

ブリッキーの心臓は衝風燈《ブロウ・トーチ》のように熱くなって胸板を焼きぬきそうに思われた。

「そりゃいいけど、たいてい後難がつきものだわ。それが今度の場合はまずいのよ。何時間もこの部屋に缶詰にされて、警察からいろんなことを尋問され、ずっと前までさかのぼって根ほり葉ほりきかれているうちに、うっかりして、とんでもない、、、ことまでばれてしまうかもしれないわ」

女は男のほうへ二人だけに通じる目配《めくば》せをした、が、そこには、目配せの意味のわかる人間は三人いたのだった。

「どうしようっていうんだ？　この女をここへ置き去りにしとくのか？」

と男が怒鳴るようにいった。

ブリストルはがむしゃらに髪の毛を掻きむしりながら、泣き言をぼやいた。

「こんな厄介なことになったのも、みんなあんたのせいじゃないの。いったい、あんたってひとは――」

「うるさい」

男は冷たくつっぱなした。

「この女はもう知ってるのよ。どうして、この女が、ここを突きとめたと思うの？」

「それだったら、お前のほうだって、なぜ最初から予定どおりにうまくやらなかったんだ？」

「どうしようもなかったんじゃないか。あたしの手には負えなくなったんだもの。あんたが嚇《おど》し文句をならべて、うまく金を出させてくれるものと思ったから、あたしはあんたに番を渡したのよ。それなのに、あんなふうに口を封じてしまわなくたっていいのに！」

「あの野郎が、ああやって摑みかかってきたのに、おれにどうしろというんだ？　むざむざ渡しちまえってのか？　お前だって見ていたはずだぜ。正当防衛のために食らわしてやっただけさ。それよりも、今更こんなことで喧嘩したってしようがない。こんなざまになったのも、みんな、お前がまずく立ちまわったからだ。いま現在、おれたちが考えなきゃならんのは、この女の始末なんだ。おれはやっぱり、さっきの方法がいちばん利口だと思うんだが――」

「だめよ、グリッフ、だめだったら。利口どころか間抜けの骨頂よ。あたしたちが逃《ず》らかってから、この女に勝手な熱を吹かせとくといいわ。あたしたちに不利な証言は、この女のことばだけなのよ。この女だってあそこへ行ったんじゃないか。あたしたちと同じように、この女がやったと考えることもできるのよ。とにかく逃げだすことが先決よ――」

男は部屋の反対側にある衣裳戸棚のドアをあけて中をのぞきこんだ。

「こうしたらどうかな。女をここへ押しこんで鍵をかけちまうんだ。向こう側はなにもない壁だから、どんなに喚《わめ》いたって聞こえっこない。そのあいだに、こっちはたっぷり時間をかせげるぜ。警察がやってきて、このドアをぶち破るまでには、何日もかかるさ――」

二人はブリッキーを両側から吊るして、足だけは後に曳きずるようにしながら、無理やりそっちへ連れていった。そして防虫用の衣裳袋かなにかみたいに、彼女をそのなかへ押しこめた。

「どこかに縛りつけといたほうがいいな。さもないと、身体ごとドアにぶつかろうとするかも知れない」

男はシーツを細かく裂いてロープ代わりにし、それを彼女の両腕の下に通して、うしろの衣裳をかける鉤の一つに巻きつけた。ブリッキーはまっすぐ床に足をつけて立っていることはできたが、戸棚のうしろ壁から離れるわけにはいかないのだった。

「息はできるかしら、見つかるまでに暇がかかった場合に――」

「こっちの知ったことか」と男は冷淡に言いすてた。「自分で勝手に息のしかたを考えるさ。結果はあとになれば、おれたちにもわかるだろうよ」

二人は彼女をいれたままドアを閉めた。急に暗いとばりが下りたように一切が見えなくなった。鍵がひっこ抜かれた。その鍵は外へでてからどこかへ捨てる気なのだろう。まだしばらくの間は、二人が最後の出発準備をしている気配が聞きとれた。

「ハンドバッグは持ったか?」

「階下のフロントにいる呑ん兵衛はどうするのさ? 女が登ってくるところを見たにちがいないわよ」

「まかしとけ。きのうの午後、おれが買ってきたライ・ウィスキーの小瓶はどこへやった? 帳場ごしにお別れの一杯をご馳走してやるよ。あいつ、いつも郵便物の棚のかげにかくれて、一杯やってやがるんだ。だから、そっちへ行ってるすきに、お前はこっそり出ていけばいいんだ。さもあの女といっしょみたいに、なにか独り言でもいいながらな」

「エレベーター係の黒人は?」

「階段を降りることにするさ。以前からだって、エレベーターが登ってくるのを待ちくたびれて、よく階段を降りたことがあったじゃないか。押しボタンが壊れてた、それでいいだろう。黒人には聞こえなかったことにするんだ。さあ、用意はいいな?」

「待って、ホテルの勘定書がないわ。あれを払わないことには外へ出られやしないのよ。きっと、どこかこのへんの床に落っこったのにちがいないんだけど――」

「そんなものを捜していられるか。いこうぜ。帳場でもう一枚、新しいやつをこさえさせるさ――」

廊下へでるドアがしまって、二人は行ってしまった。

三つ目の、そして最後の店へむかうタクシーの車中で、クィンは、こんなに複雑な手間をかけてあちこち引っぱりまわす相手の作戦の裏にあるものが読めたような気がした。ホームズは罠にかかるのを恐れているのだ。だから、それを避けるために、まず最初にクィンがいた店から二つ目の店へ誘《おび》きだしたのだ。そこで、自分は見られないよう用心しながら、クィンをたっぷりと観察した。だが、どうやら一人らしくは見えるものの、絶対の確信がもてないので、さらに念をいれて会合場所を三つ目の店へ移したわけなのだ。ここなら自分がさきに到着していて、あたりに異常がないことを確認できる。クィンが仲間を張りこませるには、それを餌食《えじき》の目の前でやらなくてはならないわけなのだ。

そこへ着くまでには七、八分、それ以上はかからなかった。オーエンの店というのは、もうふた昔も前の禁酒法当時にあった違法酒場《スピークイージー》の面影をあますところなく止《とど》めていた。店は褐色砂岩の建物の一階にあるのだが、そこへはいるには地下を通らねばならなかった。宣伝のためのネオンサインもあったけれど、法定の閉店時刻を過ぎてしまった今では消してあった。客も大半は帰ったあとだった。だが、クィンはかまわず階段をおりて入っていった。

ボックス席に一人ぽっちの男が正面をむいてすわっていた。髪の毛は周辺のところに霜がまじっていたが、頭のてっぺんはまだ黒々としていた。縁なし眼鏡をかけているのが人がらを堅《かた》物《ぶつ》に見せている。夜明けがたの五時に三文酒場で一人すわっているには堅物すぎる感じだった。むしろ家庭にひっこんで、電気スタンドの光で新聞をうなずきうなずき読みふけり、それもきりぎり十一時には切りあげるといった型の男だ。薄ねずみ色の背広を着こみ、おなじ薄ねずみ色の帽子をテーブルの上の壁鉤にかけている。ハイボールのグラスに片手の指をからませ、テーブルの向かい側には主のないグラスがもう一つ置いてあった。

クィンがはいっていくと、その男は目立たぬように指を一本立ててみせ、またその手をテーブルに落とした。

クィンは近づいていって上から見おろした。男はすわったままで顔をあげた。一瞬の奇妙な膠着《こうちゃく》状態があった。たがいに口もきかずに見つめあっているのだが、あまりに距離が近すぎるので一層ぎごちない感じだった。

まず男のほうがさきに話しかけた。

「きみがクィンだね」

「クィンです。あなたがホームズさんでしょう」

「タクシー代はいくらかかった?」

「六十セントです」

「これで払っときたまえ」

男の握った手の一端から小銭が液体でもあるかのように流れでた。

クィンはタクシーの料金をはらうと、すぐまた店へもどってきた。男は先刻のままでテーブルにすわって身動きもしていなかった。クィンは前とおなじテーブルのはしに立ちどまった。

ホームズは向かいがわの板張りの席を、あっさりした身振りですすめた。

「かけたまえ」

クィンは壁からはなれた端っこのシートに一時的に腰をおろした。

またしても二人は顔を見合わせた。いっぽうは二十歳そこそこの青年、他のいっぽうは四十歳なかばを過ぎて五十歳になっているかもしれなかった。ホームズのほうが年かさで経験も積んでいる。それがたちまち明らかになった。こんな自分の不利益になりそうな情況でさえ、主導権をにぎっているのは男のほうなのだ。自分のほうがたとえ正しくても、善とか徳とかだけでは、経験というものと互角にわたり合うことは難しいのだ。

「きみのために酒を用意してある。ここで待たせてもらうためには前もって注文しとかなくてはならなかったのだ。閉店時刻も過ぎているのでね」

クィンはなんということなしに考えた。この酒になにか盛りこんであったら面白いんだが。しかしそんなのは、一九一〇年代に流行《はや》った手だ。まじめに受けとる気にはなれなかった。

ホームズはクィンの考えを読みとったらしかった。

「それなら、わたしのを飲みたまえ。まだ口をつけてはいないんだ」

男はクィンの前にあったグラスを引きよせると、唇のほうへ傾けて、ごくごくと飲んだ。

「さあ、いつでも聞かせてもらうよ」

と男は皮肉な調子でいった。

クィンはあたりを見まわして心ひそかに思った。『ここは相手を嚇《おど》しつけて泥をはかせるのに適当な場所じゃない。ここでは大したこともききだせまい。相手に場所を決めさせたのが不手際だった』

またしてもホームズはこっちの胸のうちを読んだらしい。

「なんだったら、外へでて、車に乗ろうか？」

「車を持っているとは知りませんでした。だったら、こんなにあちこちぼくをひっぱりまわさず、なぜ最初から車で拾ってくれなかったんです？」

「まず初めにきみがどんな人物かを知りたかったんだよ。どんな場面にぶつかるか見当がつかなかったもんでね」

今だって知らないくせに、とクィンは苦々しい思いを嚙みしめた。

ホームズは自分のグラスを底まで飲みほすと、立ちあがって薄ねずみ色の帽子を手にとった。夜明けがたの脅迫がましい会見などではなく、真っ昼間に商用で軽い昼食をすませたあとのように、入念な顧慮をはらって寸分のゆがみもなく帽子を頭にのせた。帽子をかぶると、それまでの堅物《かたぶつ》じみた感じがいくぶん柔らいだが、それもほんのわずかだった。どの部分をとってみても、堂々たる威厳のそなわった、宗教家めいた感じさえある実業家ぶりだった。この場の目にみえない覇権を手中におさめて、彼は戸口のほうへ歩きだした。

クィンも立ちあがると一、二歩遅れてあとを追った。酒のグラスは口をつけないままだった。ふいに彼はそっちをふり返った。今後のことを思うと酒を入れておいたほうがいいかもしれない。身体がだるいような気がするのだ。彼はちょっとテーブルへもどると二口か三口でグラスを空けて、ふたたびホームズのあとを追った。いくらも経《た》たないうちに気分がしゃんとしてきて、これなら以前よりは、目の前にせまった難局をうまく捌《さば》けそうな気がしてきた。

車は二、三軒さきにとめてあった。すでにホームズがそのそばに立って、これだというように彼を待っていた。

「べつに急《せ》かせる気はないんだが」

と言いながら、手まねで丁重に乗車をすすめた。

クィンは相手が発車させるままにまかせていた。やがて簡潔にたずねた。

「どこへ行くんです?」

「すこしこのへんをまわろうと思うんだ。こんな時間に道端に車をとめて話をするわけにもいくまい。お巡りがやってきて、車のなかに鼻をつっこむからな」

「それがどうして困るんです?」とクィンはさっそく切りつけた。

「さあね。きみはどうだね」とホームズは涼しい顔だった。

「ぼくがたずねてるんですよ」とクィンはいった。

ホームズは前部の緩衝器《バンパー》のゆくてに延びる舗装面へ目をやったまま、そこになにか面白いものでも発見したように微笑をうかべた。なにもあるわけではなかった。なんの変わり栄えもしない普通の舗装面だった。

車はのろのろと西へむけて走った。五十一丁目は西へむかって伸びる通りだから、それは当然のことだった。二人とも黙っていた。クィンは思った。先方から話を切りださせよう。なにもこっちが誘い水をむけてやる義理はない。遅かれ早かれ、話しださないわけにはいかないのだ。相手から切りだすのが当然だ。こっちは、おそらく、この男の刑務所ゆき、電気椅子ゆきの切符になりそうなものを握っているのだ。ホームズはなにを考えているのか知らないが、それを厳重に鍵をかけて頭のなかにしまいこんでいた。顔には毛筋ほども表わさなかった。

車は北に曲がって六番街へはいった。そのままで山の手へむけて走ると、適当なあたりで東におれ、偶数丁目の横通りへはいりこんだ。ぎりぎりの最後という瞬間になって、急にぐっとハンドルを切ったぐあいからして、とくに目的のある曲がり方ではないことがわかった。まっすぐ走って一番街まで出ると、またしばらく北へ進んだ。やっとのことで決心がついたらしい。ホームズは一本の横通りへ折れこんだ。それは坂道で、イースト・リヴァー・ドライヴの下をくぐり、河岸の水際でおわっている。防護柵に類するものはなにもなく、荷揚げ場のようなかたちで、そのまま波のうねる河面の闇にのぞんでいた。

車は道路の一端をなす低い縁石に前部の車輪がぴったりくっつくばかりに停止した。

クィンは沈黙を保っていた。どうせゲームは二人でやるものだ、と彼は思った。

ホームズはエンジンをとめてヘッド・ライトを消した。

河波に映えていたヘッド・ライトの金糸銀糸は消えたが、水はいぜんそこにあった。呼吸をするたびに河の匂いがし、ときたま水音もきこえた。ちいさな幼児がきゃっきゃっと笑うような音が間をおいて響いてくる。

「ずいぶん端っこに停めましたね」と、クィンがいった。

「車輪はブレーキをかけてあるよ。おびえているわけじゃないんだろう?」

「おびえてなんかいませんよ」とクィンは無抑揚にいった。「その必要がありますか?」

ホームズはちょっと横へあたまを向けた。

「なぜ時計なんか見るんです」

「オーエンの店できみと会ってから、どれくらいたったかと思ってね」

「二十分ですよ。もうそろそろ片がついてもいい頃ですがね」

「もうすぐ片づくよ。小切手は持っているかね?　いくらほしいんだね?」

どこか変だぞ、とクィンは思った。手順が狂ったようだ。こっちのほうが分が悪くなっている。いったい、いつのまに、この男が先手を取ってしまったんだろう。

クィンは鼻梁をきつく撮《つま》んでみた。

ホームズは前かがみになり、計器盤のあかりの近くで紙をがさごそいわせている。

「さあ、ここに二百ドルある。小切手を寄こしたまえ」

クィンは返事をしなかった。

ホームズは向きなおって彼の顔を見つめた。

「二百五十ではどうだ」

クィンは答えなかった。

「いくらほしいんだ?」

クィンはゆっくりと落ちついて口をひらいた。こんどは彼の手順なのだ。

「ぼくが金をほしがってるなんて、どうして決めてかかるんです?」

ホームズはただ彼の顔を見つめていた。

「ぼくの欲しいものをいいましょう。ぼくのほしいのは、あなたが、今夜、スティーヴン・グレーヴズを殺したという自筆の供述書だ。もしそれが貰えなければ、ぼくは、小切手とあなたと両方とも、警察の手に引き渡すつもりです」

ホームズの下顎は上顎にくっつこうとしたが、そのたびにだらんと垂れてしまった。

「まあ、待ってくれ——。まあ、待ってくれ」

そんな言葉を二度か三度くりかえした。

「ホームズさん、あなたは今夜、あそこへ行かなかったとでもいうんですか?」

突然、下顎ががっきと上顎に嚙みあって、もう二度と垂れ落ちなくなった。あまりきつく嚙みあっているので、言葉ひとつ洩れ出なかった。

「グレーヴズはあの屋敷で死んでいます。そして、殺したのはあなただ。まさかあなただって、ぼくがこの小切手を町なかのタクシーで見つけたと本気で信じているわけじゃないでしょう。では、どこで見つけたか? スティーヴン・グレーヴズの死体が転がっているその現場でですよ」

「嘘をいいたまえ。きみは自分でも知らない話をでっちあげて、わたしを陥《おとし》いれようとしているんだ」

「ぼくはあそこへ行ったんです」

「きみがそこにいったって？　嘘だ」

「あなたと彼とは、あの二階の裏手の書斎で、二つの革張りの椅子に向きあって坐っていたんだ。自分で酒を飲んだが、あなたにはすすめなかった。葉巻も自分だけ吸って、あなたには彼はすすめようとしなかった。あなたは自分の葉巻を吸いながら吸い口を噛みつぶした。その葉巻の銘柄だって知っていますよ。コロナです。また、あなたの着ていた服だってわかっています。あなたは茶の背広を着ていた。ぼくに会いに出てきた今は薄ねずみ色だが、あのときは茶色だったんです。その服の左袖のボタンが半分欠けているはずです。なにも手を後ろへまわさなくたってよろしい。その服の袖口のボタンは、ちゃんと付いているんですから、そのままにして置きなさい。そんなことはどうだっていい、ぼくは知っているんだ。これでもぼくは嘘をついていますか？　これでぼくがそこへ行ったことが信用できますか？　これでぼくが彼の死体を見たことが信用できますか——そして、あなたが彼を殺したことを知っていることも？」

ホームズは返事をしなかった。また彼の頭がわきを向いた。

「時計なんか見なくたってよろしい。時計があなたを救《たす》けてくれるわけはないんだ」

ホームズは時計をしまった。

「いや、時計はわたしを救けてくれるんだよ。きみもまだほんの若僧だな。まったく同情に耐えないよ。電話で声をきいたときには、まさか、こんなに若いとは思わなかった」

クィンは目をしばたたいた。

「ひどく目の工合がわるいようだね。計器盤のライトに輪がかかって見えやしないかね。ほら、大きなシャボン玉みたいに、見えるだろう？」

「それがどうしたんです？」

「いやね、きみはすこしお喋りがすぎたよ。お喋りのおかげできみは墓場行きさ。黙ってさえいれば、わたしも、その小切手をタクシーのなかで拾ったというきみの話を本気で信用していただろう。きみはこの車のなかで眠りこんで、一、二時間後に目を覚ましてみると河っぷちに取り残されているはずだったんだ。小切手は失くなっているが、擦《す》り傷ひとつなしにね。もしかすると、ポケットのなかに、お使いのお駄賃として十ドル札が一枚ぐらいはいっていたかもしれない。どうだね、頭が重くなってきたろう？　その首じゃ支えられないほど重くなってきたろう。そうら、まるで石づくりの頭みたいに、だんだん前へのめっていく」

クィンは急にきっとなって頭を立てなおした。

ホームズは憐れむような微笑をうかべた。

「きみが自分のハイボール・グラスを放さずにいたら、こんなことにならず、無事でいられたんだ。きみもいちおう疑ってはみたが、疑いかたが足りなかった。まちがったグラスを取ったんだ。わたしのグラスをね。わたしはチェスをやるんだが、きみはやらんらしいな。チェスという遊びでは、敵が駒を動かさないうちに、その心のうごきを読むんだよ」

男はことばを切ってしばらくクィンのようすを見まもった。

「ネクタイがきつすぎるんだね？　そうそう、結び目をひきさげるといい。シャツの胸もはだけたほうが楽だぜ。そう、よろしい。だけど、たいして楽にはならんだろう。どうしようもないんだ。きみはだんだん眠りこんでいく。この車の中でね。それから水葬礼だ。擦り傷一つつけやしない。その前に小切手はちょうだいしておくから、心配しなくていい。きっと見つけだすよ。きみが身につけているんだからな。まさかなにも持たずに受け渡しにきたわけじゃあるまい。たぶん靴の中あたりに隠してあるんだろう。きみみたいな青二才が気のきいた隠し場所だと考えそうなところだ」

クィンは座席に縫いつけられたような気のする身体をひっぺがし、前のめりに倒れそうなかっこうでドアの引き手をまさぐった。ホームズは彼の腹に腕をまわして、頭でっかちの袋をひきずるようにしながら、またもとの座席へひきもどした。

「降りようとしたって無駄だよ。外へ出たって、もうどっちみち、立ってはおれんだろう。外の地面へぶったおれるのが精々さ」

クィンの片脚が高く蹴りあげようとして一、二度、屈伸運動をおこした。

ホームズは小さなハンドルをまわして、そっち側の窓をさげた。

「窓ガラスを蹴やぶろうというのかね？　もうとても、そんな力は残っていないだろう——」

ふいに向きなおると、クィンの頼りなげな手をつかんだ。

「なにを持っているんだね？　ほほう、食卓用のナイフか。こんなものでどうするつもりなんだ？　ほうら、こんなに造作なくもぎ取れるじゃないか。きみはもう眠くて眠くて、目玉が腐ったみたいなんだ」

彼はもぎ取ったナイフを開けた窓から前方へ投げすてた。

「ぽしゃんという水音がきこえたかね。車の前は水なんだ。ほら、いちめんに黒く見えているだろう。車輪のまん前にさ」

男は片腕を車の側面につっぱって、気ながに待つ体勢をとり、ぐったりしたクィンをその中に抱きかかえるようにした。クィンの喉のおくで、むなしい啜り泣きに似たおぼろげな音がひびいた。

「そら、もう身動きはできないだろう。蛹《ぷよ》でも追っぱらうみたいに、手をのろのろ振るばかりじゃないか。もうきみには、それくらいのことしかできないんだ。今にそれだってできなくなる。そうら、眼蓋が垂れてくるぞ。だんだん下がってくる」

とにかく一つのことだけはわかったぞ、とクィンは朦朧《もうろう》とした頭で思った。自分の道はまちがっていなかった。だが、わかるのが遅すぎたのだ。

クィンは最後に頭をがっくり落としながら睡そうにつぶやいた。

「あなただって逃げおおせるものか。ブリッキーが知っているんだ。ぼくたちは一人じゃない、二人なんだ——」

彼女は暗闇のなかで、縛《いまし》められ、どうするすべもなく壁にもたれていた。もうバスには間に合わないだろう。クィンはかわいそうに、あのグレーヴズの屋敷で、死人のお伽《とぎ》をしながら夜の明けるまで待っているだろう。そのうちにだれかに見つかって、警察に報告され、殺人の容疑で逮捕されることになるだろう。それでおしまいなのだ。身の潔白を証明しようがない。結局のところ、ブリストルと相棒の男は、クィンが壁の金庫にあけた穴の半分ほどの証拠も、あそこに残していかなかったのだ。あとになったら――つまり、もしこの衣裳戸棚のなかで発見されるまで生きながらえていたら――声をかぎりに、あの二人が犯人だとわめきたててやることはできる。しかし、それがなんになろう。あの男が最初に侵入した場面を目撃したわけではない。いや、その後だって、あの男を直接見てはいないのだ。自分の言葉など無視されてしまうだろう。

貴重な時間が小きざみに過ぎていく。彼女の心臓の血の一滴に値する一分一分が去っていった。もう五時半にはなっているにちがいない。遅くともあと十分のうちに、あたしとクィンはバスの乗り場へ出発していなければならぬはずなのだ。万に一つの見込みもあったろうか。都会に出し抜かれるのは承知していたはずだった。いつだって、そうだったのだから。ちいさな田舎町の男の子と、ちいさな田舎町の女の子が、こんな大敵を相手にして、なんの勝ち味があったろう。あのひとは河上の電気椅子へ据えられるだろう。そして自分は、人情も、希望も、もう夢さえもない、煮ても焼いても食えないようなあばずれダンサーになり果てるだろう。

貴重な時間が刻一刻とすぎていく。とめようもなく、二度と呼び戻しようもない。

突然、廊下からのドアがあいて、ふたたびだれかが部屋にはいってきた。ほんの一瞬、彼女の胸に狂おしい希望があふれた。ああ、あの小説で読むような、映画で見るようなハッピー・エンドが、幸福な結末が訪れたのだ！　間一髪のところでだれかが救助にやってきたのだ。かれらが引き払ったさいにブリッキーの姿が見えないので、不審をいだき、あの酔っぱらいの帳場係が捜しにきたのだろうか？　それともあるいは、クィン自身が第六感に導かれて、ここまでやってきたのだろうか――

つづいて怒りをおさえたような含み声がきこえ、ブリッキーの希望はふたたび底が抜けてしまった。それはブリストルの相棒のグリッフだった。また二人がもどってきたのだ。この場で、すぐにも、彼女を始末しようという魂胆かもしれない。

「なんだって、もっと早く気がつかなかったんだ、この脳たりんめが！　どういうわけなんだ、お前の頭にはシリンダーが一つ欠けてるのか？」

「こうなったら、あの女にきいてみるわ」と、ブリストルのきつい声がした。「さっきだって訊けたのに、あんたが早く出てきすぎたんじゃないの。あの女がここを訪ねあてたのには、なにかわけがあるはずよ。手品使いじゃあるまいし、あたしの名前や所番地も帽子のなかから取りだしたんじゃないことはたしかよ」

衣裳戸棚のドアが開いて、目もくらむような光線が降りそそいだ。ブリッキーはしばらく目を閉じたままでいた。堅く結えつけられていた衣裳掛けの鉤からはずされるのがわかった。ふたたび彼女は二人のあいだに吊るされるようなかっこうで広いところへ引っ張りだされた。タオルの猿ぐつわも口がきける程度にずりおろされた。

ジョーン・ブリストルは手の甲を威嚇《いかく》するようにブリッキーの口もとへかざして、いつでも平手打ちをくわせられる用意をした。

「金切り声でもあげようものなら、思いっきり張りとばしてやるからね！」

金切り声など上げたくても上げられなかった。自分を支えている男にぐったりもたれかかって、大きく喘《あえ》ぐのが精いっぱいだった。

ブリストルはブリッキーの髪の毛へ手をつっこみ、半分ねじって、ぐいっと頭をのけぞらせた。

「さあ、とぼけるんじゃないよ。こっちのききたいことに返事しておくれ。あんた、グレーヴズの家でなにを見つけて、あたしんとこまで手繰《たぐ》ってきたんだね？　あたしがあの男を知ってることが、どうしてわかったの？　あたしの居どころを、どうやってつきとめたのさ？　本当のことをいわないうちは、いつまでも、こうやって捻りあげてやるからね！」

ブリッキーは朧《おぼろ》げな声で、しかし躊躇《ちゅうちょ》せずに答えた。

「あなたはホテルの請求書をあそこに落としていたのよ。死体のすぐそばの床におちているのを見つけたわ」

強烈な一撃だった。水をいっぱい詰めた紙袋を三階の高さからおとしたような音がした。が、ブリストルがブリッキーを殴ったのではなく、ブリストルが自分の相棒に殴られたのだった。女は五、六歩ふらふらと後退して、三人かたまっていた一団から離れた。

男がしゃがれ声でどなった。

「この野郎！　こんなことを仕出かすんじゃないかと思っていた！　まるで、あの男のチョッキのポケットに、わざわざ名刺をさしてきたようなもんじゃないか！　頭のてっぺんから足の裏までぶちのめしてやってもいいくらいだ！」

「この女は嘘をついてるのよ！」とジョーン・ブリストルが金切り声をあげた。湿疹《しっしん》でもできたみたいに片頬がすこしずつ赤らんできた。

「誓ってもいいわ。ここへ帰ってきてから、あれがちゃんとハンドバッグにはいっているのを、あたしは見たのよ！」

「お前はそれを取りだして、あの男に見せやしなかったか？　返事をしろ！　どうだ？　見せたのか、見せなかったのか、どっちなんだ？」

「ええ、見せたわ——それは、あんたも知ってのとおり——どんなにあたしが金に困っているかってことを示すための筋書きだったじゃないの。それも、あの男が強気にでてくる前のことよ。でも、もとどおりしまったのは憶えていてよ。グリッフ！　あたしはちゃんと持って帰ったおぼえがあるのよ！」

ブリッキーは大蛇《うわばみ》のように男の手で締めつけられたまま、頭をよこに振ってみせた。

「落ちていたのよ。十七ドル八十九セントの請求書だったわ。紫いろのインクで『支払期日経過』ってスタンプが押してあったわ。あなたたちの部屋番号まで書いてあったわよ」

男はブリッキーのからだを邪慳《じゃけん》にゆすぶった。

「それはここへ持ってきてるのか？　それをどうしたんだ？　どこにあるんだ？」

「もとの場所へ置いてきたわ。なんにも触らないほうがいいと思ったのよ。なにもかも、そっくりそのままにしてきたわ」

女がまた詰めよってきた。懲《こ》らしめに殴られた頰の痛みも薄らいだようだった。

「この女のいうことを真にうけちゃだめよ。持ってきているかもしれないわ。身体検査をして、よく調べてみるのよ」

「おまえがやれよ。おまえは女だから、どこを捜したらいいか知っているだろう。おれが摑まえていてやるからな」

女の両手がすばやく綿密に仕事をすすめた。あとわずか数インチのところで見落とした。どっちみち、ブリッキーの両脚は足首のところできつく結び合わされていたのだ。彼女はそのまま堅く両腿を合わせていた。片方のストッキングの上端の、それも内側にかくしてあるのだ。

ブリストルは両方とも指をつっこんでみたが、どっちもストッキングの外側だけだった。

「持っていないわ」

「じゃ、あそこへ取りもどしに行かなくちゃならない。そのままで放っておいたら、死人に口をきかせるようなものだ。ばかな阿魔《あま》めが——まったく、首根っこをへし折ってやりたいくらいだよ！」

その嚇《おど》し文句も効きめがなく、女の頬をかすめ過ぎただけだった。女は考えにふけっていたが、やがて、ひくく早口にいった。

「ちょっと待って、グリッフ。うまい手があるわ。この女をいっしょに連れていって、あそこへ置きっぱなしにするのよ。この女がやったらしく見せかけるのよ。いいこと——」

女はブリッキーのほうへ頭をしゃくってみせたが、その意味は疑いようもなくわかった。

「あんたがさっきやろうと思ったことをおやんなさいよ。ただし、ここでなく、あそこでね。ピストルを射ち合って両方ともやられたように見せかけるのさ。そうすれば、あたしたちに疑いがかからないですむわ。あたしたちには関係がなくなるのよ」

男は頼りなさそうな目つきをして、しばらく検討していた。

「それがただ一つの逃げ道よ、グリッフ。振りだしの場所でかたづけてしまえば、よけいな回り道をしにくることもないわよ」

男は頷きはじめた。それがだんだん早くなった。急いでうなずきおわると、さっそく行動にうつった。

「いいだろう。この女を連れて、うまく階下のフロントを通りぬける工夫をするんだ。いいか、この女はべろべろに酔っぱらっているので、お前が支えてやらなきゃならんのだ。おれはさっきと同じに飲んだくれの帳場係を遠ざけておく。おれたち二人でこの女を家まで送ってやるってかたちだな。両手は縛ったままでいいから、足だけを歩けるようにしてやろう」

締めつけられていた両足は痺れきっていて、解かれたあとでも最初のうちは用をなさなかった。

ブリストルは自分の外套《がいとう》をぬいでブリッキーの肩に羽織らせ、両腕がくくられているのをごまかした。そう変なかっこうでもなかった。女がそんなふうに外套の袖を通さずに、ふわっと肩にかけて歩くのは、最近ロンドンから渡ってきた新しい流行なのだった。

「顎のタオルをはずしてやれ」と男がいった。「やむを得ない。それから、こいつを押しつけるんだ」

男は背後からなにかを取りだしてブリストルに手渡した。なにか黒光りのするものだった。たぶんグレーヴズを相手に使ったものだろう。

それはブリッキーをつつんだ外套の下にかくれ、ブリストルの手がそれをブリッキーの背骨へぎりぎりと捻じこんだ。さきのふとい針で脊椎麻酔をふかく施されたような感じだった。

「お前はここで女といっしょに待っていろ。おれはさきにおりて車庫から車をだし、フロントの飲んだくれを追っぱらっておく。車庫は二丁ばかり行ったところだから十分もみればいい。階段から降りたほうが無難だと思うな」

男が出ていってドアがしまり、女ふたりだけが残されることになった。

どちらも口をきかなかった。二人のあいだには一言も交わされなかった。妙にぎごちない格好で立ったまま、一人がもう一人のうしろにまわり、そのあいだにブリストルの手が置かれているものだから、二人をかくしている外套のまんなかが小型テントのように盛りあがっていた。

ブリッキーは思った。あたしがピストルの銃口を避けようとして、ひょいと横へどいたとしたら、この女は射つだろうか？　どういうわけか彼女はそれを実行に移さなかった。べつだんこわいからだけではなかった。こっちが連れていこうと思っていたのに、逆に二人のほうが、あたしをあの家へ、殺人の現場へ連れていこうとしている。ことに相手が男の場合には、とても彼女一人では成しとげられそうもなかった大手柄を立てることになるのだ。なにをじたばたするのだ。もっといい機会があるのではないか。たしかに、あそこへ行ってから、またこういう機会に恵まれるとは言いきれない――しかし、じっくり落ちついて成行きを見まもっていればいいではないか。いつだってクィンという味方があるのだから。

ブリストルはもじもじしながら、とうとう話しかけてきた。

「もういい頃だわ。さあ、あの戸口へ歩きだすのよ。ここで最後にいっとくけどね。階段のとちゅうにしろ、ロビーを横切りしなにしろ、外にでて車まで歩いていくあいだにしろ、ちょっとでも声を立てたら、こいつがたちまち火を吐くよ。あたしは冗談を言ってるんじゃないんだからね。あたしって女は生まれてこのかた一度だって冗談口をたたいたことはないいんだ。ユーモアのセンスには生まれつき縁のないほうなのさ」

ブリッキーは返事をしなかった。さもありなんだと思った。年がら年じゅう険悪な気分でいては堪らないだろう。世間というものを徹底的に憎む危険この上ない女なのだった。

二人は部屋を出ると先刻とおった黴《かび》くさい廊下にそって歩いた。二、三歩行きすぎたとたん、あるドアのおくで、かん高く、だらしのない目覚まし時計の鳴る音がした。ならんで歩いている一人の女から他方の女へ奇妙な衝撃がつたわった。まるでピストルを導体として電流がながれるような感じだった。

背後でブリストルがふかい吐息をもらすのが聞こえた。口にだしていわれるまでもなく、その偶然の、まるで縁もゆかりもない物音が、背骨にあてたピストルを発射まぎわまで追いやったことがわかった。

非常口の目じるしに濃赤色の電燈がついているところで、わきへ曲がり、火災予防用のドアをぬけて、非常階段を降りはじめた。その下のほうのあたりがロビーから射す光でほのかに明るくみえている。まだ降りきらないうちに、下のすきまから、どこか空《うつ》ろな響きをおびたグリッフの声が聞こえてきた。

「もう一杯ぐっとやれよ。さあ、くよくよすることはないさ。そのために持ってきたんだからな」

「ちょいとお待ちよ」

ブリストルが背後からこわばった声でささやきかけ、彼女を階段の下に釘づけにした。そこからはL《エル》字型にまがっていてフロントは見えなかった。しかしながら、表へでるには、どうしてもフロントの真ん前を通らないわけにはいかないのだ。

だれかの苦しそうな咳ばらいがきこえ、またグリッフの声がした。

「落ちついて、落ちついて。なにも瓶ごと丸飲みにしろというんじゃないんだ」

「さあ、いまよ」

ブリストルが嗄《しわが》れ声でいい、まるでブリッキーの行動をあやつる取っ手でもあるみたいに、ピストルでつついて促した。

グリッフが一人だけフロントに両腕をのせ、ぐっと前に乗りだしていた。目の前には仕切り棚がならんで、そのおくからの視界をさえぎっていた。

頭が二つに脚が四本の奇妙な生物、じつは二人の女、いや二人の女と一挺のピストルが、滑るような速さで通りすぎた。男はふり返りもしなければ、全然、気のついたようすもなかったが、片手を背中へまわして扇のようにのろのろ動かし、何度も何度も玄関のほうへ振ってみせた。そこに短く切りとった滑稽な尻尾《しっぽ》でもついているようだった。

二人がさきに車に乗っていると、男もつづいて乗りこんできた。車はホテルの玄関からずっと離れた下手にとめてあり、ブリストルはブリッキーといっしょに後部の座席へすわって待っていたのだった。

男は運転席へ乗りこんだが、いぜんとして、三人とも口をきかずにいた。ピストルが座席の背につかえるので、ブリストルはそれをブリッキーの脇腹へ移していた。ブリッキーは素直にすわったまま抵抗するような動作はすこしも見せなかった。この連中の望みどおり無事に現場まで行きつかせたかったのだ。

あたり一面に夜が崩壊しはじめ、そこらじゅうで、しだいしだいに、光の割れ目やら裂け目やらが見えだしてきた。

車は山の手へむけて快速力で仮借なく走りつづけた。最後にぐるっと七十丁目の通りへ曲がるさい、ブリストルがまるで車のなかに二人しかいないような調子で、低くぼやけた声で男に注意をあたえた。

「気をつけるのよ。大丈夫とわかるまでは車をとめないほうがいいわ」

車は角をまわると、目的地がまだ何マイルもさきにあって、ぜんぜん関係はないみたいに、まず例の屋敷の前をまっすぐ通りすぎた。

秘密は洩れていない。ずっとあのまま保たれている。屋敷の内にも外にも生きたものの気配はなかった。きのうの朝、おなじ夜明けがた、つまり二十四時間前とちっとも変わったところがなかった。

通りすぎるとき、三つの顔が言いあわせたようにそっちを向いた。

あのひとはもどってきているのだろうか？　あの屋敷の中にいるのだろうか？　ああ、神様――いまとなってはじめて、ついにブリッキーは畏怖の念を感じるようになった。

はるか先まで通りこしてから、グリッフは荒っぽくハンドルを切って車首をかえし、一、二軒あともどりした。やがてブレーキをかけたが、それでも例の屋敷からは三、四軒はなれていた。つづいて、かれらは停止した位置から、しばらく監視をつづけた。

異常はない。

グリッフは口をむすんだまま呟いた。

「まだ大急ぎで出入りしてくる暇はありそうだな。さあ、いこう」

歩道へひっぱりだされ両側から二人にはさまれて、街を蔽《おお》ったピストルの艶に似た薄闇のなかを足早に前進しながら、ブリッキーの心臓はくるおしく騒ぎたった。すばやく左右を見わたして人気《ひとけ》のないことを確かめてから、二人は彼女を追いたてて玄関さきの石段をのぼり、狭苦しい玄関の間へはいった。あたりには猫の子一匹いなかった。

「ついたわ」

ジョーン・ブリストルはほっと安堵の息をついた。

「この女のもっていた鍵はどこにあるんだ。早くしろ」

二人は彼女をあいだに挟んで中に押しこみ、うしろ手にドアをしめた。彼女は最後までやりとおしたのだ。これが終幕なのだ。背後にドアを閉めてしまった今となっては、一秒一秒が重要な意味をもってくる。あのひとが今から五分後にもどってきたとしても、五分だけ遅かったということになる。あのひとはあたしを――グレーヴズのようになったあたしをここで発見するだろう。それに今が今もどってきたとしても、たいして役には立つまい。相手は一人でなく二人なのだ。それに向こうは武器を持っているのに、あのひとは素手なのだ。

ひょっとすると――ひょっとすると、あのひとは二度ともどってこないかもしれない。ひょっとすると、あのひともどこか他の場所で、あたしと同じようなめに遭っているかもしれない。

場所がちがうだけで条件はまったく同じなのかもしれないのだ。

家の中はあいかわらず一寸先も見えない真の闇だった。ブリストルがグリッフにむかって、ちょうど二人が初めてはいってきたときクィンがブリッキーにあたえたと同様の注意をあたえた——あれはもう何年も昔のことのように思われた。

「二階へ登るまでは、灯りをつけちゃだめよ」

だが、あのときの二人は闇にまぎれて忍びこむ二人の殺人犯ではなく、身の潔白を証明し、あらたな首途《かどで》に踏みだそうとする二人の若者にすぎなかったのだ。

グリッフがマッチを擦《す》って、椀のようにまるめた両手でかこって、針の先ほどの橙紅色だけをのこした。それを頼りに前へすすんだ。ブリッキーがその後につづいた。あいかわらず両腕は外套につつまれ、ピストルを背中に押しつけられていた。ブリストルがしんがりを務めた。かれらの周囲の静けさが、すくなくともブリッキーには、重く覆いかぶさってくるもののように思われ、非常な高電圧がかかっていて、そのために、あたりの空気いったいが静電気に満ちあふれ、ひと足運ぶごとに火花がぱちぱちはぜるような感じだった。

もしも、あのひとが、ゆくてのあの部屋で灯りをけして待っていたら？　足音をきいて出てきて、「ブリッキーだね？」と呼びかけでもしたら？　あのひとのところへ死神を案内していくようなものだ。また、もしあのひとが居ないとしたら、あたし自身が死神に襲われることになる。二つのうちの一つを選べといわれたなら、後者のほうがいい。とはいうものの、どれほどの相違があるというのだ。もう今となっては遅すぎる。バスには間に合わないのだ。いつも部屋のなかへ。

消えかかったマッチの光に照らされて死の部屋が黒くぽっかりと口をあけていた。グリッフがマッチを振り消したので、瞬間、なにも見えなくなった。やがて彼は電燈をつけると、ブリッキーを死人のいる部屋へつきとばした。救いの手をさしのべてくれるクィンのいない空ろな部屋のなかへ。

「さあ、大いそぎで捜すんだ。用事がすんだら、一刻もはやくここを逃《ず》らかるんだ」

ブリストルは床の上をざっと見渡してから、おそろしい顔でブリッキーをふりむいた。

「どこにあるのさ。ありゃしないじゃないか。どこで見つけたといったんだい？」

ブリッキーの背中からはずしてはいたが、手にはまだピストルを構えていた。

「そのひとのそばにあるっていったのよ」

とブリッキーは冷淡にこたえて、

「そしたら、あんたたちが信用しただけの話よ」

とつけくわえた。

「じゃ、嘘をついたのね――！」

と相手の女はさけんで、相棒の男のほうへ向きなおった。

「だから、あたしが言ったでしょ！」

男の平手打ちがブリッキーの頰に爆発した。

「きさま、どこで手にいれたんだ？」

ブリッキーは片側へよろめいたが、すぐ体勢をたてなおすと、青ざめた笑いを浮かべた。

「自分で考えてごらんなさい」

すると男の声がにわかに冷静になった。殺気をはらんだ落着きだった。この男は殺意をいだくと、いつになく冷静になるらしい。彼はブリストルにむかって言った。

「そいつを貸せ、おれがやる」

ピストルがふたたび男の手にもどった。

「女のそばから離れて、そっちへ寄っていろよ」

ブリッキーは突然ひとりぼっちにされた。男が近づいてきた。至近距離から射つつもりらしい。そうしておけば後になって自殺という口実もつけられる。

男が近づいてくるには、ほんの一秒か二秒しか要しなかったのだが、彼女には幾時間ものながさに思われた。いよいよ殺されるのだ。そのほうがましかもしれない。もうバスには——故郷へかえるバスには間に合わないのだ。時計の針は——

それが彼女の目にうつった最後のものだった。そのまま目をとじて、銃殺班のまえに立った囚人のように待っていた。

ピストルの轟音《ごうおん》でまたはっと目があいた。こんな大きな音は聞いたことがなかった。いちばん大きな自動車の逆火音よりも大きく、顔のまん前でタイヤがパンクしたよりも大きな音だった。だのに、どうしてもっと痛くないのだろう、と彼女はふしぎに思った。死ぬということは、こんなものなのだろうか、こんなに痺《しび》れきったような、耳が聞こえなくなったような感じなのだろうか。

すぐ目の前のところで、二フィートか三フィートのところで、グリップが不格好にのたうっている。あんな大きな音をたてたのは、この男だったのだろうか、それとも女のほうだったのだろうか？　男の腕があまりにも多すぎ、脚があまりにも多すぎて、まるで男が幾人もいるようだ――

ピストルはまだ硝煙をたなびかせながら、銃口を天井へむけて、男の手のなかでがくがく震えていた。もう一本の手が男の手首をつかみ、そこが瘤《こぶ》のようにふくらんでいた。男の首に一本の腕が巻きつき、その肘のさきが彼女のほうを向いていた。その上方には、苦痛にゆがみ、やはり鬱血《うっけつ》した男の顔があった。そして、そのうしろからもう一つ、やはり苦痛にゆがみ、鬱血した顔がのぞいていた。だが、そのために識別できないほどではなかった。

隣の男の子があたしのために闘ってくれているのだ。あたしのために――隣の男の子らしく闘ってくれているのだ。

ふいに床が揺れるほどの地響きがした。彼女の目の前には、もうグリッフもいなければ、四本の腕も四本の脚も二つの頭も、なにもなかった。二つの肉体が床の上で揉みあっていた。ジョーン・ブリストルが部屋のすみから飛びだしてきてブリッキーのそばを通りぬけ、煖炉の前から持ってきた薪架《まきうま》を頭上にたかく振りかぶった。

ブリッキーの両手は縛られていた。相手の女に摑みかかることはできなかった。しかし、隣の男の子が徒手空拳でピストルに立ちむかっているのだから、両手ぐらいなくったって薪架ぐらいに立ちむかえない道理はない。

彼女は片脚をふくらはぎが床につくぐらいに低くのばし、それを駈けまわっているブリストルの両脚のあいだへ巧妙にさしこんだ。

ブリストルは揺り木馬のようにまっ逆さまに前へのめり、薪架《まきうま》はむなしく宙返りを演じて、どこかの壁へがちゃんとぶつかった。

ブリッキーは相手に起きあがる隙をあたえずに、からだごとのしかかり、同時に両膝をつかって相手を床にぴったり押さえつけた。ブリストルが身をもがいてブリッキーを振りおとそうとするたびに、彼女はすこし片膝をもちあげ、二倍もの力をこめて相手の上にどすんと乗りかかった。

男たちのほうを振りむく暇はなかった。そっちでは一本の腕が木槌のように相手のあたまの横を連打していた。二度、三度。突然、そのかたまりが二つにわかれ、一人がよろめきながら立ちあがり、一人はひらたく伸びたままになっている。立ちあがったほうの男の手にはピストルが、握られていた。

「大丈夫だよ、ブリッキー」

そっちから息せき切った声がきこえてきた。

彼女ははじめてそっちへ目をやった。グリッフはうつぶせに床に倒れている。かすかな痙攣《けいれん》をみせ、うわの空で片手を側頭部へやりかけたが、また平たくのびてしまった。クィンは用心ぶかくそれを見おろしている。ピストルを持っているのは彼のほうだったのだ。

「あたし、もうこの女を押さえきれないわ――」

ブリッキーはあえいだ。

クィンはグレーヴズの机へいくと、なにか取りだし、ブリッキーのうしろへまわって両手の縛めを切った。二人ともまだ息切れがしていて満足な口がきけなかった。

クィンはブリッキーの手をしばっていた紐をまた結び合わせると、ジョーン・ブリストルの両手をうしろにまわして縛りあげた。

「あの男も――あいつも縛って」

ブリッキーは苦しそうにいった。

「ようし」

彼は寝室へはいっていき、グレーヴズのベッドから掛け布をはぎとってくると、それをこまかく裂いて仕事にとりかかった。

「きみたちが外の通りをやってくるのが見えたんだよ。この二階の正面の窓から見張っていたんだ。きみが二人にはさまれて歩く、その歩きかたが妙にぎこちないので、これはピストルを突きつけられているなとわかった。そこで浴室へひっこんで、じっと待っていたんだ――」

「この連中だったのよ、クィン。あたしたち、やっと犯人を捕まえたわね」

「ぼくのほうもホームズじゃないことは突きとめたんだが――いやまったく、すんでのところに――」

クィンは立ちあがって、自分の仕事のできばえをあらためた。

「いつまでもとはいかなくても、これで当分はもつだろう。猿ぐつわは要らないさ。むしろ、できるだけ大声でわめかせて、人の注意をあつめるんだ。事実、こっちはそうしたいんだ。なんなら、こっちが警察を呼んでやろう」

「クィン、今更そんなことをしたってだめよ。犯人は捕まえたけど、なんの役にも立たないわ。ほら――」

と彼女は時計を指さした。

「六時を二分すぎているじゃないの」

「とにかく、やってみよう。バスの乗り場まで行ってみるんだ。そのバスが駄目だったって、まだ後のがあるだろう」

「だめよ、クィン。そのことは話し合ったはずじゃないの。その後のバスに乗れるだけの力は、あたしたちにはないのよ。ごらんなさい。都会はもう目を覚ましたわ」

「お巡りだって目を覚ましているぜ。こんなところに突っ立っていたら、それこそ駄目になってしまう——さあ、ブリッキー、いこう。とにかくやってみるんだ！」

彼はブリッキーの手をつかんで部屋からひっぱりだし、階段を駈けおりた。

「きみはスーツケースを持って、玄関のドアをあけ、そこで待っているんだ。ぼくは階下の電話を借りるからね。ほんの一分たらずですむさ」

クィンは電話機をとりあげた。

「いいかい？」

ブリッキーは玄関の二重ドアのあいだに、スーツケースを片手で提げ、いつでも走りだせる姿勢をとっている。

「位置について。用意。そら、いくぞ」

彼は受話器にむかって、

「警察へつないでくれ」

というと、ブリッキーに声をかけた。

「ぼくが駈けだせるようにドアを押えてくれ」

彼女はドアを大きく開けて腕でおさえていた。

「もしもし、警察ですか？　人殺しがあったんです。場所は——東七十丁目です」

と所番地をいって、

「スティーヴン・グレーヴズが自宅の二階で死体になって転がっています。そのおなじ部屋に犯人が二人います。すぐ行ってごらんになれば、犯人は縛られたままで待っているはずです。

また同じ部屋の机の上に速達便の手紙がのっています。それで殺人の動機がおわかりになるでしょう。ああ、それからもう一つ――犯人のつかったピストルが玄関の間の靴拭きの下にいれてあります。え、とんでもない、からかいの電話なんかじゃありませんよ。むしろ冗談ごとであったらと思うくらいです。ぼくですか？――なあに、その、ほんの通りすがりの者ですがね」

クィンは受話器がうまく台架にかかるか、かからないかにはお構いもなしに投げだした。

「いくんだ！」

大声でどなると、自分も彼女のあとから駆けだした。

ちょっと屈みこんでピストルを靴拭きの下へ押しこむと、転がるように外へでて石段を走りおりた。

「あの連中の車よ！」

彼女は先に立って走りながら、ふりかえって車を指さした。

「キイも挿したままになっているわ」

クィンも彼女のあとから乗りこむと、ばたんとドアを閉め、はやくも歩道ぎわを離れた。まだ角を曲がりきらないうちに、まだ姿は見えないが、すでに反対の方向から鋭いサイレンを響かせながらパトロール・カーが近づいてくるのがわかった。

「なんと早いやつだ！　もし歩いて出てきていたら、こっちも今頃は捕まっていたろうね」

まだこの時刻にはほとんど交通量もないマディスン街を、二人の乗った車はいっさんに走りつづけた。クィンは二度ばかり危険をおかし、赤信号を停止せずに速度をゆるめただけで通りぬけた。

「どうせ間に合いはしなくてよ、クィン」

彼女は風にさらわれないように大声をだした。

「すくなくとも、やれるだけはやってみるさ」

東の空が徐々に明るくなってきた。また新たな一日が、新たなニューヨークの一日がはじまろうとしているのだ。見るがいい。この街では曙《あけぼの》すらもが厭《いと》わしいものだ。

おまえさんの勝ちだわ、と彼女は痛切な思いをかみしめた。おまえさん、嬉しいのかい？ あたしたちのような哀れな若者とあわれな娘を捕えこみ、滅《ほろ》ぼして、そんなことでいい気持がするのかい？ あたしたちは正々堂々と闘ったでしょう？ お前さんみたいな、頭でっかちで、馬鹿力のある、弱いものいじめの餓鬼大将を相手にして、みんな、正々堂々と闘いをいどむんだわ。いくぶんかは勝ち目があると思って、闘ってみるんだわ。おまえさんみたいな汚らわしい街でも、夜明けごとには、せめて可愛らしくつくろって見せようとするんだね――え、おまえさんみたいな、ニューヨークの街みたいなものでも。

車が疾駆するために向かい風がおこって、彼女の目じりから耳もとへかけて、一筋の涙が尾をひいた。

瞬間、男の片手がそっとハンドルをはなれて彼女をきつく、骨も折れんばかりに抱きしめてから、ふたたび、衝突の危険から二人の生命をまもるために、こきざみに震えるハンドルの縁へもどった。

「泣くんじゃないよ、ブリッキー」

男はゆくてに伸びる大通りへ目をやって、ごくんと唾をのんだ。

「泣いてなんかいないわ」と彼女は涙にかすれた声でいった。「泣いたりしたら向こうの思うつぼよ。そんないい思いをさせてたまるもんですか。好きなだけいじめるといい、きっと辛抱してみせるから」

ゆくての建物はしだいしだいに高さを増した。変わっていくのは一つ一つの屋根の高さではなく、空を背にした全体の輪郭なのだが、それでも一区画ごとに何インチずつか高くなるように思われた。八階建て、十階建てから十五階に、十五階から二十階、二十階から三十階あるいはさらに高く。ずんずん伸びあがって天空を摩し、空はいよいよ狭くなって、最後には、蓋をとったマンホールの底から、ぎざぎざにゆがんだ不規則な縁をとおして上を仰ぐようなかたちになる。天界は青く澄みわたり、下界はうす暗く澱《よど》んでいる。出口もなく、永遠にうす暗いコンクリートの迷路だった。

いつのまにか通りが変わって、いまは七番街を三十丁目めざして走っていた。横通りの入口へさしかかるたびに、右手のブロードウェイが近くなってくる、そして突然、四十丁目がおわるところで、道路は鋏《はさみ》でつみとったみたいにX字型に交差する、三角形を二つ組みあわせたような区画。だれもがタイムズ広場《スクウエア》と呼びならわしているが、ほんとうは別の二つの広場《スクウエア》からできているのだ。上半身がダフィ、下半身がロングエイカー。

この広場こそは、地球上のどこよりも有名なアスファルトの断片だが、来てみればなんということもない、月並みな場所にすぎないのだ。左手にはパレスとステート・ビルディング。真正面はくさび形をしたタイムズ摩天楼。右手には、そこでつらなる建物の線が急に方向転換してとぎれ、そのすきまに忽焉《こつえん》として、あの妙なかたちの角塔が、明けがたの仄青《ほのあお》い空にむかって聳《そび》えたっている。

ふいに彼女が男の腕にしがみついたので、そのひょうしにハンドルがぐるっと回り、二人をのせた車はあぶなくダフィ師の銅像にぶつかりそうになった。そっち側の前車輪が歩道に咬みつきかけたが、男が死にもの狂いで反対側へハンドルを切ったので、車はふたたび車道にもどった。半丁ほど行ってから、やっと車は体勢をたてなおし、もとどおり無事に走りだした。

彼女は片膝をシートについて後ろをむくと、片手を男の肩にのせてとんとん叩きながら、後方へながれる向かい風にさからって歓声をあげた。

「ほら、クィン、あれをごらんなさいよ！　パラマウント塔の時計は五分前だわ！　まだ六時五分前なのよ。あの部屋の時計はきっと進んでいたんだわ！」

「こっちのが遅れているかもしれないぜ――よせったら、落っこっちまうよ」

彼女はそっちへ投げキッスを送った。感謝の念に酔い痴れたようになっていた。

「いいえ、合ってるわ、遅れてなんかいないわよ！　この街じゅうでたった一人の、あたしのお友達だったんですもの。あたしを裏切ったりするはずがないわ。あたしたち、まだ間に合うのよ、まだチャンスはあるんだわ――」

タイムズ社の尖塔に切りとられて、それは見えなくなってしまった。もう二度と見ることはないだろう。心臓が動いているかぎり、もう二度とこの街へは来たくなかった。それでも、彼女は背もたれのてっぺんに深くあごを埋めたまま、あの時計のあった方向をふりかえり、涙ぐんだ感謝の目でわかれを告げた。

「ちゃんとすわっていてくれよ。角を曲がるから」

片側の車輪ふたつが宙に浮くほど、かみそりの刃のように鋭い角度で曲がって、車は三十四丁目にはいった。そして、二丁ほどむこうの八番街と九番街のあいだに――かれらの前方に、大型の長距離バスがはやくも動きだしているではないか……二人の車がそこまで行きついたころには、バスはもう乗車場の傾斜路をでて、方向を変え、速度を増しながら、西のほうへ、河底トンネルのほうへ、ジャージイ側へ――そして故郷のほうへむかって走りだしていた。

すぐ目と鼻のさきなのに、もう追いつけそうもない。一分早かったら、二人はあのバスに乗れていたはずなのに。ブリッキーは喉のおくで小さな泣き声をだしかけたが、やっとのことで呑みこんだ。彼女は彼にどうするのかとはたずねなかったし、彼も彼女にどうしようと相談をもちかけたりはしなかった。彼はただ黙って自分の思いどおりに事を運んでいった。

彼は諦めなかった。こっちの車のほうが足も軽いし動きも自由だった。二人の車は羽でもはえたようにバスのあとを追いかけた。距離がちぢまり、接近し、追いついた。十番街へ近づくと、バスはトンネルの入口へ曲がりこもうとして重々しく速度をゆるめた。その隙をのがさず、クィンも平行してくつわを並べた。あとは親切な赤信号がうまくやってくれた。大きい車も小さい車も区別せず、平等に威圧するような赤い目玉で睨みすえた。

バスは象のように大きな車体をふるわせて停まり、二人の車もばったのようにはしゃぎながら停まった。

まだ車がとまりきらないうちに、二人は地面へとびおりて、圧搾空気で開閉されるバスの自動扉のガラスを訴えるようにたたきつづけた。ことに彼女のほうは、狂乱したように頭を上げ下げしながら哀願した。

「あけてください、乗せてくださいな！　あたしたちを連れてって！　おんなじ方向へいくんです！　ねえ乗せてちょうだい！　あたしたちを置き去りにしないで――クィン、お金をみせるのよ。早く、お金をだして――」

バスの運転手は首をふり、顔をしかめて、ガラスごしの無言劇で二人のほうへ罵声をあびせた。しかし、信号はなかなか変わらなかった。赤信号のつづくかぎり車を動かすわけにはいかない。そのあいだは、じっとすわって、二人の苦しみもだえる顔を見ていなければならないのだ。いやしくも心臓を持っている人間なら、かぶとを脱がないではいられないはずだ。この運転手も血液を送りだすそんな代物をどこか身体のなかに持ちあわせていたらしい。もう一度だけこわい目つきをしてみせると、だれも見ていないことを確かめてから、いまいましげに自動扉のレバーをひいた。ドアはぷすっと音をたてて開いた。

運転手が咆えたてた。

「あんたがた、どうして決まりの場所で乗らねえんだい？　このバスをなんだと思ってるんだね。長距離バスは町角ごとに停まったりはしねえんだよ」

といった調子で、バスの運転手が情味のある人間だと思われてはこまるときの決まり文句を、つぎつぎと列べたてた。

ブリッキーはよろけながら通路を歩いていって、後尾にちかいあたりに二人がけの空席をみつけた。ひと足おくれてクィンも横に腰をおろした。拝借してきた車はそのまま歩道ぎわに放ったらかして、手には二人ぶんの切符をきつく握りしめていた。故郷までの、通し切符を。

バスはまた動きだした。

トンネルをくぐり抜け、ニューヨークをあとに残して、ジャージイの緑野をかなり走ったころになって、ブリッキーはようやく口がきけるほど呼吸がしずまった。彼女はまわりの乗客にきかれないように低い声でささやきかけた。

「ねえ、クィン。あたしたち、このままで大丈夫かしら？　ああして放ったらかしてきたけど。あの二人、うまく言いのがれをするんじゃないかしら？　どっちにしても、あたしたち、自分たちの立場を説明しなきゃならなくなっても、あんなところへはもどりたくないわね」

「そんな必要はないだろう。ぼくたちのほかにも、もっと詳しく、あの連中の罪を知っている人間がいるんだから、どんなにあがいたって逃れることはできないさ」

「あたしたちのほかにって？　すると目撃者でもいるっていうの？」

「人殺しの現場を目撃したわけじゃないさ。それはだれも見てはいない、しかし、被害者の家族の一人で、その証言だけであの連中を有罪にできるような人がいるんだ」

「あんた、そんなことを、どうして知っているのよ？」

「警察に電話をかけたときに言ったように、グレーヴズの机の上に、弟のロジャーからきた手紙がのっているんだ。きみにも話したはずだけど、どこか遠方の大学にいっている弟さ。速達便の手紙で、グレーヴズはそれを昨日のうちに受けとったにちがいない。きみがもどってくるのを待っているうちに、ぼくはひょっこりその手紙をみつけたんだ。その手紙のなかで、弟は兄貴にむかって、ブリストルという女が爪をのばしてきても、相手にしないほうがいいと忠告しているんだ」

「弟はどうしてその女を知っているのかしら？」

「彼女と結婚していたからさ」

ブリッキーはつかのま啞然と口をあけたままでいた。

「あの女がグレーヴズに渡した紙切れのなかで、あんなにあたしたちを迷わせたくだりも、それで説明がつくわけね。『あなたはごぞんじないでしょうけど、あたしのほうでは、もう家族の一員のような気でおりますのよ』って文句が」

「そうなんだ。よくある軽はずみな学生結婚ってやつさ。ただ、それがほんものの結婚でさえなく、悪だくみを底に秘めたいんちき結婚だったんだね。あの女にはどこかに正式の亭主がいたものだから、重婚の罪をまぬがれるために、まねごとの結婚式まで挙げてみせたんだ。まったく、こんな卑劣なやりかたは聞いたこともないよ」

「弟も弟よ。どういうわけでそんな悪女とかかり合いになったのかしら？」

「女は大学のちかくの安酒場で働いていたんだ。弟のほうは、土曜の夜ごとに、友達づれでその安酒場へ通っていた。それが二人の逢いそめだったんだな。男といってもほんの子供だからさきゆきは知れていた。あの女にぞっこんまいった弟は、のぼせあがって結婚を申しこんだ。さっそく女は、以前に寄席《よせ》で相棒だった男と知恵をあわせて調べてみると、相手が名家の出身で金になりそうだということがわかった。これで事情が変わってきた。二人はあわてて一芝居書きおろし、弟をまるめこんだんだ」

「でも、そんなのは、一九〇〇年ごろに流行《はや》った平凡な手じゃないの」

「連中はそれをやり通したのさ。ときによると、一番古くさい手が一番よく効くことだってあるんだよ。まあ聴きたまえ。その相棒というのは寄席《よせ》時代に、よく田舎の治安判事の役をつとめていたんだ。だから、その役柄を若僧あいてに、もう一度やってやるだけでよかったんだ。弟がほんとうに女と結婚できたと信じこむようなぐあいにね。男はどこか近辺に場所を借りうけ、女と弟は、ある土曜日の晩、証人たちをともなって偽判事のところまで車をとばし、いかさま結婚式をあげたんだ。簡略結婚という条件もおおいに役にたったと思うね」

「それでべつに気もつかなかったの?」

「彼自身の手紙によると二カ月後まではなにも気がつかなかったらしい。おたがいの話合いで結婚は秘密にしてあったんだ。弟はそのまま学業をつづけ、女は女で酒場づとめをやめなかった。相棒の男は、もちろんのことだが、ニューヨークへもどって身をかくしていた。二人の悪党にとっては、たらふく甘い汁の吸えた二カ月だったわけさ」

「世間にはひどい虫けらもいるものね」

「弟と女は時間ぎめの夫婦という約束だった。そして、ゆっくり過ごせる週末には、女はいつも弟から金をせびり取ることにしていた。二人は弟の血の気がうせるまで、とことん絞りとったんだ」

「それが、うっかり図に乗りすぎて失敗したってわけね」

「そんなところだ。まず第一に、当然のことだが、いっさいの金は弟からではなく、兄のスティーヴン・グレーヴズから出ていた。だから無心の額がしだいに多くなってくると、スティーヴンは糧道《りょうどう》を断《た》ってしまったんだ」

「それが今度の事件の皮切りになったわけね」

「女と相棒とはおたがいに相手を信用しなくなった。相棒の男はあぶく銭《ぜに》がぴたっとこなくなったので、女が自分を裏切り、こっそり金を独りじめにしているかなにかだと思いこんだにちがいない。とにかく最後の手段にでたんだ。つまり女のいる土地にひっかえし、そのへんをうろつきまわって、ことの真相を探りだそうとした。そのあとは、きみ自身でつなぎ合わせることができるだろう」

「だいたいのところはね」

「弟は相棒の男が女の更衣室でうろついているのを見かけ、それが自分たちの結婚を許可してくれた治安判事と同一人物であることを知って、とうとう二人の企んでいるいかさまを見破った。もしチャンスがあったら、弟は二人を殺していたかもしれないね、だが、二人はひと足ちがいで逃げだしてしまったんだ」

「でしょうとも」

「ただし、悪党どもはまだまだ満足しなかった。それまでに打った芝居が成功したので、自惚《うぬぼ》れができたかどうかしたんだろうね。弟のロジャーが兄に連絡をよこして、ことの次第をぶちまける前に、おなじ筋書きで、まだもうひと山せしめられると考えたんだ。なんといっても、社交界に出たばかりの妙齢の妹がいることだし、たとえかれらが悪人でなかったとしても、在学中の簡略結婚などという噂がひろがれば、だれにとってもいい影響をもたらすわけはない。そこでピストルにものをいわせてでも強請《ゆす》ろうということになった。ところが、ほんの二時間ばかり早く、弟からの速達便がスティーヴンのもとへ届いていた。そこでスティーヴンは二人が現われるのを予期して待ちかまえていたんだ」

「それからあとのことは、あたしが補えるわ。部分的にだけど二人が話しているのをきいたのよ。あのひとは素直におどかされたりゆすられたりしないで、逆に二人のほうへつっかかっていったのよ。まず女が話をつけるためにさきにはいっていき、男を屋敷のそとに待たせておいたんだわ。グレーヴズは強請《ゆすり》なんてとんでもない、警察をよんで白黒をつけるぞといって女をおどかしたのよ。女はあとさきがわからなくなって、玄関へ駈けおり、相棒を呼びこんだの。男はグレーヴズにピストルをつきつけた。そして、グレーヴズがそれにつかみかかり、生命を落とすようなはめになったわけよ」

「ぼくもあやうく生命を落とすところだったよ。きみだってそうだったな」

「あの部屋で二人に摑みかかったときのこと？」

「いや、ホームズさ。あれより前だよ」

「まあ、どんな目にあったの？」

「ホームズだがね。あの男はめざす犯人じゃなかった。しかし、彼はグレーヴズが死んだことを知り、自分がその嫌疑をかけられそうだとわかると、すっかり前後の見さかいを失くしちまって、極力そう疑われまいとつとめていた犯人に、かえって自分からなりかけたんだ。つまり殺人犯に――グレーヴズでなく、ぼくを殺した犯人にね」

「そのひとが、あんたを殺そうとしたってわけ？」

「殺そうとしたどころじゃない。実際にほとんど殺しおおせていたといってもいい。ぼくのウイスキーになにか盛りこんで、河のなかへ転がしこもうとしたんだ。もうぼくは車の外へひっぱりだされていたらしい。意識が朦朧としていたから自分でも知らないんだ。そのぼくを救ってくれたのは、きみの名前だったんだ。その男がやったことはきみも知っているから、ぼくを始末したところで、どっちみち助かりっこないというようなことを、ぼくはいつのまにか呟いていたんだね。そのことばが男の度胆をぬいた。恐怖は倍にもつのったが、すくなくとも、ぼくを河へ放りこもうという計画は思いとどまった。そのかわりに十五分ものあいだ、ぼくの顔に冷たい水をぶっかけたり、車のまわりをぐるぐる歩かせたりして、なんとか睡り薬をさまさせようとした。それから大いそぎでぼくを自宅に連れてかえり、まっ黒けなコーヒーをふんだんに飲ませてくれたっけ。

どれほどの時間が経《た》ったか知らないが、そんなことが終わるころには、ぼくたちはおたがいが信用できるような気分になっていた。どういう理由だか知らないがね。たぶん、もう肚の探り合いもできないほど、二人とも疲れきっていたためだろう。ぼくはその男が犯人でないことを信じていたし、相手のほうも、ぼくが小切手を種にゆすりにきたのではないことを信じていた。

あの男はなにも故意に不渡り小切手を振りだしたんじゃないと言った。だれしもそうだろうと思うね。ただ金の都合がつかないので、それをごまかすために、黙って不渡りの小切手をグレーヴズに押しつけたわけだよ。しかし、昨晩グレーヴズに会いにいくまでには、それを補えるだけの金は工面できていたのだそうだ。だが、グレーヴズがそのいまいましい小切手を捜しにいっても、見つからなかったので、決済をつけることはできないとわかった。それも道理さ、ぼくが最初に金庫に手をつけたときに、その小切手は現金箱から舞いおちていたんだからね。

もちろんホームズは不安になった、というよりもひどく逆上した。しかし、グレーヴズは紳士だから、小切手をわざと隠しておいて、それをたねに賠償金をゆすり取るような真似はしないだろう、とホームズは考えた。そうした仕打ちをうけた相手を前にして、グレーヴズの態度は冷たかったが、それでも二人のあいだには露骨な喧嘩ざたなどは起こらなかった。彼はグレーヴズから強制措置はとらないという諒解をもらい、あとでもう一度電話するから、暇があったら捜しておいてほしいと頼んで、その屋敷を立ちさった。そのときのグレーヴズはブリストルという女が現われるのを待っていたのだ。ホームズが予告なしに訪ねてきたのは、彼女がやってくる直前のことだった。

それはともかくとして、ぼくはホームズに小切手を返してやった。そいつが後になってひょっこり出てきたら、ホームズはきっと殺人事件に捲きこまれていただろう――ぼくとしては、ホームズが事件に無関係だという絶対の確信をもっていたわけだ。ホームズはぼくの見ている前で、前のと日附をあわせて、新しい小切手を書き、それを封筒にいれてグレーヴズ宛てに送りかえした。彼の相続人が現金に換えることができるわけだ」

クィンはポケットからあるものを取りだしてブリッキーに見せた。

彼女はあまりにも多額の現金をみせられたもので、すこし顔を青くした。瞬間、彼女が考えたのは――

「なにも、そんなにこわがることはないんだ」とクィンが安心させるようにいった。「こんどのは正直な金だよ。ホームズがくれたものなんだ。ぼくたちの、ぼくときみの物語をきいてから、どうしても受けとってほしいと言いはるんだ、ぼくは自分たちがどんなに故郷へ帰りたがっているかってことを話した。ホームズはぼくのことをまったく同志のような気がするといったよ。ぼくたちは二人とも、同じ晩のうちに、ことによっては致命的にもなりかねないような失敗をしでかした――ぼくは金庫破りをやってのけたし、ホームズはホームズで不渡り小切手を振りだした――しかし、幸運にも、二人ともあらためて出なおす機会をあたえられ、おのおの、大切な教訓をまなんだことになったんだ。そして、ホームズはぶじに苦境を切りぬけられた嬉しさのあまり、ぼくにプレゼントとしてこいつをくれたわけだ。この二百ドルの現金をね。

ぼくたちが故郷へ帰ってあらたに出発しなおすときの支度金として、ないよりは便利だろうというんだ。それからつけくわえて、もし気がすまないというのだったら、一度に少しずつでも送り返してくれればいいと言っていた。

これだけあれば、ぼくたちの再出発には充分だ。ぼくたちの田舎では、二百ドルもあれば、ずいぶんいろんなことができる。ぼくたちのための小さな家の、月賦の頭金にあてて、それから——」

ブリッキーはもう彼の話を聞いていなかった。もうそのさきは聴いていなかった。彼女のあたまは男の肩にあずけられ、バスの震動にあわせてそっと揺れていた。このうえない幸福に酔いしれて、うっとり眼蓋はとじていた。

あたしたちは故郷へむかっているんだわ、と彼女は夢見ごこちで思った。あたしと隣の男の子とが、とうとう故郷に帰るんだわ。

# 訳者あとがき

ウィリアム・アイリッシュは、昨一九六八年九月二十五日、ニューヨークのウィッカーシャム病院で、生涯の幕をとじた。行年六十四。戦後、われわれ日本読者を、その特異なムードと哀切甘美な文体で魅了し、放さなかったアメリカ推理小説界の一巨星が、とうとう墜ちてしまったのである。あれほど華麗《かれい》だった作風も、十年前の『聖アンセルム923号室』を最後として、以来、発表作品は数えるほどしかなく、ペンのおとろえと、ときたま耳にはいってくる落莫《らくばく》の晩年生活をあわせ想うと、いま彼の訃《ふ》に接して、哀傷の感ひとしおのものがある。死因はいまだに不明で、自殺ではないかとの噂《うわさ》もあった。なんでも昨年のはじめから入院していて、しきりに淋《さび》しがっていたそうである。しかしながら、訃音はわずかにAP電で日本の新聞に報じられたにすぎず、『タイム』や『ニューズウィーク』などの有力誌には一行の記事も載らなかった。その生涯をつうじて追随者《ついずいしゃ》も模倣者《もほうしゃ》もなく、その個性は類を絶していた。昨今の推理小説作家を見わたしても、このアイリッシュほどの孤絶した緊密な文体で、自分だけの世界を築きあげるというような行き方は流行《はや》らないし、あまり見当たらない。けだし一代かぎり文士の好例であろう。

これを機会に、いままで多くの評者によって書かれているアイリッシュの略歴を、今更あまり新味はないながら追うてみよう。

ウィリアム・アイリッシュ（本名コーネル・ジョージ・ハプリー・ウールリッチ）は、一九〇三年十二月四日、ニューヨーク市内で生まれた。生年に関しては、従来、『二十世紀著述家辞典』その他に記されている一九〇六年というのが一般的であったが、死後、一、二の研究者によってその矛盾が発見され、ほんとうは一九〇三年であることが判明した。このように万事において韜晦《とうかい》的であった作家のことなので、両親その他の事情はいっさいわかっていない。

少年時代は、家庭の都合であろう、一九一〇年から一九一二年まで、革命時のメキシコ、キューバ、バハマ諸島などで過ごした。この頃のことを、アイリッシュ自身、次のように回想している。

『当時のわたしは、家のそとの地面に散らばっているライフルの空薬莢《からやっきょう》を拾いあつめては、玩具《おもちゃ》がわりにしてあそんでいた。ほとんど一日おきに、夕飯時になると、電燈が消えたものだが、これはパンチョ・ヴィラの革命軍がカランサから市街を奪ったか、あるいはカランサの軍隊がヴィラから市街を奪還したか、どちらかを意味していた。子供の頃の記憶だからはっきりしないが、とにかく戦慄《せんりつ》すべき情勢だった。が、子供のわたしの目からみると、革命騒ぎはひとつの甘美な夢であった。革命軍や政府軍が町へはいってくると、そのつど、市街戦をさけるために、学校が一日か二日、休みになったからだ。むしろわたしは革命騒ぎが永久につづけばいいとさえ思っていた』
その革命もおわって、ウールリッチはふたたびニューヨークにもどり、学校教育を完了させた。P・S・10（第十プレリミナリー・スクール）から、ダウィット・クリントン・ハイスクールに進み、つづいて東部の名門コロンビア大学を一九二五年に中退した。その年、病《やまい》を得た彼は、回復期のつれづれにまかせて家にあるだけの本を読みあさり、〝なんとも名づけようのない衝動にかられて〟、自分も一編の小説を綴ってみた。すなわち、これが翌二六年に出版された処女作 *Cover Charge* である。そして生まれてはじめて、この印税小切手を受取ったことが機縁となり、それまで漠然とタップ・ダンサーにでもなろうかと考えていた彼に、職業作家として立ってゆく決心を固めさせたのだった。二十二歳のことである。
つづく五年間に、彼は平均年一冊の割合で、この種の小説を出版していった（アントニー・バウチャーの評言によると、〝スコット・フィッツジェラルド風の bright-young-man-about-Manhattan novels〟だったそうである）。現在では入手すべくもないが、まず都会風のロマンスと考えてよいだろう。そして二七年刊の *Children of the Ritz* が『カレッジ・ユーモア』誌の賞を獲得した。その賞金一万ドルをふところにして、彼はしばらくパリに遊び、贅沢《ぜいたく》に費《つか》いはたしてしまったといわれる。
一九二〇年代には、前述の『カレッジ・ユーモア』、『マクルーアズ』、『スマート・セット』といった気鋭の雑誌に短、中編を寄稿していたらしい。その後、一九三〇年代になると、『ブラック・マスク』その他の推理小説諸雑誌に鞍替えして、トリッキーで気のきいた構成の、おびただしい短、中編を寄せるようになったことは周知である。

さて、一九四〇年に発表した推理長編『黒衣の花嫁』は、恋人を殺された女性が、犯人をつぎつぎに殺してゆく復讐譚をオムニバス構成で描いたもので、彼の本領を発揮する里程標的佳作である。けれども、アイリッシュの真価を世に知らしめるには、二年後の一九四二年に、アイリッシュ名義で発表された『幻の女』をまたねばならなかった。

『幻の女』は、妻を殺した容疑で死刑の宣告をうけた男が、女秘書の協力のもとに、自分のアリバイを立証してくれるはずの謎の女を捜すのだが、あと一歩というところで、その手掛りはつぎつぎに消えてしまう。刻々と迫ってくる死刑執行日が各章の見出しとなって、この作者得意の異様なサスペンスをかもしだし、最後にいたってまったく意外な解決があらわれる。推理小説に不可欠な各条件を百点満点にみたし、間然するところのない構成と新鮮な文体は、彼の代表作として群をぬいているばかりでなく、古今東西を通じてのベストテンの上位を占めるだけの快作であった。推理小説に飢えていた戦後のわれわれファンに、いちはやく紹介されて、いまだに忘れ得ぬ印象をとどめているのも当然であろう。

このあと、一九四〇年代の彼は、コーネル・ウールリッチ名義で『Black……』の字を冠した標題で、最盛期の作品をほぼ年一作の割合で発表しつづけ、Blackのウールリッチとの異名さえとった。また同時に、これまでの佳作短編に書きおろし短編をくわえて、幾冊もの短編集を刊行していた。

が、いっぽう、忘れてならないのは、Blackもの旋風のかげに隠れ、出来栄えに較べてさほど高い評価をあたえられていなかった、この『暁の死線』である。アイリッシュ名義で書かれた僅《わず》かな作品のうちの一つで、故江戸川乱歩も、この作家の傑作順位として、一位『幻の女』二位『暁の死線』、三位『黒衣の花嫁』と列《なら》べていたが、この順位には訳者もまったく同感である。筋にはあえて触れないが、やはり『幻の女』と同様、どうしても乗らねばならない最終バスという時間設定があって、主人公の二人はその時刻までに身の潔白を証明しなくてはならない。各章の見出しがわりに時計の文字盤が掲げられ、刻々とせまる時間の経過が、主人公たちの真相解明のための捜査と平行しながらしめされて、手に汗にぎるような焦燥感《しょうそうかん》を読む者にあたえる仕組みになっている。緊迫した情況におちいった人間の心理と、それをとり巻く情景が一体となって、甘美な、そしてまた蕭条《しょうじょう》たる雰囲気をみごとに醸成《じょうせい》し、彼の無類の特色を遺憾なく発揮したところの快心作といえよう。

彼の実生活は謎につつまれていて、結婚したらしいようすはなく、もっぱら最愛の母親とニューヨーク市内でホテル暮らしをつづけていたようである。一九五七年になると、その母親も八十三歳で亡くなってしまった。そして翌五八年に、彼は久方ぶりで書きおろし長編、『聖アンセルム923号室』を刊行した。これは推理小説でなく、エンターテインメントと銘打たれた異色の作品で、ニューヨークのホテルの一室を舞台に、開業の年から閉業の年にいたるまでの七つの挿話を連ねた読切短編集の形式をとっている。むしろホテルの部屋がこの小説の主人公で、そこに一夜の宿をもとめた種々様々の人間によって、人の世の栄枯盛衰《えいこせいすい》が描き出されている。

しかし、その後は、廉価本の書きおろしを二冊出版しただけで、ときたま雑誌に掲載される短編類も往年の生彩《せいさい》にとぼしく、一九六五年に近作をあつめた短編集 *The Dark Side of Love* を問うたのを最後として、われわれ読者の前からその姿を消してしまったのであった。

おわりに単行本としての著作表を掲げておく。順序は、Ａ　推理小説で売りだす以前の青年期の作品。Ｂ　推理小説長編。Ｃ　中編。Ｄ　短編集というふうに配列した。周知のように、彼は三つの名義を使っているが、全般的にみてたいした意義もないので、必要なところだけ付記することにした。

Ａ　青年期の作品

Cover Charge（1926）
Children of the Ritz（1927）カレッジ・ユーモア賞受賞
Times Square（1929）『タイムズ・スクェア』（『ＥＱ』）
A Young Man's Heart（1930）
The Time of Her Life（1931）
Manhattan Love Song（1932）『マンハッタン・ラブソング』（新樹社）

Ｂ　推理小説長編

The Bride Wore Black（1940）『黒衣の花嫁』（ハヤカワ・ミステリ文庫）
The Black Curtain（1941）『黒いカーテン』（創元推理文庫）
Black Alibi（1942）『黒いアリバイ』（創元推理文庫）
Phantom Lady（1942）アイリッシュ名義。『幻の女』（ハヤカワ・ミステリ文庫）
The Black Angel（1943）『黒い天使』（ハヤカワ・ミステリ文庫）
Deadline at Dawn（1944）アイリッシュ名義。『暁の死線』本書
The Black Path of Fear（1944）『恐怖の冥路』（ハヤカワ・ミステリ文庫）
Night Has a Thousand Eyes（1945）ジョージ・ハプリー名義。『夜は千の目を持つ』（創元推理文庫）
Waltz into Darkness（1947）アイリッシュ名義。『暗闇へのワルツ』（ハヤカワ・ミステリ文庫）
Rendezvous in Black（1948）『喪服のランデヴー』（ハヤカワ・ミステリ文庫）
I Married a Dead Man（1948）アイリッシュ名義。『死者との結婚』（ハヤカワ・ミステリ文庫）
Fright（1950）ジョージ・ハプリー名義。『恐怖』（ハヤカワ・ミステリ文庫）
Savage Bride（1950）『野性の花嫁』（ハヤカワ・ポケット・ミステリ）
Strangler's Serenade（1951）アイリッシュ名義。『死刑執行人のセレナーデ』（ハヤカワ・

ポケット・ミステリ）

Hotel Room（1958）『聖アンセルム923号室』（ハヤカワ・ポケット・ミステリ）

Death Is My Dancing Partner（1959）『死はわが踊り手』（ハヤカワ・ポケット・ミステリ）

The Doom Stone（1960）『運命の宝石』（ハヤカワ・ポケット・ミステリ）

Into the Night（1987）未完。ローレンス・ブロック補綴。『夜の闇の中へ』（ハヤカワ・ミステリ文庫）

C　中　編

Marihuana（1941）アイリッシュ名義。

You'll Never See Me Again（1939）

D　短編集

I Wouldn't Be in Your Shoes（1943）

After-Dinner Story（1944）

If I Should Die Before I Wake（1945）

The Dancing Detective（1946）
Borrowed Crime（1946）
Dead Man Blues（1947）
The Blue Ribbon（1949）
Somebody on the Phone（1950）
Six Nights of Mystery（1950）
Eyes that Watch You（1952）
Bluebeard's Seventh Wife（1952）
Nightmare（1956）『悪夢』（ハヤカワ・ポケット・ミステリ）
Violence（1958）
Beyond the Night（1959）
The Ten Faces of Cornell Woolrich（1965）
The Dark Side of Love（1965）
Nightwebs（1971）
Angels of Darkness（1978）
The Fantastic Stories of Cornell Woolrich（1981）『今夜の私は危険よ』（ハヤカワ・ポケット・ミステリ）
Rear Window and Four Short Novels（1984）

Darkness at Dawn (1985)
Vampire's Honeymoon (1985)
Blind Date with Death (1985)
Rear Window and Other Stories (1988)
The Cornell Woolrich Omnibus (1998)
Night and Fear: A Centenary Collection of Stories by Cornell Woolrich (2004)
Tonight, Somewhere in New York: The Last Stories and an Unfinished Novel (2005)
Love and Night: Unknown Stories by Cornell Woolrich (2007)
Four Novellas of Fear: Eyes That Watch You, The Night I Died, You'll Never See Me Again, Murder Always Gathers Momentum (2010)
Dark Melody of Madness: Selected Supernatural Novellas (2012)
Speak to Me of Death: The Selected Short Fiction of Cornell Woolrich, Volume 1 (2012)

一九六九・一・二五

＊二〇一六年三月の新版化にあたり、著作リストを改訂しました（編集部）。

# アイリッシュ以上にアイリッシュ的

門野　集

かつて、この『暁の死線』を物語の設定そのままに一晩で読み終えたときの興奮は、今でもよくおぼえている。その一晩で、アイリッシュという作家と、稲葉明雄という翻訳家は私にとって特別な存在になった。

しかし、ミステリというジャンルは長い歴史のなかで進化をつづけ、当然のこととして物語の結構も登場人物の造形もずいぶんと複雑になっている。そうした現代のミステリに馴染んでいる読者の目には、『暁の死線』は驚くほど古風なつくりに映るかもしれない。けれども、技巧を凝らした編曲がなされた音楽に慣れている耳に、なつかしい流行歌のシンプルなメロディが新鮮に響くように、この小説の決して古びない魅力もまた読む者の心に響き、今回の新版刊行を機にアイリッシュのとりことなる者が増えるものと信じている。

『暁の死線』は、煎《せん》じ詰めれば恋と死の物語だが、それこそはアイリッシュが生涯を通して書きつづけたことがらだった。アイリッシュはフィッツジェラルドのライバル候補として華々しく登場したものの純文学作家としては挫折、数年の空白期間ののちに低俗な（とあえて言おう）パルプマガジンを新たな舞台に選び、ミステリを執筆するようになった。

後年、どうしてミステリを書くようになったのかと問われたとき、アイリッシュは人間が常にくり返している二つのこと、恋と死について書きつづけてきただけで、自分の執筆姿勢は一貫して同じだといった趣旨の答を返している。もちろんこのことばには韜晦《とうかい》が込められているはずだが、はからずもアイリッシュという作家の本心がにじみ出ているようにも思える。ミステリ作家としてのアイリッシュについて言うなら、彼の関心は恋と死、そしてそれらがもたらす波紋のかたちを描くことにのみあり、謎とその解決には興味がなかったということだ。謎とその解決を捨てたミステリは、つまるところ入口も出口もない物語であり、それこそがノワールと呼ばれる小説世界の特徴だろう。

さらに言うなら、アイリッシュの作品にときにみられる意外な結末は、巧みに読者を驚かせることを狙ったというよりも、どこかぶっきらぼうで、むしろ作中の事件の真相に対する無関心さのあらわれのように思えてならない（この『暁の死線』にしても、乱暴な言いかたをするなら真犯人なんて誰でもいい小説だ）。

さて、アイリッシュがおびただしい数のミステリ短篇を発表する舞台となった三〇年代のパルプマガジンは、今で言えば週刊誌や駅売りのスポーツ新聞にも似て、読み捨てられるのが普通の媒体だった。その読者が求めていたのは、気軽に読み飛ばせる小説であり、いきおいアイリッシュはそうした読者層を意識した小説作法を身につけていくことになる。そこで求められるのは、何よりもまず読みやすさだったため、文学作品では才気あふれる複雑な表現技法を駆使していたアイリッシュの文章に二つの特徴が加わる。

一つはありふれた単語を使った歯切れ良い文体、もう一つは登場人物の会話と独白によって物語を動かしていくスタイルである。とりわけ秀でているのは短い文章をたたみかけるテクニックで、本書では「その男は彼女にとって一枚の桃色をしたダンス切符でしかなかった。」と始まる冒頭がその好例だ。最初の段落は九行に十、次の段落は八行に十三の短い文章が連なってリズムをつくり、そのリズムに乗せて読者を物語のなかへと一気に引き込んでいく。もう一つの会話のはこびのうまさは、ブリッキーとクィンが同郷であることを知る重要な場面でのやりとり、あるいはふたりが要所で語る長い科白《せりふ》に存分に発揮されている。今回本書を再読して、まるで上質の舞台劇を観ているような感覚をおぼえたが、それも会話の巧みさと、人物と情景の描写が濃厚なようでいて実は一筆書き的であるがゆえだろう。

やがて、アイリッシュは活躍の舞台をワンランク上の単行本の世界へと移し、長篇小説の執筆に力を入れるようになるが、その多くは過去にパルプマガジンに発表した中短篇をひな形としている。『暁の死線』もその例に漏れず、数年前に書いた短篇「The Last Bus Home」(邦訳「バスで帰ろう」、『もう探偵はごめん』所収)が原型になっている。もとの短篇も、深夜に偶然出会った男女ふたりが心を通わせ、殺人事件を解決して夜明け発の故郷行きのバスに乗ろうと必死にあがくという基本的な筋立ては同じだが、物語は踊り子である主人公が部屋の外に立っていた男を呼び入れるところから始まり、現場に残されていた手がかりをもとに真犯人まで一直線にたどり着く。

つまり、新たに書き足されたのは、冒頭のダンスホールでの偶然の出会いからブリッキーがクィンを自らの部屋に招き入れるまでと、犯人探しが空振りに終わる三つのエピソードということになる。

このうちブリッキーとクィンが心を通わせるまでの導入部にはとりわけ筆に力が入っていて、本書の白眉ともいうべき箇所である。新たに書き足された三つのエピソードも出色で、とりわけ三時の文字盤とともに始まるヘレン・カーシュの章は独立した短篇となってもおかしくない完成度であり、小説全体に投げかける陰影の深さはただごとではない。ブリッキーが働く場末のダンスホールにも、グレーヴズが殺された東七十丁目の高級住宅街の屋敷にも、ヘレンが暮らす窮屈な家具つきアパートにも、等しく死の影はさしている。ブリッキーとクィンはそれぞれに必死の思いで危地に足を踏み入れるが、そうして強烈な悪意にさらされたときに限らず、誰もが常にごく薄い板の上で生きていて、その板が次の瞬間にも不意に足もとから消えてしまうかもしれないという人生の真実をこの物語は教えてくれる。おそらくその真実に気づいた者だけが、夜明けのバスという刻限がただの思い込みではなく、動かしようのない現実であることを理解できるのだ。死と隣り合わせの日常がつづくからこそ、(自分にはついに訪れなかった) 奇跡のような出会いがもたらす機会は絶対に逃してはならないのだとアイリッシュは読者に語りかけている。

こうして本書の魅力について語るとき、それはそのまま稲葉明雄の翻訳の魅力について語ることにつながる。三十五歳のときの翻訳であることに改めて驚かされるその文章は、ひとことで言うならアイリッシュ以上にアイリッシュ的だ。アイリッシュの文章を〝推敲〟しているような翻訳と言ってもよい。淡泊になりそうなところを飾って艶《つや》を出し、ときに乱れがちなリズムを整えて、本当はこんなふうに書きたかったのだろう、とアイリッシュに呼びかけているようだ。アイリッシュの代名詞ともされてきた比喩をちりばめた甘い文章、あれなどは実のところ一語単位の原稿料稼ぎのための引き延ばしの技でもあったはずだが、そうした計算ずくの文章までも作者より本気になって訳してみせるのだから読者はたまらない。

ここからは個人的な思い出話になってしまうが、大学生のとき本書の翻訳に心を奪われた私は勇を鼓《こ》して稲葉さん（と呼ばせていただく）に手紙を送り、アイリッシュに心酔していることを告白した。今よりもおおらかだった時代、創元推理文庫の奥付には訳者の自宅住所が記されていたのだ。ほどなくして稲葉さんから返信が届き、敬愛する翻訳家との拝眉の機を得ることになった。

稲葉さんにとっては、業界と関わりがなく、仕事がからむこともない、はるか年下の私は気軽な話し相手として重宝だったのだろう。何度も誘われて夜中まで話し込んだものだが、その語りは翻訳の文章そのままに自在で、ときにミステリの枠を超えての文学談義にまで広がり、しかし最後は決まってアイリッシュの話に戻った。都会的と評されるわりには、まともに街の風景を描いていないのではと水を向ければ、あの男が描く建物や通りやらは新派の書き割りだとばっさり切り捨て、人物描写のいいかげんさを問えば、人間を書く気がもとよりないのだからしかたないと返ってくる。こうして書けば悪口ばかりだが、とにかくふたりともアイリッシュが大好きだったのだ。作品に疵《きず》はあっても、それも含めてアイリッシュに惚れ込んでいた。フランシス・M・ネヴィンズ・Jr.という研究者のエッセイを入手して読み、アイリッシュが同性愛者だったと知ったとき、若かった私は驚いて飛び上がったものだが、あわてて報告したところ、稲葉さんは〝あの男はそんなところでしょう〟と平然とひとこと、書いたものを読めばそれくらい見当がつくものだと言われて畏《おそ》れいるばかりだった。

稲葉さんの文章は私にとって翻訳の理想型だったが、くり返しお目にかかるようになっても翻訳について教えを請うという気持ちには不思議とならなかった。雑談のなかで聞かされた、翻訳の上手い下手《へた》は本を開いてみれば読まなくてもわかる、頁《ページ》が黒々として見えるのはたいてい下手な訳だ、などといったさりげないことばを脈絡なくおぼえているだけだ。ところがあるとき、私が訳したアイリッシュの短篇の校正に稲葉さんが目を通してくださる機会が訪れた。初めて奥義の一端に触れる思いで待つことしばらく、やがて戻ってきた校正刷の第一便にはただ一カ所、「キス」という単語に「キッス」と赤字が記されているだけであった。物語のなかほど、ブリッキーとクィンがかぼそい絆を確かめ合うようにキスする場面（「二人のくちびるは、キッスの真似ごとみたいに、一瞬はかなく触れあった。」）にさしかかったところで、そんななつかしい出来事を思い出した。

検印
廃止

**訳者紹介** 1934年大阪に生まる。早大仏文科卒。ガードナー「検事燭をかかぐ」，ベンスン「あでやかな標的」，「チャンドラー短編全集1〜4」，ウールリッチ「黒衣の花嫁」など訳書多数。1999年逝去。

暁の死線

1969年4月25日 初版
2011年1月14日 31版
新版 2016年3月11日 初版
2019年3月1日 再版

著者 ウィリアム・アイリッシュ

訳者 稲《いな》葉《ば》明《あき》雄《お》

発行所 (株) 東京創元社
代表者 長谷川晋一

162-0814/東京都新宿区新小川町1-5
電話 03・3268・8231-営業部
03・3268・8204-編集部
URL http://www.tsogen.co.jp
振替 00160—9—1565
DTP キャップス
旭印刷・本間製本

乱丁・落丁本は，ご面倒ですが小社までご送付ください。送料小社負担にてお取替えいたします。

© 稲葉迪子 2016 Printed in Japan

ISBN978-4-488-12012-2 C0197

現代英国ミステリの女王が贈る傑作!

ミネット・ウォルターズ　成川裕子 訳◎創元推理文庫

✣

## 氷の家　✣CWA賞新人賞受賞

10年前に当主が失踪した邸で、食い荒らされた無惨な死骸が発見された。彼は何者？　現代の古典と呼ぶに足る鮮烈な第一長編！

## 女彫刻家　✣MWA最優秀長編賞受賞

母と妹を切り刻み、血まみれの抽象画を描いた女。犯人は本当に彼女なのか？　謎解きの妙趣に恐怖をひとたらし。戦慄の雄編。

## 破壊者

女性が陵辱され、裸のまま海へ投げ出された末に溺死した。凄惨極まりない殺人事件は、被害者を巡る複雑な人間関係を暴き出す。

## 遮断地区

封鎖された団地での二千人規模の暴動、監禁、そして殺人。誰が死ぬのか。誰が殺すのか。緊迫の一日を描いた著者の新境地！

## 養鶏場の殺人／火口箱

実際に起きた事件を基に執筆された表題作と、偏見がいかにして悲惨な出来事を招いたかを暴く「火口箱」を収録した傑作中編集。

## 悪魔の羽根

拉致監禁された女性記者。解放時、彼女は無傷で警察に曖昧なことしか語らない。謎解きの妙味を堪能できる渾身のサスペンス。

オーストリア・ミステリの名手登場

RACHESOMMER◆Andreas Gruber

# 夏を殺す少女

**アンドレアス・グルーバー**
酒寄進一 訳　創元推理文庫

◆

酔った元小児科医が立入禁止のテープを乗り越え、工事中のマンホールにはまって死亡。市議会議員が山道を運転中になぜかエアバッグが作動し、運転をあやまり死亡……。どちらもつまらない案件のはずだった。事件の現場に、ひとりの娘の姿がなければ。片方の案件を担当していた先輩弁護士が、謎の死をとげていなければ。一見無関係な事件の奥に潜むただならぬ気配に、弁護士エヴェリーンは次第に深入りしていく。

一方、ライプツィヒ警察の刑事ヴァルターは、病院に入院中の少女の不審死を調べていた。

オーストリアの弁護士とドイツの刑事、ふたりの軌跡が出会うとき、事件がその恐るべき真の姿をあらわし始める。

ドイツでセンセーションを巻き起こした、衝撃のミステリ。

〈読者への挑戦状〉をかかげた
巨匠クイーン初期の輝かしき名作群

# 〈国名シリーズ〉

**エラリー・クイーン◎中村有希 訳**

創元推理文庫

**ローマ帽子の謎** ＊解説＝有栖川有栖

**フランス白粉の謎** ＊解説＝芦辺 拓

**オランダ靴の謎** ＊解説＝法月綸太郎

**ギリシャ棺の謎** ＊解説＝辻 真先

**エジプト十字架の謎** ＊解説＝山口雅也

**アメリカ銃の謎** ＊解説＝太田忠司

LA VÉRITÉ SUR L'AFFAIRE HARRY QUEBERT

# ハリー・クバート事件 上 下

**ジョエル・ディケール**

**橘 明美 訳** 四六判並製

## 全欧州で200万部突破
## スイス発のメガセラー・ミステリ

少女殺害容疑で逮捕された恩師である作家、彼の無実を信じる新進作家が探り出し、書き上げた真実。作家の成功、作家の苦悩、作家の成長、そして驚愕の真相。どんでん返しに次ぐどんでん返しに翻弄されるしかない傑作ミステリ。

THE SECRET KEEPER
KATE MORTON

# 秘密 上下

ケイト・モートン　青木純子 訳

四六判並製

**ABIA年間最優秀小説賞受賞**
**第6回翻訳ミステリー大賞**
**第3回翻訳ミステリー読者賞受賞**

女優ローレルは少女時代に母親が人を殺すのを目撃した。「やあ、ドロシー、ひさしぶりだね」と、突然現われた男に母はナイフを振り下ろしたのだ。連続強盗犯への正当防衛としてすべてはかたづいたが母は男を知っていたのだ。そのことはローレルだけの秘密だった。死期の迫る母のそばで、彼女は母の過去を探る決心をする。それがどんなものであろうと……。デュ・モーリアの後継と評されるモートンの傑作。

H・M卿、敗色濃厚の裁判に挑む

THE JUDAS WINDOW◆Carter Dickson

# ユダの窓

**カーター・ディクスン**
**高沢 治 訳** 創元推理文庫

◆

ジェームズ・アンズウェルは結婚の許しを乞うため
恋人メアリの父親を訪ね、書斎に通された。
話の途中で気を失ったアンズウェルが目を覚ましたとき、
密室内にいたのは胸に矢を突き立てられて事切れた
未来の義父と自分だけだった——。
殺人の被疑者となったアンズウェルは
中央刑事裁判所で裁かれることとなり、
ヘンリ・メリヴェール卿が弁護に当たる。
被告人の立場は圧倒的に不利、十数年ぶりの
法廷に立つH・M卿に勝算はあるのか。
不可能状況と巧みなストーリー展開、
法廷ものとして謎解きとして
間然するところのない本格ミステリの絶品。

新訳でよみがえる、巨匠の代表作

WHO KILLED COCK ROBIN?◆Eden Phillpotts

# だれがコマドリを殺したのか？

**イーデン・フィルポッツ**

**武藤崇恵 訳** 創元推理文庫

◆

青年医師ノートン・ペラムは、
海岸の遊歩道で見かけた美貌の娘に、
一瞬にして心を奪われた。
彼女の名はダイアナ、あだ名は“コマドリ”。
ノートンは、約束されていた成功への道から
外れることを決意して、
燃えあがる恋の炎に身を投じる。
それが数奇な物語の始まりとは知るよしもなく。
美麗な万華鏡をのぞき込むかのごとく、
二転三転する予測不可能な物語。
『赤毛のレドメイン家』と並び、
著者の代表作と称されるも、
長らく入手困難だった傑作が新訳でよみがえる！

最高の職人は、
最高の名探偵になり得る。

# 〈ヴァイオリン職人〉シリーズ

**ポール・アダム**◎青木悦子 訳

創元推理文庫

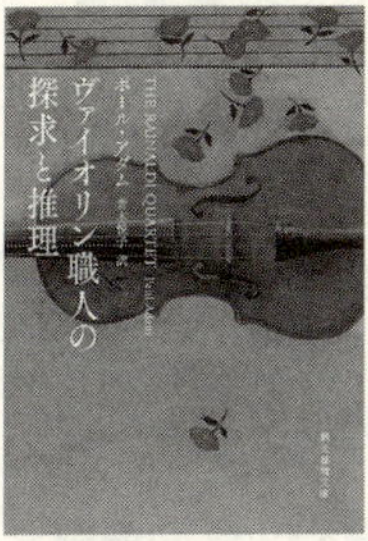


## ヴァイオリン職人の探求と推理

殺人の動機は伝説のストラディヴァリ？
名職人が楽器にまつわる謎に挑む！

## ヴァイオリン職人と天才演奏家の秘密

美術品ディーラー撲殺事件の手がかりは、
天才演奏家パガニーニ宛の古い手紙。

2010年クライスト賞受賞作

VERBRECHEN◆Ferdinand von Schirach

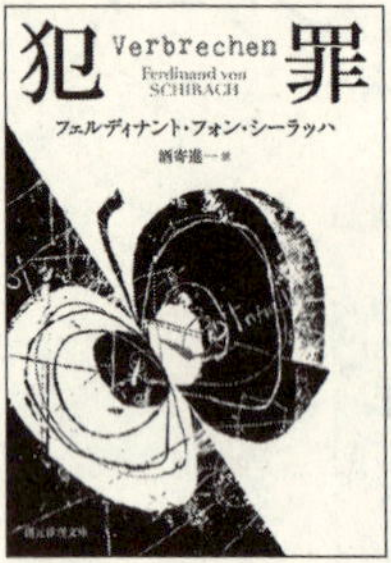


# 犯罪

**フェルディナント・フォン・シーラッハ**
**酒寄進一 訳**　創元推理文庫

◆

＊第１位　2012年本屋大賞〈翻訳小説部門〉
＊第２位　『このミステリーがすごい！2012年版』海外編
＊第２位　〈週刊文春〉2011ミステリーベスト10　海外部門
＊第２位　『ミステリが読みたい！2012年版』海外篇

一生愛しつづけると誓った妻を殺めた老医師。
兄を救うため法廷中を騙そうとする犯罪者一家の末っ子。
エチオピアの寒村を豊かにした、心やさしき銀行強盗。
——魔に魅入られ、世界の不条理に翻弄される犯罪者たち。
刑事事件専門の弁護士である著者が現実の事件に材を得て、
異様な罪を犯した人間たちの真実を鮮やかに描き上げた
珠玉の連作短篇集。
2012年本屋大賞「翻訳小説部門」第１位に輝いた傑作、
待望の文庫化！

ミステリを愛するすべての人々に――

MAGPIE MURDERS◆Anthony Horowitz

# カササギ殺人事件◆上下

**アンソニー・ホロヴィッツ**
**山田 蘭 訳** 創元推理文庫

◆

1955年７月、イギリスのサマセット州の小さな村で、
パイ屋敷の家政婦の葬儀がしめやかに執りおこなわれた。
鍵のかかった屋敷の階段の下で倒れていた彼女は、
掃除機のコードに足を引っかけたのか、あるいは……。
彼女の死は、村の人間関係に少しずつひびを入れていく。
余命わずかな名探偵アティカス・ピュントの推理は――。
アガサ・クリスティへの愛に満ちた
完璧なオマージュ作と、
英国出版業界ミステリが交錯し、
とてつもない仕掛けが炸裂する！
ミステリ界のトップランナーによる圧倒的な傑作。

英国本格ミステリ作家の
正統なる後継者!

〈新聞記者ドライデン〉シリーズ

ジム・ケリー◎玉木 亨 訳

創元推理文庫

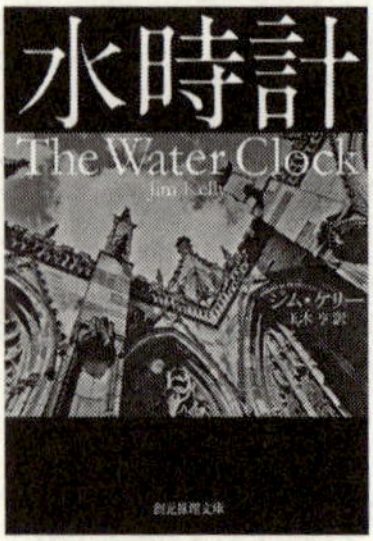


## 水時計

大聖堂で見つかった白骨。
CWA図書館賞受賞作家が贈る傑作ミステリ。

## 火焔の鎖

赤ん坊のすり替え、相次ぐ放火。
過去と現在を繋ぐ謎の連鎖。

## 逆さの骨

捕虜収容所跡地で見つかった奇妙な骸骨。
これぞ王道の英国本格ミステリ。